QUE QUEDE
ENTRE NOSOTROS

QUE QUEDE
ENTRE NOSOTROS

Mónica Salmón

PLAZA 🅟🅙 JANÉS

Que quede entre nosotros

Primera edición: febrero, 2016

D. R. © 2016, Mónica Salmón

D. R. © 2016, derechos de edición mundiales en lengua castellana:
Penguin Random House Grupo Editorial, S. A. de C. V.
Blvd. Miguel de Cervantes Saavedra núm. 301, 1er piso,
colonia Granada, delegación Miguel Hidalgo, C. P. 11520,
México, D. F.

www.megustaleer.com.mx

ISBN: 978-607-314-000-3

Impreso en México – *Printed in Mexico*

El papel utilizado para la impresión de este libro ha sido fabricado a partir de madera procedente
de bosques y plantaciones gestionadas con los más altos estándares ambientales, garantizando
una explotación de los recursos sostenible con el medio ambiente y beneficiosa para las personas.

Penguin
Random House
Grupo Editorial

A mi hermana Ruth,
para que la guíe el deseo del corazón

Canción de amor

¿Cómo sujetar mi alma para que no roce
la tuya?¿Cómo debo elevarla
hasta las otras cosas, sobre ti?
Quisiera cobijarla bajo cualquier objeto perdido,
en un rincón extraño y mudo
donde tu estremecimiento no pudiese esparcirse.
Pero todo aquello que tocamos, tú y yo,
nos une, como un golpe de arco,
que una sola voz arranca de dos cuerdas.
¿En qué instrumento nos tensaron?
¿Y qué mano nos pulsa formando ese sonido?
¡Oh, dulce canto!

RAINER MARIA RILKE

Coca-Cola Light

Con dificultad trató de entrar a la habitación. Aquel viento parecía que detenía su entrada al comienzo de un destino que ella jamás hubiera imaginado que rozaría. Del otro lado, la fuerza del brazo izquierdo de Xavier logró que pareciera ligero el jalón de puerta, al mismo tiempo que los dedos de su mano derecha tomaron el borde de los jeans para acercarla hacia él.

La abrazó con fuerza, con deseo, con ansia y sobre todo con admiración. Su respiración tomó una pausa; nunca antes había sentido un abrazo con tanto deseo.

El premio de la victoria y Victoria estaban en sus brazos. Ella se sintió tocada por la brisa del mar, por la humedad del clima, pero sobre todo por la caricia del beso.

—Estás aquí. Por fin serás mía. Estamos alejados de las miradas del mundo. Si te encontraran andarías en boca de todas aquellas mujeres frígidas, secas, arrugadas, malhumoradas, moralistas y soberbias.

Xavier intimidaba a cualquiera, no por su fama ni por su tamaño, sino por la seguridad con la que hablaba, por la confianza con la que se acercaba al oído. En voz baja y tono grave la comenzaba a enredar, le presentaba el encanto del miedo. Sí, el miedo tiene cierto encanto para seducir a la rutina. El miedo se presenta encantador, amable, educado cuando se trata de probar nuevas experiencias. Ser convertida en su presa o ser vista por aquella sociedad en la que ella se desenvolvía.

Al mismo tiempo rodeó la pequeña cintura, abarcando con sus manos gran parte de su cadera y espalda. Bajó suavemente la mano hasta el coxis y subió rozando con los dedos el camino creado por la columna y el cuello. Cuando llegó a la nuca la tomó con fuerza para prepararla para el beso. Ella cerró los ojos, mojó sus labios, exhaló vida, y justo antes de besarlo, él se inclinó hacia atrás y con la punta de la lengua dibujó el contorno de los labios mojados de Victoria, se detuvo a jugar con la comisura de la boca y se retiró cada vez que ella lo buscaba para terminar el beso.

Victoria volvió con ese mareo de amor y deseo con los ojos en blanco y la cabeza inclinada. Regresó al mundo con recato, disimuló su excitación. Recorrió con la mirada la suite donde se encontraban. Llevaba todavía la bolsa en el hombro, pero la emoción de encontrarse con Xavier pesó más que aquella bolsa llena de libros y una computadora, preparada para trabajar todo un fin de semana.

—Tu bolsa está más pesada que mi maleta. ¿Qué traes aquí?

—Traigo dos libros. Uno que estoy a un capítulo de terminar de leer y otro que me compré en el aeropuerto. La computadora, mi bolsa de maquillaje… —se quedó pensando por un momento— y mi cartera.

—No vienes con tu marido, Victoria. No vas a tener tiempo de leer, mucho menos de abrir el nuevo. ¿Y la computadora la trajiste de vacaciones?

La tomó de la mano, la llevó a la terraza para mostrarle la vista de ese azul majestuoso. Aquel sol brillante parecía evitar ser testigo de esos besos y con rapidez se escondía en el horizonte.

—Qué valiente eres, Victoria. Tomar un avión a escondidas y cambiar tu destino. Nadie sabe que estás aquí. Eso lo considero un acto de valentía.

Victoria era dueña de sus propias palabras, pero en esos momentos el silencio lo ocupó para recuperar el aliento de aquel beso que la había hecho sentirse completamente viva. Comenzó a sentirse primitiva, hembra, no quería apariencias. Las quería dejar del otro lado de la puerta de madera. No quería ser la dama en la mesa ni la puta en la cama. Quería simplemente descubrirse sin ningún tipo de expectativa.

Años atrás sonreía como disfraz. Era el ama de casa; no perfecta pero con un manejo pertinente de su rol. No sentía culpa ni miedo por haber mentido. Tampoco había asombro al estar en esa suite de lujo. Se dejaba llevar simplemente por el olor embriagador de Xavier. Olía a hombre, a protección, a cuidado, a seguridad.

No era socialmente rebelde, pero tampoco era sumisa. Victoria era curiosa, altanera y consentida. Su belleza era particular, no sabía si lo que enamoraba era el encanto de sus ojos o la mirada hambrienta con la que observaba las circunstancias de la vida. Victoria gozaba del momento. Ése era uno de sus secretos: gozar de aquellos momentos que la vida ofrece. No encontraba diversión en el alcohol.

—¿Quieres un tequila?

—No, gracias. Prefiero una Coca-Cola Light.

—Es pésima, ¿cómo tomas eso? ¿Sabes que causa celulitis?

—No, bueno. Sí sé, o pensé que sabía, pero me gusta el sabor.

Sin parpadear ni vacilar, Xavier dijo con voz de mando:

—¡De hoy en adelante no vas a volver a tomar Coca-Cola! Es un asco. Si la dejas hirviendo por media hora se hace una masa de caramelo que parece plastilina. Tú eres demasiado hermosa para tomar ese tipo de cosas. ¿Tienes celulitis?

La pregunta fue tan inapropiada, tan inesperada, tan grosera, tan fuera de lugar. A Victoria le regresó el aliento que había perdido con el beso. Abrió los ojos y su boca. Se llevó la mano al pecho.

"¡Imbécil!", no lo dijo, lo pensó. Por un segundo le quiso soltar: "¿Quién tiene más celulitis, tu mamá o tu esposa que te tiene tan traumado?"

Pero disimuló su enojo y dijo con educación:

—Antes no tenía nada, pero después del nacimiento de Emiliano me salió un poco. Bueno, después de tres hijos es normal que te salga un poco de celulitis. ¿No lo crees?

Respiró profundamente sin dejar de ver ese azul turquesa. Se enderezó y se secó el sudor de las manos con los jeans. Pensó: "¿Con quién se habrá acostado este idiota que no tenga celulitis? Tendría que ser una chavita. Todas tienen aunque sea un poco. Seguro que es la esposa la que está llena de celulitis y por eso le aterra la idea de que yo tenga".

Victoria contempló el horizonte recuperando su ritmo cardiaco por aquella pregunta tan grosera y fuera de lugar.

Mientras, él mostraba su seguridad; era encantador metido en la música, y cuando tomó del mini bar la botella de tequila. Levantó los brazos para sacarse su playera azul. Tenía los músculos de la espalda y los brazos marcados. Al ver ese torso tan perfecto y musculoso, era imposible no sorprenderse ante tanta belleza, pero Victoria, orgullosa, bajó la mirada. Tenía que expresar todo ese mundo de emociones y dijo:

—Qué hermoso es…

Cuando Xavier volteó con aire de grandiosidad, Victoria se levantó y volteó hacia el mar. Terminó su frase al decir:

—¡Qué hermoso es… el atardecer!

Xavier, sonriente planeó agradecerle, pero no le quedó más que hacer un sonido extraño.

Victoria no podía controlar su mirada. Sus ojos se posaban en ese abdomen musculoso, ese torso marcado, esos brazos que podían abarcar el mundo. Sólo al desviar la mirada y contemplar el mar pudo recuperar el aliento y pensó: "Con celulitis o no, juro que estas nalgas serán tu perdición".

Victoria inclinó la cabeza y, con la mano izquierda, acarició su hombro lleno de pecas: sintió la suavidad de su piel. Cuatro dedos habían rozado el marcado hombro de Xavier y ella sentía que con sólo tocarlo podría viajar al cielo.

Llamaron a la puerta. Victoria aprovechó ese momento para entrar a la regadera. Se quitó los jeans y se bañó lo más rápido posible. Trató de no hacer ruido para que él no se diera cuenta de que estaba debajo del chorro del agua. Era importante hacerle creer que tenía el olor de un bosque fresco por la mañana. Quería deslumbrarlo como él lo había hecho con aquel torso desnudo. Meterse a bañar le provocaba más adrenalina que el viaje encubierto.

En casa dijo que daría una conferencia en Veracruz. Dudó sobre el porqué de Veracruz; tal vez porque era un puerto que no invitaba al pecado.

Se lavó el cuello, las axilas y entre las piernas. Mientras se secaba miró en el espejo sus nalgas y descubrió que la luz de los baños de los hoteles era lo peor que podría haber para la celulitis. No importaba qué tan elegante o caro fuera el hotel, la luz de los baños permitía ver todo tipo de imperfecciones. Apagó la luz y se paró de puntillas, y ahí fue donde descubrió que al estar en esa posición sus nalgas tomaban una forma encantadora.

La estresaba preocuparse por cosas tan cotidianas e insignificantes, pero en ese momento cobraban un sentido primordial. Xavier se quitó la camisa como un pavo real que alzara sus largas plumas, y hubo un temblor como el susurro de hojas sobre el viento. Victoria, frente su marido, caminaba desnuda con total libertad y con toda la seguridad, cual flamenco cruzando de un lado a otro.

En ese momento el tema la ponía nerviosa. No sentía culpa ni miedo de ser descubierta. Le temía a la mirada crítica, más después de haber visto aquel hermoso espectáculo que Xavier exhibía. Temía que al verla desnuda él encontrara celulitis. Se vería ridícula al salir con un vestido de playa caminando en puntas, así que optó por los tacones y descubrió por qué todas las *strippers* los usan.

Sintió que había descubierto el hilo negro, pero no se sintió incómoda con ellos y pensó que, para lo cabrón que era Xavier, con seguridad estaría acostumbrado a las mujeres en bikini y con tacones. Le tenía que demostrar quién era o quería ser, por llamarlo de una manera atrevida, pero también le excitaba la idea de jugar a ser su puta, pero con estilo diferente, o, al menos, una puta, digamos, respetable.

Estaba tomando la decisión de quitarse los tacones, cuando Xavier llamó a la puerta.

—Victoria, ¿estás bien?

—Sí, sí, ahora salgo —respondió con voz agitada.

—¿Te estás haciendo cono? —preguntó Xavier en tono de burla.

—¿Perdón? —replicó con asombro.

Nunca nadie, ni por error, le había hecho esa pregunta. Mucho menos un galán con el que supuestamente la atmósfera debía ser romántica.

Victoria no compartía el baño ni con su esposo. El pudor era algo que cargaba desde su nacimiento. Sus papás nunca compartieron baño. Podría presumir que su pudor era generacional.

—Sí. Lo que quiero decir es: ¿está la princesa cagando? Bueno, para que no te ofendas: ¿estás haciendo popó? —Xavier se atacó de risa.

—¡No! ¡Claro que no!

Victoria no quería que su amante le viera un gramo de celulitis, mucho menos quería que la imaginara así. Abrió la puerta de inmediato y lo jaló de las manos para que entrara al baño y él mismo constatara que no había hecho popó.

—¿Apoco te da pena decir que vas al baño? Ah, claro, ¡las princesas como tú no cagan! —y soltó una carcajada con mayor fuerza.

—Por supuesto que me da pena —respondió Victoria mientras el rubor subía a su rostro.

Entre risas Xavier logró decir:

—Eso se te va a quitar muy pronto. Esos traumas de "señora Limantur" no son nada sanos, mi amor. De ahora en adelante, cada vez que quieras ir al baño yo te voy a acompañar.

Victoria soltó una carcajada más fuerte que la de Xavier. No había posibilidad de ir al baño ni frente a sus amigas, mucho menos ante un hombre. Lo que él proponía era imposible.

—Legorreta, ¡eh! No Limantur. Que el apellido de mi papá no lo menciono desde que murió en un accidente.

Xavier guardó silencio, dejó caer su cabeza y se tocó la ceja. Él desconocía que el papá hubiera muerto en un accidente. Prefirió omitir el comentario y llevarla a una zona más cómoda y segura.

—Ya tenemos dos cosas en las cuales trabajar: no vas a tomar nunca más Coca-Cola Light y siempre te voy a acompañar al baño.

Victoria sentía escalofríos y la necesidad de salir corriendo. No había apariencias y ella las pedía a gritos. No sabía cómo controlar tanta frescura, tanto cinismo y tanta naturalidad.

Las palabras de Xavier eran cotidianas, como las de alguien con quien llevaba años siendo pareja, pero sólo tendrían un par de horas de estar juntos. Xavier se adueñaba de ella sin haberla penetrado siquiera.

Pasó a la recámara de aquella inmensa suite y abrió las puertas corredizas de madera que se deslizaban hacia ambos lados. El viento agitó dos palmeras que había frente a ella. Los tonos rosados se tornaban morados sobre aquel horizonte y, junto al atardecer, hacían que Victoria se cuestionara la historia de su vida.

Aquel creador del universo, el artista de esa gama de colores, del mar, de esa combinación perfecta, majestuosa, inigualable, ese Dios creador de esa obra, ¿podría juzgar a una mujer casada que cometía adulterio?

No, al menos *no* para Victoria. Su Dios, o el creador de esa obra tan bella, estaba más ocupado en asuntos más importantes que en aquellas debilidades humanas. Nadie sabía que estaban ahí, nadie imaginaba que estaban juntos. Sin dejar de mirar el horizonte, ella dijo:

—Xavier, te quiero confesar una cosa que pensé callarme.

Con agudeza, él respondió:

—¡Con ese tono y con esa voz podrías convencer hasta a un ateo de que Dios existe!

Victoria ladeó su cabeza y sacó el aire por la nariz, aceptando el cumplido.

—Hace años estabas comiendo en un restaurante cerca del WTC, y mis hermanos los gemelos se emocionaron mucho al verte.

"Me pidieron que por favor fuéramos a tu mesa a pedirte un autógrafo. Yo tenía 16 años y era justo la edad en la que todo da vergüenza. Les dije: 'Primero muerta que levantarme de esta mesa para ir a pedirle un autógrafo'.

"Pedro, que es menos penoso que Antonio, se levantó y fue a pedírtelo. Le dijiste que esperara al postre. Regresó muy triste a la mesa con el papel en blanco. Antonio se burló de él. Me enojó muchísimo porque nada te hubiera costado.

"A los cinco minutos llegaron dos rubias y no sólo les diste autógrafos; te levantaste y te tomaste fotos con ellas. Antonio siguió burlándose de Pedro, le decía que le faltaban un par de tetas para que le dieras el autógrafo.

"Odié ver a mi hermano frustrado. Le dimos 500 pesos al capi de meseros para que nos trajera dos autógrafos, uno para Pedro y otro para Antonio. No sabría a cuánto equivalen esos

500 pesos 16 años después, pero seguro tu autógrafo no lo valía, y no lo valió. ¿Sabes qué le pusiste?

'Con cariño para Pedro Picapiedra. Tu siempre amigo, Pablo Mármol'."

Xavier no dejó de carcajearse, estaba privado de la risa. Victoria se había enojado al recordar la escena. Ella mostraba su enojo y él se reía más y más.

—Hubieras ido a pedirme el autógrafo tú, chiquita, y con esas nalgas hasta a comer los hubiera invitado.

—No, Xavier, no te equivoques: ¡mujeres como yo no pedimos autógrafos! De verdad te odié. Quién iba a decir que 16 años después iba a estar contigo en una habitación de hotel.

—¡Condenadota! Me gustas hasta cuando te enojas.

Xavier descorchó una botella de champaña sin importarle mucho la reflexión de Victoria ni la copa de tequila que apenas había saboreado.

—¡Festejemos, Victoria! Festejemos lo afortunado que soy por tener a una a mujer como tú sólo para mí durante este fin de semana.

Le sirvió champaña. No era muy del agrado de Victoria, pero se la tomó como si ella y la champaña hubieran nacido para estar juntas. Xavier bebía tequila, champaña y se mantenía imperturbable, pero, eso sí, jamás, por nada, bebería Coca-Cola, y mucho menos Light.

—Victoria, ya que estamos en el momento de decirnos las cosas, también te quiero decir la verdad.

Victoria enmudeció al escuchar "Te quiero decir la verdad", pues sonaba aterrador. Al menos para ella, pensaba: "¿Decir la verdad? Confesarse de algo. Pero si él es una persona sin filtros. Lo que piensa, lo dice. ¿Qué se podría guardar?"

Esa frase aterraba a Victoria. No sabía si quería escuchar "la verdad", o más bien desconocía si la supuesta verdad le iba a agradar. Se imaginó ser parte de un plan, que muchos conocían del fin de semana secreto, que había una apuesta. Se imaginó todo. En cuestión de minutos rememoró sus primeros encuentros antes de llegar a tocar esa puerta de madera que evitaba su entrada al codiciado fin de semana. "¿Tendría una enfermedad? ¿No se le paraba? ¿Qué diablos era esa verdad?"

La Virgen María

Recordó la primera vez que lo había visto en persona en una conferencia en Cancún. Él hablaba y ella buscaba dentro del público a su esposo para decirle que estaría en el spa. Discretamente se sentó en una silla, pues desde que entró al auditorio, Xavier se dedicó a mirarla con descaro y sin disimulo.

La gente buscaba el lugar donde Xavier posaba su mirada. Victoria sonreía. Quizá la observaban porque era la única que no vestía como todos los participantes. Se le notaba el brillo del bronceador. Él continuó su charla; ella no escuchó ni media palabra. Quería evitar la mirada de todos y el frío del aire acondicionado.

La segunda vez que estuvieron juntos fue en su casa. Su esposa ofreció una cena navideña y varios matrimonios estaban invitados. Poseía una casa hermosa. Se notaba la presencia de un ama de casa que no tenía mucho que hacer además de llamar al decorador debido a que el morado de la sala no armonizaba con el naranja del cojín nuevo.

La botana era exquisita, la servidumbre y los meseros eran espectaculares. La música sonaba al nivel en que se podía conversar. El árbol navideño era como los que se exhibían en el Palacio de Hierro. Las risas, las anécdotas, todos eran amorosos, todos eran amigos. Las esposas se "chuleaban" con la finalidad de encajarse el aguijón de la envidia. Ahí estaba Victoria, tomada de la mano de su esposo. Todos sonreían y con espíritu navideño la pasaban de lo más ameno.

En algún momento, los hombres se levantaron para que Xavier les mostrara la cava, orgullo del macho que presume su status en su territorio. Entre más caros los vinos, más poder mostraba ante sus invitados. En paralelo, las mujeres fueron a dar un recorrido por la enorme casa.

Como Xavier presumía sus vinos, su esposa presumía sus joyas. Era atractiva, se podría decir guapa, tenía una dentadura hermosa pero su sonrisa era fingida. Tenía estilo, clase y había cierta elegancia en su trato. Su cutis era envidiable. El recorrido comenzó por la cocina, de ahí al cuarto de juegos que quedaba frente a las canchas de tenis. La alberca estaba iluminada y detrás de ella se alzaba una casa menor, donde se hospedaban las visitas. Reía con la mano siempre sobre la boca. Victoria veía la casa y le parecía muy acogedora, con un estilo exquisito.

—Es que Xavier tiene tantos compromisos.

Y no volvió a decir nada. Hubo silencio.

El recorrido terminó cuando entraron a la recámara principal. Sin lugar a dudas era la parte más espectacular de la casa. Frente a la cama *king size,* altos ventanales dejaban ver un jardín inmenso, con árboles acomodados para dar la apariencia de un bosque. A mano izquierda estaba la sala junto a la chimenea. Los libros de arte estaban acomodados sobre una mesita de madera.

Sin embargo, Victoria quedó sorprendida y sin habla cuando observó sobre la cabecera la imagen de la Virgen María. Tenía la impresión de que miraba hacia la cama. ¿Cómo en una casa tan bien decorada y de buen gusto podía haber una imagen tan grande de la Virgen María sobre el lecho?

No era que tuviera algo en contra de la Virgen, pero pensaba que no era el lugar apropiado para poner su imagen. Todas las invitadas seguían admirando los enormes ventanales que daban al bosque, preguntándose si esta maravilla le pertenecía a Xavier o era parte de otra propiedad.

Victoria continuaba de espaldas al ventanal, pensando de qué manera podían coger sin tener que enfrentar la mirada de la Virgen. Ella no parecía muy mocha y él mucho menos.

La cabecera la dejó impactada. En el clóset se podía encontrar la colección de ropa de las mejores marcas del mundo. Quizá el clóset habría robado toda su atención y las bolsas toda su envidia, pero la Virgen no había dejado espacio para más asombro.

Todas las invitadas bajaron las escaleras platicando, mientras Victoria guardaba un silencio fúnebre. Se acercaron a sus maridos y ella advirtió a Óscar. Con una sonrisa le dijo discretamente:

—Tienes que subir a la recamara principal.

Con propiedad, Óscar le contestó con una tímida sonrisa para tomarla de la mano y conducirla al comedor.

—Óscar, es en serio, tienes que ver la recámara principal. Tienen una Virgen María.

Óscar movía la cabeza, alterado, pero continuó la conversación con sus amigos. Sin dejar de fruncir el ceño, ignoró el comentario de su esposa.

Al mirar a Xavier, Victoria se preguntó cómo se podía coger a su esposa mirando a la Virgen. De esa pregunta saltó a la otra: "¿Cogería bien? ¡Tenía que coger bien!"

El hombre medía 1.93 m y tenía un cuerpo espectacular, atlético, fuerte, piernas tan musculosas que parecían rocas, nalgas esculturales. En las manos se le marcaban las venas. En la frente también le sobresalía una vena, sobre todo cuando reía.

Comenzaron a cenar y cuando llegó el segundo tiempo ella continuó ignorando sus alimentos, aislada hasta de ella misma. La esposa de Xavier tenía buen cuerpo, se veía cachonda. No podía ser una mojigata vestida de Chanel.

Victoria se acercó nuevamente al oído de Óscar.

—Por favor, sube al cuarto a ver la imagen de la Virgen.

Con un gesto incómodo, Óscar le apretó la pierna para detenerla. Victoria le retiró la mano con molestia, se enderezó con una leve sacudida de hombros, giró la cabeza hacia el lado opuesto y se encontró con la mirada de Xavier.

Ella, culpable de sus pensamientos, se sonrojó. Sentía que Xavier podía saber lo que ella pensaba, que todo lo que a ella se le ocurría, él lo escuchaba en voz alta. La mirada de Xavier era penetrante, honesta y atrevida. Como si a la pregunta "¿Coges bien?" le respondiera "Cojo delicioso".

Victoria sintió culpa por pensar en la Virgen María en un momento de excitación. Pero no por mocha. Él la había traído a su mente, o más bien por culpa de la Virgen ella había pensado en cómo cogía Xavier.

Se levantó al baño y se dio cuenta de que estaba completamente roja. Incómoda, comenzó a sudar. Se sentía culpable. Estaba en casa de un matrimonio, con su marido, y durante toda la cena navideña ella pensaba en cómo cogería el anfitrión.

Para relajar sus pensamientos y disimular la vergüenza se lavó la cara con agua fría. Miró su celular, simulando contestar un mensaje para frenar el enredo de sus pensamientos.

Quizá si la Virgen María no estuviese en la recámara, Victoria no habría imaginado a Xavier en la cama. Llegó el momento del postre y el digestivo, y, como de costumbre, Óscar fue el primero en levantarse y disculparse.

Xavier le insistió en que no partieran, que se quedaran más tiempo. Algo había en esa petición que Victoria la tomó como un piropo hacia ella. Se despidieron y Xavier no soltó el beso al aire. Se lo marcó en la mejilla y Victoria parpadeó al sentirlo. Se dio cuenta de cuán abandonadas se encontraban sus mejillas cuando, de pronto, la otra resintió la ausencia de besos.

Rumbo al departamento, Óscar preguntó:

—Ahora sí, ¿me cuentas qué tanto descontrol traías con eso de la Virgen María? ¿Cómo crees que me iba a meter al cuarto principal? Pero ¿en qué cabeza cabe esa sugerencia?

Victoria miró hacia la ventana, tocando la mejilla que Xavier había besado. Al cerrar los ojos podía recordar esos labios.

—Ahora que puedes hablar te quedas callada. ¿Qué era lo de la Virgen María, Victoria?

—Nada, no era nada. Me gustó mucho un cuadro y quería saber si te interesaría tenerlo en el departamento. Creo que se vería muy bien en el pasillo.

—¿Tú quieres comprar un cuadro de la Virgen María? —dijo Óscar después de soltar una carcajada—. ¿Qué mosco te picó?

Victoria no entendía la razón de su mentira, por qué no lo había criticado ni por qué no se había burlado como sólo ella podía hacer al encontrar lo absurdo de la vida. ¿Sería por el apretón de Óscar en la pierna o por el beso de Xavier en la mejilla?

Por algún motivo desconocido lo guardó como un secreto. Quizá le avergonzaba decirle a Óscar: "Me imaginé a tu amigo cogiendo. Y tal vez no te lo cuento porque, en el fondo, se me antojó".

Victoria lo compartiría mientras no hubiera una carga emocional, pero después de aquella mirada sintió que existía algo entre Xavier y ella. ¿O lo imaginó? La insistencia de evitar su partida la dirigió hacia ella, no hacia Óscar. Y el beso en la mejilla, sin duda, era para ella.

—¿Sabes? Ahora que lo mencionas, no está tan loca tu idea. Con tres hijos varones, sería muy bueno tener un cuadro de la Virgen para que les infunda respeto.

—¡Claro! —exclamó Victoria y se quedó pensando: "Y cada vez que pase por el pasillo será un recuerdo sobre cómo cogerá Xavier".

El cuadro no tardó ni tres semanas en llegar, tiempo en el que Victoria no había visto ni escuchado nada sobre Xavier. El cuadro sería colocado al final del pasillo de las recámaras de los niños, pero ella pidió verlo antes. No era tan grande como el de la cabecera de Xavier, pero sí tenía lo suficiente para recordar aquella cena que la llevó al pecado de la imaginación.

Se quiso distraer para borrar sus pensamientos obscenos. Entró a la cocina, abrió el refri y sacó el jugo verde que se tomaba todas las mañanas al regreso de las clases de yoga. Encendió la televisión de la cocina y la primera persona que vio en la pantalla fue Xavier. Se presentaba el noticiero y él aparecía en primera plana. Eran unas fotos que le habían tomado *in fraganti* bajando de una Suburban negra con una modelo brasileña.

Llevaba lentes oscuros e iba acompañado de sus guardaespaldas, que no sólo le guardaban la espalda, sino también las infidelidades. En ese momento sintió que, otra vez, era la Virgen María quien lo traía a su vida. Se emocionó, se llevó las manos a la boca y dijo: "Reverendo cabrón".

¿Cómo era posible que esa noticia le diera emoción? Tal vez un poco de alegría, pero sentía coraje si le rascaba un poco.

La noticia cambió a otro chisme de gente famosa; Victoria apagó el televisor, dejó por primera vez el jugo a la mitad y corrió a su computadora para buscar en internet la noticia y completar la versión del presentador.

Encontró en Google las imágenes. Incrementó el tamaño de presentación. Se sorprendió de las hermosas piernas de la modelo. A ella no se le veía la cara, pero él se notaba fresco. Parecía que tenía el pelo recién mojado. Sonriente y despreocupado. Dirigía la mirada a las piernas de su acompañante.

Se quedó inquieta todo el día. Aún tenía que regresar a dar clases de filosofía a niños invidentes. Les ayudaba a estimular otros sentidos por medio de un enfoque alternativo basado en la creatividad y la filosofía.

Amaba a sus hijos, a sus alumnos, a su marido y a su perra pastor alemán, Helen. Se la había regalado la mamá de una alumna en agradecimiento a todas las atenciones que tuvo durante años con su hija. Miriam amaba a Victoria y decía que si algún día Dios le daba la oportunidad de ver, pediría sólo dos deseos: ver el rostro de su madre y el de Victoria.

Victoria se conmovía ante tantos gestos de amor. Los ciegos le habían enseñado a ver con las manos, a mirar con el olfato y a percibir los colores a través de la música. Había aprendido a encontrar la luz en aquel mundo de la noche. La oscuridad la calmaba, y a la vez le temía. Para ella vivir sin ver era lo peor que existía, pero cuando entró al mundo de la oscuridad descubrió que era peor vivir viendo y no hacer nada ante el dolor de los demás.

La Virgen María se convirtió en su confidente. Era inevitable que le sonriera a la imagen cada vez que pasaba por el pasillo. Victoria le guiñaba el ojo y pensó que ya no había necesidad de contárselo a nadie. ¿Quién mejor que la Virgen para saber lo que la inquietaba? Tenía una cómplice que siempre estaba esperándola al final del pasillo, dándole tranquilidad.

Victoria era la luz en el mundo de los ciegos.

Debajo de la mesa

—¡Victoria, no puedes pintarte la boca así! Usa un color menos llamativo. Algo más discreto para la cena, más formal, más esposa.

—¿Estás celoso? ¡No puedo creerlo! Mi marido está celoso.

Victoria se subió encima de un sillón e improvisó un altavoz envolviendo un periódico para anunciar al mundo:

—Señores y señoras, Óscar está celoso por el color de los labios de su esposa —reía sin parar—. Mejor dime que se me ve divino y bésame.

—No, Victoria. No estoy celoso, no te confundas. Se te ve vulgar.

Se quedó congelada. Lo miró de reojo, la alegría se esfumó por completo. Por error había tomado las primeras palabras de Óscar como un halago. Se bajó del sillón, tiró el periódico que había utilizado como altavoz. Frente al espejo se borró su sonrisa junto con el labial, y se le escurrieron las lágrimas.

—Date prisa, tenemos que llegar temprano. Por lo que más quieras, vámonos.

Victoria salió sin pintarse los labios. Nadie la había llamado vulgar antes. El rojo era uno de sus colores favoritos y le gustaba en sus labios. Había comenzado un diálogo interno: ¿desde cuándo Óscar decidía lo que ella llevaría en los labios? ¿Dónde había quedado como mujer, como persona? ¿Dónde estaban sus decisiones, su autonomía?

—Llegamos.

—¿Cómo? —preguntó confundida.

—Mi amor, ya bájate, estás ida. Desde que salimos de la casa no has dicho ni una sola palabra.

Llegaron al restaurante, una hacienda fundada en 1692. Todos los socios de Óscar entraban con sus esposas, amigas y algunos llegaban solos. Saludaban, sonreían, se abrazaban; decían lo mismo. Entraron a una recepción fría. Victoria estaba dolida. Seguían en su cabeza las palabras de Óscar. Aun así, lo tomó del brazo y sonrió. Se notaba discreta y elegante, siempre junto a su esposo, con una sonrisa pálida pero encantadora.

Comenzó con dos copas de vino tinto. Al llegar a la tercera ya se había quitado el abrigo. Estaba chapeada y tenía un color violeta marcado en los labios debido al vino. Óscar la miraba y le hacía señas para hacerle notar la marca del vino en sus labios. Para ese momento, Victoria no sentía el labio inferior: veía a Óscar y se reía. Se acercó a él y, con la mirada puesta en otro lugar, le dijo:

—Al diablo con los labios.

—Victoria, ve al baño y píntatelos, se te marcan con el vino y te vez muy mal.

Tomó la copa, se la llevó a la boca y se mojó los labios con el vino. Al terminar de remojar ambos labios, su sonrisa regresó. Estaba mareada y se sentía contenta. Su autoestima mejoró al mandar al diablo a Óscar. No se perdonaba haberse borrado el labial.

Estaban en la sobremesa y junto a ellos pasó Xavier. Al verlo, Victoria se quedó muda. Se saludaron y Óscar lo invitó a sentarse. Xavier iba de salida, así que Óscar no insistió mucho, pero inmediatamente Xavier se sentó junto a Victoria. Ella lo miró contenta y, al tenerlo al lado, se dedicó a percibir su fragancia. No quería mirarlo demasiado porque sentía que su mirada la podía delatar.

A los pocos minutos, Victoria sintió la pierna izquierda de Xavier muy cerca de la suya. Su instinto era moverse, pero como imán se juntó a la de él. Victoria no podía dejar de sonreír.

Percibió que todos se daban cuenta de la cercanía de Xavier. Sus latidos comenzaron a tomar más fuerza y lo sintió entre las piernas, pero pensó que si se sentaba como toda una "señorita" sus rodillas dejarían de rozarse.

Cruzó las piernas y se movió tímidamente para distanciarse del cuerpo de Xavier. Con ese movimiento bastó para que la mano desesperada de él pudiera encontrarla de nuevo, bajo el mantel. Victoria sintió que el mundo entero se encontraba debajo de la mesa. Se sentía del color del labial que Óscar le pidió que se quitara.

¡Vulgar! A su mente llegaba esa palabra y podía ver los labios de Óscar pronunciándola: v-u-l-g-a-r. "¿Te parece vulgar el rojo de mis mejillas? Porque tu socio y 'amigo' me está acariciando debajo de la mesa", pensó.

Cuando cesó la discusión interna con su marido, se dio cuenta de que Xavier no tenía límites. Sí, la estaba tocando debajo de la mesa. Y también estaba platicando con Óscar, sin titubear, sin tropezar con sus palabras o sus movimientos. No parpadeaba y no mostraba ningún tipo de inquietud al respecto. De lo más tranquilo del mundo. Gracias a que el mantel tocaba el piso, la falda de Victoria comenzó a subir y, junto con ella, el rojo de sus mejillas. Los dedos de Xavier treparon con un giro suave de muñeca y con la ayuda de sus dedos anular y pulgar logró mover a un lado su calzón. Comenzó a jugar con sus dedos. La tocó como si fuera las teclas de un piano.

Victoria se retorcía, sonreía, se ponía seria, se reía, tomaba su celular. Comenzó a marcar un número inventado, se puso la bolsa entre las piernas, se curveaba hacia delante, hizo un esfuerzo extremo por no poner los ojos en blanco.

De un momento a otro, Xavier se levantó.

—Fue un verdadero placer haberlos encontrado. Me retiro, que mi esposa me espera.

Guardó en la bolsa del pantalón su mano izquierda, todavía húmeda por haber tocado a Victoria. Se despidió correctamente de todos, pero con ella fue distante. Sin darle un beso en la mejilla, levantó su mano derecha con un gesto de despedida. Con la mirada sobre sus ojos, le dijo:

—Buenas noches, señora Suárez.

Victoria, atónita y sin poder creer lo que pasaba, no pudo decir ni adiós. Pensó: "¿Me llamó señora Suárez? El muy imbécil me recalcó el apellido de Óscar. ¿Se olvidó de mi nombre? ¡¿Quién diablos se atreve a tocarte un concierto entre las piernas, debajo de la mesa, frente a tu marido y a los dos minutos levantarse y decir 'Buenas noches, señora Suárez'?!"

Victoria continuó con su dialogo interno, pero ahora dirigido a Xavier. Óscar se levantó de la mesa, acercó su abrigo y cariñosamente le dijo:

—Amor, ¿te sientes bien? Te veo muy pálida.

Por semanas no supo nada sobre Xavier. Molesta, soñaba todos los días con esos dedos recorriéndola, y ella misma marcaba el camino que la mano izquierda de Xavier había trazado. Era un camino húmedo y solitario. Cada día lo deseaba más y más.

Estaba en esa espera aterradora, esa espera angustiante, que quema, que arde, que no puede ser contenida ni controlada. Esa ansia por saber qué sucederá. El deseo por saber si en algún momento la buscará. Sentía su arrogancia ofendida, su ego asfixiado, ese corazón vivo, palpitante, arrítmico, descontrolado.

Existía una necesidad que sólo él podía calmar. Esa necesidad de conocer si ella representaba algo en su mundo. Mientras tanto moraba una pausa donde el aliento se iba, se perdía, se esfumaba, ese momento donde los segundos parecían horas. Victoria comenzó a caer en un abismo lleno de angustia. Su vida perfecta comenzó a desvanecerse en la espera.

La espera la aniquilaba, la incertidumbre era su veneno, el desconocer dónde estaba parada. Esas dosis de angustia, de arrebatamiento, de falta de respuesta acababan con ella. Xavier era el maestro en el arte de ignorar. De poseer, de tomar y de olvidar. Xavier poseía todos los atributos, sobre todo los de la conquista.

Debajo de la mesa, Victoria le había dado el poder de entrar a ese universo que se encuentra entre las piernas de una mujer. Con enfado, decidió no volver a pensar en él nunca más.

Cada vez que recorría el pasillo para entrar a las recámaras de sus hijos, procuraba voltear en otra dirección. Ver a la Virgen era recordarlo. No deseaba más ser su cómplice. El silencio de Xavier había apagado la chispa de complicidad que había entre ambos. Se sentía culpable. Le echaba la culpa al vino, a la frialdad de Óscar, a la fragancia de Xavier. Le retumban dos palabras en la cabeza: *vulgar* y *tonta*.

¡Con qué cinismo!, ¡con qué descaro!, ¡con qué seguridad la había tocado! ¿Cómo asumió que abriría las piernas para darle entrada? ¿Cómo supo que no le daría una bofetada a mitad de la cena y frente a su marido? Cada pregunta era constante y todas carecían de respuesta. Lo deseaba y lo comenzó a odiar por tan atrevido abandono. Se sorprendió cada mañana con la mano entre las piernas al soñar con Xavier.

Lo cierto era que ambos estaban casados. La agenda de Xavier se encontraba saturada. Sus compromisos sociales y laborales le quitaban tiempo, pero Victoria no podía justificar que la hubiese llamado con el apellido de su marido. Desde ese momento sintió el frío de su despedida.

Victoria salió a cenar con los gemelos y, entre risas y anécdotas, pidió la opinión de un hombre. En los misterios del amor, los hombres y las mujeres tienen diferentes perspectivas. Victoria les contó lo que había vivido una noche anterior, pero como una "amiga" en su papel.

—Tu amiga es una zorra, de esas baratas. Sin escrúpulos y sin ningún tipo de respeto. Mira que hacer eso frente a su marido —opinó Antonio.

En cambio, Pedro lo interrumpió:

—Tu amiga está harta. Lo que necesita tu amiga es sentirse deseada, amada por un hombre. Seguro su marido no la satisface.

—Es una zorra, no necesita más que la manden a la mierda por puta —concluyó Antonio—. Ahora resulta que hasta por debajo de la mesa te tienes que cuidar de las pinches viejas.

Victoria lo detuvo.

—Basta, Antonio, no juzgues con esa severidad. No la conoces y no sabes qué motivos tuvo para dejarse tocar.

—Sí, sí, lo sé. Tu amiga está enfermita de las piernitas —rio—. ¡Se le abren solitas! —exclamó Antonio.

Los tres soltaron una carcajada.

Victoria siempre había deseado una hermana. Siempre había celado un poco la unión y complicidad que había entre sus hermanos. Pero la realidad era que en esas carcajadas, en esos encuentros, ella era la razón de existir de sus hermanos. En esos momentos los tres eran almas gemelas con puntos de vista independientes, pero la unión de sus almas la elevaba.

Victoria sabía amar a los hombres sin ningún temor. Finalmente, estaba rodeada de ellos. Sus hermanos, sus tres hijos y su marido ocupaban la agenda masculina de su existencia. Pero, al parecer, había espacio para alguien más por debajo de la mesa.

Los ojos del corazón

Cuando los doctores confirmaron la ceguera, Isabel se encontraba con los ojos vendados. Ernesto se negó a aceptar el diagnóstico. Se mostró agresivo al saber que su esposa sería invidente: tenía la obligación de criar tres hijos y hacerse cargo de un marido.

Los doctores se sorprendieron de su respuesta. Ernesto empujó la puerta para hacerse paso hacia la habitación. Ella, sentada en una silla cerca de la ventana, estiraba la mano para tocar la ventana. Con la otra se palpaba la venda alrededor de sus ojos.

Ernesto le ordenó con voz autoritaria:

—¡Retírate la venda de inmediato!

Isabel se puso de pie con dificultad y preguntó qué sucedía. El doctor entró de prisa y con voz exaltada, dijo:

—Señora Legorreta, no puede retirarse la venda. Hágame el favor de sentarse.

Con suavidad se acercó a ella y la ayudó a tomar asiento de nuevo. Se acomodó la bata, miró al esposo, y le preguntó si podía darle unos minutos en privado con su paciente. Ernesto, con la misma voz de mando pero mucho más enfadado, manifestó que bajo ninguna circunstancia se retiraría de la habitación de su esposa. Si había algo que decirle, tendrían que declararlo frente a él.

El doctor Ruiz tomó el brazo de Isabel con amabilidad y expuso el diagnóstico asegurando que con un tratamiento y rehabilitación adecuada probablemente recuperaría parcialmente su visión. Isabel comenzó a llorar y el doctor decidió abandonar el cuarto para darle a Ernesto la oportunidad de acercarse a su esposa. El impacto de la noticia hizo que Ernesto se quedara de pie, inmóvil. Mientras tanto Isabel gemía y se preguntaba por su futuro.

—¿Qué voy hacer? —se repetía constantemente, aterrada, petrificada. Desconocía su mundo en esa oscuridad. Después de horas de angustia logró regresar a la pasividad que carga el llanto desconsolado.

—¿Cómo voy a ocuparme de mis hijos? ¿Cómo voy a ocuparme de mí? ¿Cómo podré llevar mi vida?

—¡Lo mismo me pregunto yo! —exclamó su esposo consternado.

Al llegar a casa, Ernesto dejó a Isabel en el coche y bajó a platicar con sus hijos. Los gemelos no dijeron nada. Antonio cerró los ojos y comenzó a caminar alrededor del comedor, tropezándose. Pedro se quedó quieto, sentado sin decir nada.

Victoria salió corriendo en busca de su madre, abrió la puerta del auto, le besó ambos ojos y afirmó que no era verdad: el amor hacia ella haría que pronto, muy pronto, recuperara la vista. Le volvió a besar las vendas mojadas y la pegó contra su pecho. Le pidió a Dios que le devolviera la vista a su madre a cambio de años de vida.

Bañada en lágrimas, Isabel tomó el rostro de su hija con ambas manos y le dijo:

—Lo importante es que estoy aquí.

Isabel jamás se quejó frente a sus hijos. Las primeras semanas fueron de extrema dificultad. Reacomodar la casa. Como Isabel conocía su territorio mejor que nadie, fue capaz de organizarla.

Sin embargo, Ernesto se alejó, no participó, no amó y desde el principio de la lucha creó un hogar para sí mismo. Prefirió vivir en una casa ajena. Le ceguera de Isabel demostró su cobardía.

Victoria no digería todavía la situación de su madre cuando su padre les anunció en una reunión a la mesa que él seguiría a cargo de la casa y de sus hijos, pero las circunstancias en ese hogar habían cambiado a partir del accidente. Él debía recuperar la calma, la normalidad, para poder continuar. Los gemelos escucharon y se levantaron sin mucho que decir.

Isabel le imploró que no partiera, que no se marchara y lo pensara. Isabel rogó por ella, por sus hijos y por lo que más quisiera en el mundo para que valorara su decisión. Pidió que no les hiciera eso.

Victoria se quedó inmóvil, sentada, paralizada, mientras observaba a su madre implorar. Vio cómo su padre frunció el ceño y se llevó la mano a la frente sudorosa. Con los ojos secos y sin mirar, decía que no podía más con la situación. Pidió que no se pusieran así, les dijo que él era un hombre responsable y los mantendría. Sólo se mudaría para estar más tranquilo. Cuando escuchó esas palabras, Victoria se prometió a sí misma que nunca, bajo ninguna circunstancia, le pediría a ningún hombre que se quedara.

Decidió que tenía muchas lágrimas que reservar por la pérdida de la vista de su madre y que su padre no valía una sola lágrima. A pesar de eso, lloraba sin parar al presenciar, a sus trece años de edad, la frialdad de aquel hombre que a partir de ese momento se había convertido en un perfecto extraño.

Victoria sujetó el hombro de su madre y le dijo:

—Suficiente, deja que se marche.

Al principio, Isabel, desconcertada por la respuesta de Victoria y alterada como estaba, no entendió si a quien apoyaba era a su padre. Ernesto quiso darle un abrazo a Victoria como muestra de agradecimiento.

—El día del accidente te moriste junto con los ojos de mamá —dijo Victoria.

Isabel se quedó helada, se levantó sin ayuda de nadie y se llevó las manos a la boca. Entendió las palabras de su hija. Ernesto hizo una mueca y exclamó:

—Estás en la edad de decir puras tonterías.

—Y tú ya no estás en edad de hacer ninguna, así que mejor salte de esta casa que ya no te pertenece —refutó Victoria con enojo.

Ernesto dio un paso al frente con la mano levantada para pegarle una bofetada y Victoria se acercó hacia él, sin dejar de mirarlo a los ojos.

—¡No le pegues, papá! —gritó Pedro.

Isabel recuperó la fuerza que había perdido y le pidió que se fuera, pues no deseaba que estuviera un minuto más bajo su techo:

—Es la primera y última vez que le levantas la mano a tu hija mientras yo viva, que puedo ser capaz de...

—¿Serías capaz de qué?, ciega, dime —respondió Ernesto, fuera de sí—. ¿De qué serías capaz? Contéstame, ciega, ¡si apenas puedes lavarte los dientes por ti misma!

Mientras su padre ofendía a su madre, Victoria llamó a la policía. Reportó que su padre las estaba maltratando y que temía por la vida de su madre.

Antonio, detrás de la puerta, lloraba mientras repetía a manera de mantra "Quiero despertar, quiero despertar". Se retiró las manos del rostro y vio a su hermana, que ese día había dejado de ser una niña para convertirse en una mujer capaz de resguardar su hogar. A partir de ese momento, tomó el papel de mando y protección.

—¡Deja de llorar, Antonio! Ésta es tu nueva realidad. De nada sirve que te pongas así. Aprende que para ser hombre se necesita soportar la realidad.

Ernesto se marchó de casa y de la vida de Victoria. Ella jamás perdonó ese abandono. Su padre humilló y renunció a la mujer que amaba a otros más que a sí misma, y eso no merecía perdón. Nunca.

Isabel nunca recuperó la vista, pero sí el buen humor. Compartía bromas con los gemelos y decía que lo mejor de ser invidente era que jamás notaría el tiradero de sus habitaciones. Se reía y trataba de ser alegre. Intentó darle un nuevo sentido a su situación, un sentido de vida, de aprendizaje.

Isabel vivía para ellos. Jamás atendió los malestares derivados de las fracturas de aquel accidente, y con los años las molestias y los dolores se incrementaron. La rehabilitación se interrumpió por falta de dinero. Al marcharse Ernesto, los gastos se dividieron, y no les otorgó suficiente dinero. Isabel prefirió que sus hijos asistieran a una escuela de paga, así que utilizó el poco dinero que daba su exesposo para impulsar y sacar adelante a sus tres hijos. Al año de haberse mudado, Ernesto montó una nueva familia.

A los trece años, el mundo de Victoria oscureció. Junto a su madre aprendió a ver la luz en aquel camino que parecía que jamás se podría recorrer. Juntas encontraron la luz que iluminaría el camino de sus vidas. Victoria aprendió a describir en palabras los colores, a tocar todo. Escuchaba poesía con los ojos cerrados. En vez de asistir al cine, madre e hija se escuchaban ópera sentadas en su sala. Tomadas de la mano, encontraron un espacio donde se miraban con profundidad. Cuando Isabel no estaba presente, Victoria intentaba vestirse con los ojos cerrados; quería comprender el mundo de su madre, entenderla, pero, sobre todo, acompañarla.

Cuando los gemelos cumplieron veinte años, Isabel le pidió un favor a su hija, pero Victoria se negó: le rogó que la ayudara a partir de aquella oscuridad. A Victoria se le quebró el corazón y declaró que sería capaz de hacer cualquier cosa por ella. Sería capaz de quitarse sus propios ojos, pero jamás la ayudaría a partir. Le pidió perdón por negarse a hacer más por ella. Le juró a su madre que visitarían todos los doctores para ayudarle a recuperar la vista. Conocía el esfuerzo que implicaba esta promesa.

Como consecuencia de su temprana edad, Victoria temió perder la vista y nunca perdió el asombro que procuraba mirar todo a su alrededor. Su hermano Antonio se sentía culpable por no ser él quien había perdido la vista. Le dolía tremendamente la pérdida de su madre, el abandono de su padre y la responsabilidad que Victoria cargaba. Pedro, sin embargo, siempre tuvo la cordura de mantener el lazo comunicativo con su padre. Sabía lo importante que era para ellos mantenerlo, de lo contrario Ernesto habría limitado la entrega de dinero.

Isabel observaba con el tacto. Crio tres hijos sensibles ante el dolor y la pérdida humanos. Repetía constantemente que el tesoro más grande que tenían era el simple hecho de ver. Les enseñó a observar la vida desde otra perspectiva: había diferentes formas de apreciarla. Los ojos del corazón nunca se equivocan. Los ojos del corazón no mienten ni saben de pérdidas de tiempo. La sensibilidad era lo más importante que debían conservar. De esta manera sus miradas nunca estarían cansadas, siempre habría paraísos que mirar, siempre habría mares y nuevos horizontes que recorrer. Educó a sus hijos con la luz del corazón, pues esa luz alumbraría más que cualquier otra.

La magia de la luz

Óscar se mostraba sospechoso ante el comportamiento de Victoria. Ella lo notaba raro, pero la realidad era que con Óscar de siete, Edgar de cinco y Emiliano de dos años, era complicado otorgarle el tiempo necesario a su marido. Cuando le sobraban minutos a su día, los utilizaba para leer o mantener sus fotos organizadas. Este pasatiempo era algo que la obsesionaba, y no dejaba de maravillarse con la magia de la luz al poder imprimir una imagen. A pesar de la tecnología, poseer fotografías materiales de los gemelos y ella cuando eran niños la transportaba a aquellas fechas de goce, cuando no había ninguna responsabilidad.

Observó su propia sonrisa como un vuelo ligero, de liviandad ante la existencia, y notó ante el espejo las marcas del tiempo en el contorno de sus ojos. Se preguntó si las líneas de expresión seguirían marcando el paso del tiempo si su vida no hubiese tenido tanto sufrimiento.

El día que cumpliría treinta y tres años se acercaba: quince de marzo. Hizo las cuentas y fue consciente de que cinco años después de la edad que estaba por cumplir, su mamá se había quedado ciega. Lloró por ella, lloró por aquel miedo que todavía abrazaba su alma y la vulnerabilidad de perderse en aquella oscuridad con tres criaturas a quienes mostrarles el camino por donde marchar.

Oscarito era un niño responsable igual que su papá: las matemáticas lo absorbían. Edgar era un apasionado por los deportes y vivía para el futbol. Emiliano tenía un encanto mezclado entre su corta edad y la admiración por sus hermanos. De los tres, Edgar era su dolor de cabeza, pues no le interesaba más que dormir abrazado a un balón.

Los gemelos vivían para sus sobrinos. Antonio fomentaba la afición por el futbol, mientras que Pedro se sentaba con Oscarito para resolver problemas matemáticos. Emiliano no soltaba a Victoria. El tercero inesperado había llegado a salvar la vida de Victoria. Era como si el cielo la hubiera compensado por tanto sufrimiento.

Sabía que a Oscarito no le gustaban los deportes, pues acompañó durante cinco años a su abuela en la sala sin la posibilidad de correr, jugar futbol ni dibujar. Abuela y nieto inventaron concursos, y entre ellos había muchas sumas y restas. Isabel le heredó a Óscar la magia del universo mental, cosa que Edgar nunca compartió.

En algún punto de su existencia la vida de Victoria retomó el ritmo perdido, la armonía de aquellas cuerdas que tejen al alma con la vida cotidiana. Tenía un hogar maravilloso y, por fortuna, Óscar nunca se opuso a que Isabel viviera con ellos. Era una espléndida compañía tanto para Victoria como para su esposo.

Cuando Oscarito nació, Isabel olvidó la idea de terminar con su vida con sólo escuchar la risa de su nieto. Esa risa y ese llanto la ayudaron a hacer las paces con su existencia. Victoria notó que la risa de su hijo llenó de vida a su madre.

Cercano el día del nacimiento de Oscarito, Ernesto se comunicó para conocer a su nieto, pero Victoria le dijo que el número al que había marcado estaba equivocado. Pedro le pidió a Victoria reconsiderar y darle una oportunidad a su padre. Sabía que él estaba arrepentido. Victoria le contestó que la vida no daba segundas oportunidades y señaló las duras circunstancias que su madre había vivido. Ésa era la razón de su negativa para ofrecer una segunda oportunidad hacia alguien que consideraba muerto.

Antonio admiraba la congruencia con la que vivía su hermana: tan coherente, tan trasparente, de una forma que siempre brindaba tranquilidad a las personas que la rodeaban. Con Victoria se sabía qué esperar. En su vida no había sorpresas, engaños ni titubeos.

Óscar se enamoró de la mujer que al mes de noviazgo le dijo: "No me quites el tiempo, que no pienso perderlo. ¿Me vas a amar para siempre o sólo por este momento?"

Óscar sintió el golpe que llega de la nada, sin avisar. Fue así que la tomó entre sus brazos y le prometió amarla por siempre. La cita que tenían programada duraría hasta la vejez. Quería compartir todas y cada una de las noches a su lado y quería que fuera la madre de sus hijos.

Se casaron y Victoria supo que Dios la había premiado al casarse con el hombre que le había devuelto un hogar. No pedía nada más que estar con su esposo, sus hijos, su madre y, como ella los llamaba, sus gemelos.

El 10 de agosto, Isabel amaneció con una migraña insoportable. Victoria dejó a Oscarito en la escuela y Edgar permaneció en el departamento a raíz de un resfriado y a petición de su abuela.

Victoria notó a su madre muy fatigada, pero sabía que Isabel era fuerte y no debía impedirle que cuidara a sus nietos. Eso le daba vida.

Pidió a su hijo que se sentara en el auto. Cuando llegaron a la puerta del colegio, Oscarito no la soltó. La abrazó con fuerza y no se le despegó.

—Óscar, ¿qué sucede?

—Tengo miedo, mamá —dijo mientras agachaba la mirada y se acurrucaba sobre ella.

—¿Miedo de qué, mi amor?

—Tengo miedo de que te quedes ciega y que nunca puedas ver, como la abuela.

Victoria, si algo había aprendido, era a no fantasear. Le compartió su esperanza de que ese evento jamás sucediera, porque entonces jamás podría ver sus largas pestañas rizadas y los bucles de cabello que le caían sobre las orejas. Eso sería terrible.

Oscarito no se despegaba, seguía sin soltarla. La tomó de la manga del suéter e hizo un nudo con la correa de su bolso, entrelazó sus pequeños dedos y le dijo:

—Mamá, promete que siempre vas a verme, pase lo que pase.

—Óscar, tú y tus hermanos son los ojos de mi existencia. Pase lo que pase mamá siempre estará junto a ustedes.

Le dio un beso en cada párpado y otro en la punta de la nariz.

—Anda, que te cierran el salón. Te amo, pestañas.

Lo miró caminar hasta que entró a su salón.

¿Cómo irse y perderse ese momento? Esa etapa de los hijos dura tan poco en la vida. Hay padres que los envían con los choferes, con las nanas. Se quedó viendo a las mamás que se despedían con prisa, a los choferes que cargaban las mochilas hasta la entrada, a los papás que llevaban a los hijos, a los que entraban corriendo sin despedirse. Quiso prolongar su estancia en la puerta por si Oscarito regresaba, pero al parecer la actividad del salón lo distrajo. Victoria se marchó con un hueco en el corazón al saber que su hijo viviría angustiado durante clases.

Llamó a casa para preguntar cómo seguía Edgar y nadie tomó la llamada. Insistió y su angustia aumentó, pero se tranquilizó al pensar que seguramente su madre habría desconectado los teléfonos para evitar que su nieto despertara. Era impresionante el amor y la paciencia de Isabel con sus nietos.

Un hueco, el whisky y su olor

Óscar abrió la cortina eléctrica del departamento en lo que Oscarito, Edgar e Isabel entraban cantando "Las Mañanitas" a la habitación, con globos y regalos en las manos. Isabel mantenía una voz divina, cantaba como un ángel. Desafortunadamente, nunca explotó su talento. Se enamoró tan perdidamente de Ernesto que renunció a las clases de canto que tomaba en Bellas Artes, pues sólo de esa manera podía estar disponible para verlo cuando él estuviera libre de su tiempo en la oficina.

Victoria escuchó el canto de su madre y recordó cómo todas las mañanas de cumpleaños escuchaba esa hermosa canción. Era el recordatorio que le decía "llevas un año más de vida". Ya no eran los gemelos los que se aventaban a la cama, sino Oscarito y Edgar, quienes subían con dificultad y ayuda.

Victoria sonreía y daba gracias con besos y abrazos. Por tradición, Óscar compraba días antes un detalle que siempre escondía en su clóset. Justo en la mañana del cumpleaños, olvidaba el lugar donde lo había guardado. Victoria reía y comprendía la actuación de la búsqueda del regalo.

Los gemelos también llegaron a festejarla. Antonio se presentó crudo y con olor a alcohol aun después de haberse bañado, mientras que Pedro regresaba de sus tradicionales diez kilómetros de *running*.

Isabel gozaba enormemente al ver llegar a sus hijos.

—Antonio, ¿por qué no me has venido a dar un beso?

—Mamá, si te lo di justo llegando.

—No, fue Pedro quien me dio doble beso. Antonio, ven, acércate para que te bese.

Antonio se acercó a Isabel.

—¿Qué te está sucediendo, Antonio? Son las diez de la mañana y apestas tremendamente a alcohol, como si acabaras de beber. También te siento más delgado. Tus brazos han perdido músculo.

Antonio miró a Óscar y le dijo:

—No es posible que siendo ciega esos detalles no se le escapen —rio.

Con rabia y con un tono de molestia, Victoria puso la miel en el comedor de golpe.

—Antonio, ojalá aprendas de la sensibilidad de mamá y no de las idioteces de tu padre.

Óscar no sabía qué hacer cuando esos momentos se presentaban. Como hijo único nunca había experimentado esos roces entre hermanos y en momentos de celebración. Sabía que su esposa tenía una lengua afilada y era capaz de hacerlo callar.

Antonio juntó valentía gracias al alcohol y al cansancio.

—Pensé que la estupidez la heredaste tú al no permitir que tus hijos convivan con su abuelo.

—¡Basta! Es el cumpleaños de tu hermana y te encuentras en su casa. Te pido que te disculpes cuanto antes —demandó Isabel.

Antonio tomó un *hot cake* con la mano y se lo llevó a la boca. Victoria reconoció la grosería como un reto, pues Isabel no podía ver tal acción.

—Mejor que se disculpe ella por hacerles creer a sus hijos que tienen un abuelo muerto.

Pedro se levantó y lo tomó del cuello para ponerlo contra la pared. Victoria miró a Oscarito. Su esposo decidió no intervenir.

Sabía cómo funcionaba el amor que su esposa dedicaba hacia sus hermanos.

—Quítame las manos de encima, pendejo —pidió Antonio.

Los gemelos comenzaron a empujarse y Victoria intervino. Para su sorpresa, recibió un golpe de Pedro sin querer.

Antonio no paró de reírse y Óscar pidió a gritos que esas escenas de vecindad nunca más se repitieran en su casa. Abrió la puerta y se marchó.

Victoria notó a su madre muy afligida. Le pidió a Pedro que ayudara a Antonio a dormir en la habitación de Oscarito. Ya hablaría con él cuando despertara sobrio.

Isabel le confirmó a Oscarito que su abuelo sí estaba vivo, pero los abandonó cuando ella quedó ciega. Por eso su mamá nunca más quiso verlo; pero si él lo deseaba harían el esfuerzo por presentárselo.

—¡De ninguna manera! —interrumpió Victoria—. A ese señor no lo quiero cerca de mí y mucho menos de mis hijos. Si a Antonio le falta papá, que lo vaya a buscar él. El señor ya tiene otros hijos que seguramente le darán nietos. Ahí tendrá la oportunidad de ser abuelo. Aquí ya tenemos uno y con él tenemos más que suficiente.

Isabel se acercó a su hija y la abrazó, consciente como madre de que detrás de esa mujer orgullosa existía una niña herida. Victoria no pudo contenerse y lloró como aquella vez a sus trece años. En brazos de su madre ahogó todos sus miedos, ahogó aquella fuerza que había guardado por treinta y tres años. No pudo más que sollozar por quien la tuvo que haber amado hasta el cansancio, por quien la tuvo que haber protegido y al final sólo la abandonó. La traicionó por haberla dejado pelear sola esa batalla. Odiaba a los hombres cobardes, no les tenía tolerancia ni respeto; odiaba saberse más hombre que muchos de los que tenía a su alrededor. Aquel que la tuvo que haber amado por siempre, aquel que fue su príncipe, se convirtió en su enemigo al entrar en la oscuridad. Aquel papá que alguna vez fue "héroe".

Los lazos que se rompen en el alma jamás se volverán a unir. Victoria no podría amarlo nunca. No podía continuar una relación falsa. Isabel sabía que su hija era como aquel piano que recita melodías sublimes, pero que es terrible si el pianista resulta incompetente. Era una madre profundamente orgullosa de su hija. Sabía que podría soportar las adversidades de la vida pero jamás los errores del alma.

Victoria amaba como ninguna otra, amaba con confianza. Se lanzaba sin dudar al abismo del amor. Había crecido al mirar sus acciones hacia ella o hacia los demás. Era camaleónica, angelical, precipitada y vertiginosa.

Óscar regresó a medio día. Victoria estaba agotada y sentía que el sutil abrazo de su madre la había conectado con el mundo.

—Princesa, arréglate, que nos vamos a Valle de Bravo.

Victoria se sintió incomoda. No quería dejar a Isabel, pero su madre se adelantó a sus comentarios.

—Mi cielo, ve a Valle de Bravo con tu marido. Yo me quedaré a cuidar a mis nietos. Necesitas distraerte y festejar esos hermosos treinta y tres años que la vida te está dando.

Victoria estaba molesta, sentida con Óscar. Esas "sorpresas" parecían beneficiarlo más a él que a ella. La casa en Valle de Bravo era de Santiago, uno de los mejores amigos de Óscar. Era un gran hombre. Lo que Victoria no soportaba de Santiago era que le gustaran los toros.

Cada vez que se reunían, Santiago le preguntaba a Victoria si dejaría a Oscarito asistir a la plaza. Años atrás, cuando estaban recién casados Óscar y Victoria, el principal objetivo de Santiago se convirtió en llevar a Victoria a los toros, pero jamás lo consiguió. Cuando Oscarito nació, Santiago hizo la promesa de que el niño sería un aficionado de las corridas: de algún modo le tenía que ganar a Victoria. Óscar jamás se alejó de Santiago, pero sí se había perdido de muchas fiestas taurinas debido a que su esposa estaba en contra del maltrato a los animales.

Victoria no quería hablar de toros ni festejar su cumpleaños discutiendo si las fiestas taurinas eran un arte o no. Sin embargo, Óscar había decidido cuál sería el mejor plan para su cumpleaños, sin consultarla. Más que ser una sorpresa, festejar lejos de sus hijos y su madre la enfadaba. Pidió a los gemelos que la acompañaran. Antonio se despertó con cruda, sobre todo cruda moral. Pidió disculpas y cargó a Victoria:

—Perdóname, hermanita. Soy un asco. Gracias a Dios tienes la otra versión de mí. Pedro nos salva a los dos o nos empeora. Seguía borracho. No sé cuántas pendejadas dije.

Pero Isabel le llamó la atención:

—Si ya no estás ebrio al menos cuida tu vocabulario frente a mis nietos.

—Mamita, perdóname. Juro por Dios sacrosantísimo nunca más beber y hablar así.

—¡Antonio, nunca se jura en vano! —sentenció Isabel enfadada.

—¿En vano, mamá? Si me estoy muriendo.

Antonio volteó hacia Victoria y notó la marca del golpe de Pedro en la mejilla derecha. Señaló su rostro.

—No mames, Victoria, qué putazo te dieron —se atacó de risa.

Victoria tocó su mejilla y se miró frente a un espejo. Reconoció la hinchazón y el aspecto tan desagradable que tenía. "Bonita forma de recibir mis treinta y tres años: con un moretón en la cara", pensó.

Isabel respiró y exclamó:

—¿Te das cuenta de que acabas de jurar en vano? ¡En menos de dos segundos dijiste una grosería! ¡No es posible!

Mientras Victoria empacaba le pidió a Óscar que cancelaran el viaje. Le dijo que no deseaba ir. Carecía de fuerza y odiaba el plan de dejar a su madre de nana justo el día del cumpleaños de su hija.

—Contigo nunca se puede quedar bien. Si hago, porque hago; y si no hago, porque nunca hago. Haz lo que quieras, yo me voy a Valle. Santiago nos está esperando en la fiesta que te organizamos —dijo Óscar de mal humor.

—¡Ay, Óscar! Pero, ¿por qué te pones así? Acabas de ver la mañana que tuve con Antonio. Además es mi cumpleaños. Lo único que me faltaba era salir regañada por ti. Si me vas a dar una sorpresa dámela cerca de mi mamá y mis hijos, no en casa de tu amigo el matatoros.

Óscar estaba a punto de decir algo cuando Pedro tocó a la puerta.

—Lo único que falta es la maleta de Antonio. Yo no pienso prestarle ropa. La deja apestando a cigarro.

Al final, partieron en la camioneta de Pedro para recoger la maleta de Antonio. En el camino Óscar platicó con ellos y Victoria miró el paisaje verde movedizo junto a la carretera. Era consciente de que ellos eran los hombres de su vida, pero sentía un hueco enorme en el pecho. Conocía la fortaleza del amor que los gemelos le dedicaban: aun con la rebeldía de Antonio, ambos darían la vida por su hermana. Óscar no le dirigió la palabra, y ella deseaba que se acercara y la abrazara. El movimiento del auto y la música la arrullaron. Empezó a cabecear, pero el sueño era más pesado que su orgullo y le pidió a Óscar su hombro. Éste le sugirió que se recargara del otro lado, pues le incomodaba bajar su cuerpo.

Victoria se giró y las lágrimas le escurrieron sin poder contenerlas; perdió el sueño. Sintió como si la hubieran tirado de la camioneta. No podía creer que en su cumpleaños su marido no la jalara hacia él y quisiera abrazarla. Se sentía mendigando amor, se sintió infame al pedir un hombro. "¿Qué habría pasado si hubiera pedido un abrazo?", pensó.

Al llegar a Valle, Victoria se dio cuenta de que de sus "amistades" eran sólo sus hermanos. Se enojó todavía más: la fiesta era exclusiva del matatoros.

—Bonita fiesta con gente que ni siquiera conozco. ¿Sabes qué, Óscar? La próxima vez, te suplico, ahórrate las fiestas sorpresas —dijo y se cambió malhumorada.

Al salir de la habitación decidió que al menos bebería. Santiago se puso feliz ante su demanda, pues era la primera vez que Victoria pedía un whisky.

Cuando pasaron a la sala, Victoria notó que arriba de la chimenea había un nicho con una escultura de la Virgen María. Al mirarla, Victoria recordó que lo mejor era que Xavier había quedado en el olvido. Se rio pensando que era la Virgen otra vez quien se lo traía al pensamiento.

Estaba ensimismada mirando los hielos y sintiendo el olor seco, amargo del whisky, cuando Santiago contestó su celular.

—Mi queridísimo Xavier Sanguinetti —dijo en el teléfono.

Victoria sintió como si un caballo le hubiera dado una patada en el estómago. Le dio un sorbo al whisky y se tragó por error un hielo que le lastimó la garganta. Arqueó sus cejas, se puso roja y su corazón comenzó a correr.

Santiago continuó la conversación con Xavier mientras le explicaba cómo llegar al rancho. Cuando Victoria escuchó que recibía indicaciones el corazón se le aceleró más. Se levantó de su lugar en el momento que entró Antonio.

—¿Estás tomando?

—¿Cómo me veo? —replicó Victoria.

—¿Llevas la mitad del vaso y ya estás borracha?

—En serio, Antonio. ¿Cómo me veo?

—Pues… te ves madreada. Literal, ese golpe se ve fatal. Y digamos que no es tu mejor día, hermanita.

Victoria corrió a su habitación y se maquilló el golpe. Se pintó los ojos y se soltó el pelo. Utilizó un color discreto para sus labios, quizá intencionalmente para que Óscar no volviera a llamarla vulgar. Tampoco quería que notara el cambio de pasar de un chongo a estar bien vestida y perfumada.

Lo mejor era que Óscar no la miraba ni le prestaba atención y, enojado como estaba, menos notaría que su mujer había encontrado una diversión para su cumpleaños.

Hasta le cambió el carácter hacia Óscar. Regresó a la sala con chimenea donde todos estaban reunidos y preguntó muy alegre por su vaso.

Quien sí notó su cambio fue Santiago.

—Pero qué guapa se puso la festejada.

Victoria sonrió incomoda y pensó que su hermano tenía el mismo tacto que los toros. Se giró para ver a Pedro y puso los ojos en blanco. El gemelo hizo una seña con la mano en señal aprobatoria. Victoria levantó su vaso con whisky y le cerró el ojo.

El cumpleaños comenzaba a cobrar sentido. Óscar la miró con desconfianza y le preguntó:

—¿Se podría saber desde cuándo bebes?

Antonio salió en su defensa:

—Cuñado, es su cumpleaños. Si nunca bebe, no está nada mal que lo haga hoy. Mientras no se la ponga como yo me la puse ayer.

Victoria no tomó en cuenta el comentario de Óscar. Minutos después, los perros comenzaron a ladrar y la muchacha dio el aviso de que Xavier Sanguinetti había llegado acompañado de la familia Echeverría.

Santiago aplaudió, se frotó las manos y dijo:

—Señores y señoras, esto va pa'largo.

De pronto, dos venezolanas salieron de la nada. A los gemelos se les iluminaron los ojos, sobre todo a Antonio. Desafortunadamente, Pedro sufría mal de amores pues su novia, exnovia quizá para entonces, había tomado la decisión de hacer un master en Inglaterra.

Óscar también notó la presencia de las señoritas y las comenzó a atender. Si estaban en la fiesta de la esposa, de alguna forma se sentía el anfitrión.

Victoria temblaba y bebía. El whisky había perdido hasta su olor gracias a los hielos y sentía que no le causaba ningún efecto. ¿Cómo lo miraría después de irse sin una despedida? ¿Le tenía que mostrar que estaba afectada, arrepentida? ¿Le tenía que demostrar que era la primera vez que se comportaba de esa manera? No era ninguna cualquiera, y no debería confundirse nunca más. ¿Lo mejor sería actuar indiferente? Xavier llegó con sus cuatro hijas y con la espectacular y sonriente Amelia.

La familia entró al salón y saludaron a todos con un beso y un abrazo. Amelia cargaba un pastel y una botella de vino para Santiago, además de una bolsita con un regalo para Victoria.

Su papel como ama de casa era perfecto. Hasta Victoria sentía envidia de vivir con alguien tan organizada como ella. La abrazó y le dio las gracias.

—No tenías por qué molestarte —dijo Victoria y abrazó a Amelia—. ¡Qué bella mascada!

Xavier se acercó y le dijo:

—Feliz cumpleaños.

Al abrazarlo, Victoria se paró de puntillas y percibió su fragancia. Al mirar sobre su hombro encontró por sorpresa el nicho de la Virgen: una vez más se manifestaba su imagen frente a ellos.

Victoria no paró de reír. Xavier la vio con desconcierto, pues no entendía el porqué de la carcajada. Había llegado preparado para cualquier reacción, pero jamás para esto. Victoria giró y abrazó a Martha Echeverría, la mejor amiga de Amelia.

A los pocos minutos comenzaron a llegar más personas y Victoria se angustió. Se sentía expuesta y parecía que cada vez que alguien llegaba tenía el fin de alejarla más de su cumpleaños, de sus hijos, de su madre, de los gemelos, de su esposo y, sobre todo, de ella misma.

Los gemelos estaban tan encantados con la fiesta que se olvidaron por completo de Victoria. Al parecer las venezolanas son las mejores psicólogas para el mal de amores. Pedro reía a carcajadas.

Óscar era tan encantador con todo el mundo que parecía que la vida le sonreía a cada momento. Se notaba fresco y sin preocupaciones. Victoria se dio cuenta de que su marido era un hipócrita, pues sabía que ella era la única que conocía su verdadero carácter. Lo odiaba por ser encantador con el resto de la gente, por no consentirla y por no procurar su bien, darle su lugar y preguntarle lo que realmente deseaba. Óscar siempre anteponía sus intereses laborales o las necesidades de sus amigos; pero en esta ocasión Victoria no le daría el gusto como era costumbre. Se dirigió a su habitación y se pintó los labios de rojo.

Al parecer el único que notó el cambio fue Xavier.

—De por sí tienes unos labios que son un pecado. Pintarlos así es ofensivo para las mujeres que te rodean.

Victoria le sonrió sin decir palabra alguna, inclinó la cabeza y cambió de lugar. Regresó a su habitación mareada, estresada. Su fragancia le había recordado la mirada en la cena, el beso en la mejilla, la mano entre sus piernas. Su aroma la penetraba, esa frescura de Xavier le entraba por cada poro de la piel. Temía ser descubierta al mirarlo, no por Óscar sino por Amelia. Había algo en Amelia que Victoria no terminaba de entender.

Al observar a las hijas de Xavier, notó que éstas habían sacado la altura del padre y la sonrisa de la madre. Definitivamente eran una familia envidiable, de revista. ¿Cómo podía poner en riesgo a su familia?, pensó. ¿Cómo podía llegar a ser tan cínico, tan amable, tan pasivo?

Victoria observó también a las amigas de Amelia. Los celos la empezaron a invadir. Estaba segura de que no era la primera vez que Xavier hacía algo como lo que le sucedió; por eso lo había encontrado tan fácil, tan rutinario y tan descarado. ¿A quién más le había metido los dedos frente a su marido?

No comió, pero bebió. Ni siquiera Óscar se enteró cuando visitó la habitación por segunda vez. Xavier la seguía con la mirada. Parecía que estudiaba cada movimiento y lo grababa en su memoria. La veía como nunca nadie la había visto. Victoria disfrutaba cruzar miradas con él.

A Martha Echeverría se le subieron las copas y comenzó a hablar en secreto sobre Amelia.

—Pobrecita, tiene tanto de todo. Tanto de hijas, tanto de casas, tanto de dinero y tanto de cuernos…

Victoria aprovechó la oportunidad:

—Xavier se me hace un tipo decente, han de ser chismes. Cuando alguien es tan famoso y tan exitoso la gente habla sin saber.

—Ay, Victoria. Me extraña que Xavier no se haya fijado en ti.

—¿Cómo dices?

—Xavier es un asqueroso mujeriego. No tiene límites. Cree que por ser guapo, famoso y millonario puede hacer lo que quiera. Su conducta es infame. Le ha puesto los cuernos a Amelia miles de veces. Dicen que *Salmita* presumió que era el mejor amante que había tenido.

Victoria abrió la boca sin recato.

—¿Se cogió a la actriz?

El estómago se le compactó y sintió que ya odiaba a esa actriz enana que ni siquiera hablaba inglés correctamente.

Pensó en lo afortunada que era por tener a Óscar. "Quizá no sea romántico ni expresivo, pero al menos no es mujeriego", razonó.

Fue entonces cuando comprendió la extraña "vibra" de Amelia. Es difícil estar en forma mientras se compite contra todas aquellas que se quieren coger a tu marido. La compadeció y simpatizó con ella. Le tenía una profunda admiración. Era tan joven que quizá Xavier era el primer hombre con el que había estado. Llevaban muchos años de matrimonio. Fue amable con ella y platicó acerca de sus dos hijas. Se dieron *tips* y compartieron chismes.

La conversación terminó cuando Amelia se estiró para tomar un vaso y le ofreció a Óscar las tetas sin discreción. En ese momento Victoria miró a Óscar y éste fingió total inocencia. Si se hubiese movido un centímetro le habría podido morder una teta sin dificultad.

Victoria se levantó molesta y salió de la casa para conversar con aquellos que estaban en el jardín. Parecían mucho más divertidos arriba del toro mecánico. Decidió subirse al juego pese a los escalofríos y el enojo que tenía. Sin temor a caerse, comenzó a ganarles a todos, hombres y mujeres. Parecía que las piernas se le habían pegado a aquel toro mecánico y no podían tirarla. Compitió contra los gemelos, pero el alcohol ya había hecho efectos en ellos y cayeron con rapidez.

Cuando terminó la competencia fue en busca de Xavier. Todos se encontraban platicando en círculo. Si la mosca muerta le pasaba las tetas a su marido, ¿por qué ella no podía tomar de la mano a Xavier?

De manera natural lo tomó y lo jaló hacia ella. Xavier la siguió como zombi sin mirar a su esposa. Jamás se soltaron mientras caminaban y él entrelazó sus dedos. Victoria sintió que el vacío que había experimentado en la carretera quedaba cubierto.

Pedro se acercó a la pareja y miró a Victoria fijamente. Victoria gozaba. Pedro no dejó de mirarla hasta que le dijo en tono de burla:

—¿Te importa que ambos estén casados o sólo te vale madres?

Victoria se molestó más por la pregunta que por la grosería. Ése era el lenguaje de Antonio, no de Pedro.

—Me importa que copies estilos que no te quedan.

Mientras dejaban a su hermano atrás, Xavier le dijo:

—Te apuesto a que te gano, Victoria.

—Depende de lo que me apuestes —contestó ella sonriente.

—Mira, Victoria, piénsalo bien antes de apostar conmigo. Soy un hombre de palabra y exijo lo que doy. Si el toro me tira antes que a ti, tú pones el premio o el castigo. Si a ti te tira, lo cual va a suceder, pierdes y te atienes a lo que yo quiera o pida.

Victoria sintió vértigo al escuchar esas palabras. Recordó que Xavier no sólo era un hombre de palabra sino de acciones. Recordó cómo había metido intempestivamente la mano entre sus piernas debajo del mantel, con su marido al lado, y el cinismo con el que se había levantado de la mesa, llamándola por su apellido de casada.

—Xavier, vas a perder.

Se montó convencida sobre el juego y se sintió poderosa gracias a todas esas semanas de silencio, de deseo y de soledad que la hacían aferrarse al toro sin poder para tirarla. Sentía la adrenalina recorriendo su cuerpo mientras todo el mundo le aplaudía y gritaba que aguantara. Xavier sonreía cruzado de brazos y contaba el tiempo que Victoria llevaba arriba del toro. La velocidad del aparato incrementaba cada vez más y Victoria no parecía disfrutar más el momento. Sin embargo, no podía estar a la disposición de Xavier.

Cayó después de minutos, y fue Xavier quien la levantó. Le retiró el cabello de la cara y limpió sus labios con el dedo índice. Además, secó su sudor con la tela de su camisa. La levantó y Victoria no paró de mirar los ojos azules de su ayudante, mismos que prometían un paraíso. Al terminar Victoria, Xavier se montó con una sonrisa de ganador y comenzó a analizar los tiempos de Victoria. Conocía el tiempo que necesitaba para hacerla perder.

Martha abrazó a Victoria mientras sus miradas se dirigían a Xavier.

—Jamás lo va a tirar, es una bestia. Dicen que coge como un diablo.

Victoria la miró y le preguntó:

—¿Por qué dicen eso?

—Porque sólo Dios las puede salvar después de que él se las coge.

Victoria tragó saliva y sintió un escalofrió que recorrió la punta de los dedos hasta la nuca. Lo miró con miedo y deseo, pero un deseo que ya la quemaba.

Xavier ganó y se levantó con las manos en alto, en señal de victoria. Había una complicidad entre ambos que nadie entendía. Victoria movía la cabeza de un lado a otro. Le había ganado por sólo veintisiete segundos. Victoria se mordió el labio inferior para evitar hacer la pregunta ansiosa: "¿Cuál será mi castigo?"

Óscar salió al jardín y se unió a los gritos. Amelia llegó a abrazar a su marido y besarlo en los labios. Victoria se giró y se marchó. Xavier la quería detener, quería ir por ella, pero Amelia no lo dejó de abrazar.

Santiago salió con un pastel, cantando "Las Mañanitas". Todos se unieron al coro y Victoria trataba de que las lágrimas no aparecieran. Óscar la abrazó y la tomó de la mano. Xavier miró esa acción y levantó la ceja. Victoria soltó a Óscar de inmediato. Mientras cantaba, Xavier cerró los ojos y movió la cabeza de arriba hacia abajo, con un gesto de aprecio por lo que Victoria había hecho por él.

A partir de ese momento nació un puente comunicativo en el que las palabras sobraban. Existía un lenguaje que sólo ellos podían entender. Victoria miró a Xavier, sopló sobre las velas y pidió un deseo cerrando los ojos. Xavier se acercó con el pretexto de felicitarla y le dijo cerca del oído:

—Deseo concedido.

Victoria lo miró y sonrió.

AMAPOLA

—Mi amor…

Victoria todavía no se acostumbraba a que él la llamara así. "¿En qué punto pensó que me podía llamar 'mi amor'? ¿Será que así le dice a su esposa? Es una manera bastante inteligente para no confundirse."

—Xavier, no me digas "mi amor".

—Pero lo eres y serás el amor de todas mis vidas.

—Llámame Victoria. Me gusta mi nombre.

—Pero, ¿cómo no te va a gustar? ¡Si te va a la perfección, mi amor! ¡Ay, perdón, perdón! ¡Victoria! —hizo una pausa—. ¿Te llamo Victoria a secas o doña Victoria?

—Victoria a secas —sonrió por educación.

—Dime algo, ¿ya notaste que estás acostumbrada a dejar todas las bebidas a la mitad? Y el amor, Victoria, ¿también me lo vas a dejar partido?

—Dejo el amor cuando está frío. Las bebidas y el amor al tiempo no me saben.

Xavier no supo qué contestar y la calló con beso con sabor a tequila.

Victoria siguió besándolo y poco después se puso de pie, tomó la champaña y por error la vació fuera de la copa. Se rio y le dijo:

—Sabes que es de buena suerte, ¿no?

—Sí, claro, eres de las que la tiran y consideran que es de buena suerte, pero que no se le caiga a otro porque entonces no lo bajas de pendejo.

Victoria lo escuchaba mientras se mojaba detrás de la oreja con champaña, como perfume.

—¿Qué haces?

—Mi mamá me enseñó que cuando se te cae la champaña te pones unas gotitas tras la oreja y en el pecho y…

—¿Para que tu novio te lama? —Xavier la interrumpió.

—No, Xavier. Se trata de un hechizo que hará que te enamores y nunca me puedas olvidar.

—¡Ah, ya! Y por eso dices que es de buena suerte —dijo y soltó una carcajada.

—Xavier, ¿dijiste *novio*?

—Sí, dije novio. Soy tu novio. ¿O qué, tú te vas todos los fines de semana a escondidas con tus amigos?

—¡No! Claro que no. Es la primera vez en mi vida que hago una locura de esta magnitud. ¿Pero de ahí a que digas *novio*? Estamos casados. Tengo esposo, tienes esposa.

—Sí, Victoria, pero ¿eso qué?

—¿Cómo que qué? ¡No podemos ser novios! Cada uno está en una relación. Amamos a nuestros esposos. Yo no quiero que dejes nunca a Amelia y yo jamás voy a dejar a Óscar. Antes de que pase cualquier cosa te tengo que decir que yo a Óscar lo amo.

—Mira qué chingona me saliste. Amas a tu esposo y estás semidesnuda con su socio en un hotel, bebiendo champaña.

—Sí, Óscar, estoy aquí porque quiero sentirme viva.

Cuando Xavier escuchó ese nombre guardó silencio

—Me acabas de llamar Óscar. Nunca más me vuelvas a llamar Óscar.

—Ah, ya entendí. ¿Por eso tú me dices "mi amor"? Así es mucho más fácil no confundir. Te llamé Óscar porque es el único nombre que menciono cuando me altero.

—Ten cuidado, *mi amor,* no le vayas a gritar pronto "Xavier".

—No vine a discutir. Lo que menos vine a hacer fue a discutir.

—Entonces, ¡demuéstrame a qué viniste, Victoria!

Xavier se acercó para morderle el labio, la acostó en la cama, le dio un último trago al tequila y entre el sabor de la champaña, el licor y los besos de Xavier, Victoria comenzó a humedecerse como si jamás la hubieran tocado.

—Perdón —se avergonzó de tanto líquido.

—Estás excitada, mi amor.

—Yo usaba lubricante. De hecho pensé que ya no lubricaba. Yo sé que a los treinta y tres años todas las mujeres lubrican, pero Óscar y yo fuimos al ginecólogo.

Xavier la calló:

—Victoria, ¿por qué no mejor usas la lengua para otras cosas? ¡Deja de hablar!

Xavier se desabrochó el botón de los jeans y se bajó el cierre. Con el dedo índice le abrió la boca y le introdujo el dedo haciendo círculo para rozar el paladar y la lengua. Era un jugueteo con el dedo y las comisuras, los labios, la lengua. Palpaba cada esquina del paladar, encías, debajo de la lengua. La abrió más, sacó el dedo, la tomó del cuello, la inclinó y la calló.

Victoria succionaba el placer, la culpa, el pecado, pero lo hacía como ninguna. Se perdía en aquel pecado carnoso que, más allá de humillarla al ponerla de rodillas, la bendecía. Victoria era orgullosamente sumisa.

Xavier tenía los ojos en blanco y las venas marcadas. Sus manos iban y venían con los movimientos de Victoria. Ella sabía que estaba de rodillas, pero él estaba a sus pies. Lo miró a los ojos y Xavier no pudo regresar a la realidad. Tuvo una contracción y lentamente la subió para besarla y decirle al oído:

—Eres el ángel del pecado.

Victoria tomó esta frase como un piropo al ver que su amante continuaba adormecido, fuera de sí, parecía drogado. En pocos segundos, Xavier tomó cuidadosamente su cuello y la jaló para acostarla sobre la cama. Descontrolado y fuera de sí la comenzó a oler. Victoria sintió aprensión, pues conocía la sensación de ser olfateada por un perro, pero jamás por un ser humano. Xavier la olía y lo único que le faltaba era aullar. Le lamía los muslos, pero entre las piernas sólo recargaba su nariz para aspirar. Victoria se reía nerviosa, pero no perdía humedad. Su amante le quitó el vestido y se encontró con un cuerpo lleno de curvas, muslos firmes, un pubis cerrado, húmedo, rosado. Unos pechos que lo atravesaban como flechas.

—Jamás imaginé este paraíso, te voy a comer completa. ¿Pero por qué no encuentro tu olor?

—¿Cómo que no encuentras mi olor?

—Hueles a jabón. ¿Por qué no te huelo?

Victoria había hecho todo para oler fresca, limpia. Sin embargo, él siguió olfateando, intentando eliminar el disfraz de olor que la cubría por completo.

—¿Te bañaste?

—No, para nada. No entiendo qué olor es el que buscas, pero éste es el mío.

—Victoria, hueles a jabón. Te voy a probar.

De la nada se comenzó a sentir incómoda, con tanta pregunta directa y natural. ¿Por qué tenía que cuestionar todo? Ella se olisqueaba y sentía que mejor no podía oler, a él tenía que gustarle esa fragancia. A cualquier hombre le habría gustado ese olor.

Xavier insistió en olfatearla. Le quitó los calzones antes de besar los labios carnosos que el banquete le ofrecía. Se detuvo. Se detuvo para conocerla, para mirarla.

—¿Sabes, Victoria? A la mujer sólo se le ve desnuda cuando se le mira abierta de piernas.

Pero a Victoria se le cerraban las piernas, sentía pudor pues nunca nadie se había detenido tanto a observarla, a conocerla. Quizá en la adolescencia se habría visto infinidad de veces frente a un espejo o en cada visita al ginecólogo, pero en esas ocasiones tenía una tela de lado al lado que no le permitía verse.

Óscar no era muy sexual, pero ni siquiera los dos exnovios que había tenido hicieron tal pausa. Xavier le dobló las piernas, se arrodilló ante ella, le separó las rodillas y se dedicó sólo a observarla. Veía la humedad y la contracción de aquella cavidad que lo esperaba con ansia. Victoria cerró los ojos. No podía creer el momento pero tampoco se lo podía perder. Abrió los ojos y se encontró con su amante perdido en éxtasis.

—Qué bella flor.

—¿Flor? —Victoria soltó una carcajada—. Nadie me ha dicho algo así.

—Tienes una amapola entre las piernas.

Victoria dirigió su mirada a su sexo. Lo sentía arder.

—Tus pétalos son delicados y exudas un líquido transparente —dijo Xavier mientras deslizaba su dedo índice sobre sus labios inferiores.

Con su dedo índice juntó más de esa miel, y empapado con ese líquido, se lo llevó a la boca. Sin otro aviso, Xavier se inclinó y la empezó a lamer. Victoria sentía que Xavier podía utilizar cualquier instrumento para tocarla; nunca había tenido un orgasmo con observar el dedo en la boca de alguien. Ahora la contracción venía de parte de ella. Cuando se arqueó se tapó la boca con la mano izquierda mientras la derecha arrugaba con fuerza la colcha blanca. La excitación hizo que contrajera las piernas. Xavier aprovechó el movimiento para acomodarla y la penetró con su lengua.

Victoria viajó al cielo, aquel cielo que sólo la mujer puede tocar y rozar en el arco del placer. Y justo ahí él pudo probar sin ningún disfraz el olor que tanto lo volvía loco. Fue entonces cuando ella supo que para volar sólo se necesita sujetar con la mano derecha aquella colcha blanca.

Veintisiete horas, trece orgasmos

—Victoria, me muero por ser uno contigo. Creo que me estoy perdiendo de amor. Sólo Dios sabe que nunca había sentido esto. Te juro que te podría amar por siempre. Eres un ángel que cayó en mi camino.

—Xavier, dime una cosa. ¿Cuál es tu confesión? ¿Qué es eso que tantas ansias tenías por decirme? Mira, yo prefiero que me lo digas de una vez, para que esto no llegue más lejos. Finalmente, no hemos estado ni hemos hecho nada que no pueda ser olvidado o irreversible.

—Victoria, aquello que te quiero decir y que no me atrevía a hacerlo es que me haces ser mejor hombre. Quería decirte que por ti seré todo lo que me pidas. Antes me sentía perdido. Y sí, he tenido una y muchas otras mujeres dentro de mi matrimonio. Amelia es una mujer adorada, una gran mujer, madre, ama de casa. Nunca habría podido encontrar una mejor madre para mis hijas, pero…

Con discreción, Victoria jaló la sabana y se cubrió el pecho. Se sentía incomoda al estar desnuda entre los brazos de su amante escuchando piropos hacia la esposa. Xavier continuó con la descripción de la maravilla que era Amelia y le contó sobre su primer encuentro.

Con las sábanas encima, Victoria fue capaz de prestar atención y pensó que, si Amelia hubiera escuchado esa conversación, habría amado por completo a su marido. Pero si también lo hubiera visto sin camisa, los jeans desabrochados y el pelo completamente alborotado, de haber entrado en aquel bosque cubierto por su olor, quizá hubiera sido lo más desagradable.

El celular de Xavier sonó y él lo miró sin alterarse.

—No estaban hablando de ella. ¿Le leyó la mente?

Victoria pensó que Xavier al menos se levantaría de la cama para hablar con su esposa. Le contestó como toda mujer desea que su marido lo haga:

—Hola, mi cielo. ¿Cómo está la esposa más guapa del mundo?

Victoria tuvo escalofríos e intentó levantarse de la cama. Xavier la jaló y, mientras hablaba con Amelia, jugó con el pelo de su amante.

Le contó sobre la carga de trabajo que había tenido en su día con el gobernador y el presidente municipal. Era tan fresco y tan fluido —hablaba con nombres y con horarios— que hasta Victoria casi se convenció de su cansancio. Xavier estaba exhausto y tenía planes de irse a la cama, pero lo primero que haría a primera hora sería despertarla.

Victoria no podía levantarse de la cama, Xavier la tenía atada a sus piernas. Bajaba la mano para acariciarle el pecho y ella le quitaba la mano. Le daba miedo hacer un ruido, estaba más nerviosa que él.

—Mi cielo, ¿y cómo están las niñas? —esperó para recibir respuesta—. Me da gusto saber que todas están bien. Las amo. Me voy porque se agota la batería. Besos.

—Qué frescura la tuya para engañar. Qué frescura la tuya para ser infiel. Xavier, ni siquiera te levantaste de la cama.

—¿Tú crees que yo me iba a perder un segundo de estar contigo en la cama? Victoria, atesoro cada segundo que pueda estar junto a ti. ¿Estás enojada?

—No, bueno. No sé. Estoy molesta. No sé qué me pasa. No puedo comprender el descaro, la frialdad del hombre, el cinismo.

—¿Cuál cinismo, bonita?

—Acabas de hablar por teléfono con tu esposa...

La pasión invadió a Victoria. Olvidó su pena y se quitó la sábana bruscamente. Se levantó de la cama completamente desnuda, absorta en sus pensamientos y en su dialogo.

—¿Cómo, Xavier? ¿Por qué? ¿Por qué le eres infiel a tan buena esposa, tan bonita mujer, tan buena mamá? Dime cómo puedes hablar con ella de esa manera y no sentir ningún tipo de culpa ni remordimiento. No tienes ningún temor de que te descubra —dijo Victoria exaltada mientras levantaba sus manos, se hacía un chongo, se lo soltaba, volvía a levantar las manos.

Comenzó a llorar desesperada; caminaba de un lado al otro.

—¿Cómo? ¿Por qué? —preguntó sin parar—. Malditos hombres, Xavier. Pueden engañar sin ningún tipo de culpa.

Xavier la observaba boquiabierto, la admiraba, la gozaba. Se levantó y se quitó los jeans con dificultad, tropezándose con la sábana tirada sobre el piso.

La abrazó por la espalda para poder contenerla, pero Victoria se resistió y lo quitó con un fuerte empujón. Él fue por ella y la volteó, entonces la comenzó a besar desesperadamente y la acostó sobre el piso con fuerza. La abrió de piernas y la penetró.

Le decía que de ahora en adelante el único temor que sentía en la vida sería perderla. Que sin ella no conocería su identidad. Victoria lloraba, gemía, gritaba, y volvía a gritar. Se ahogaba en sus lágrimas y en el sudor que producía el placer fuera del alcance de cualquier mujer.

Nadie la había poseído con tal intensidad, con tal fuerza; con ese deseo, con esa pasión, con ese miedo a perderla, con esa maldad intencionada de vencer la inocencia de creer que los héroes existen. Destruía al héroe y la convertía en su heroína.

Victoria sintió por primera vez que su corazón estaba hecho de carne viva que ardía. Sentía que su existencia estaba basada de esos momentos y que, después de él, no habría hombre que pudiera llevarla de esos oscuros laberintos hasta la gloria. Cada movimiento de Xavier era como tocar lo sublime.

—Eres mía, por fin eres mía. Escúchalo bien, Victoria: eres mía. Jamás te soltaré, nunca había sentido esto —le dijo Xavier al tomarla del rostro.

Victoria sentía el dolor, el ardor, la humedad y el hambre de su sexo. Xavier la abarcaba, la poseía sin dejar de mirarla a los ojos un solo instante.

—Me gustan tus gemidos, tu forma de quejarte, tus gestos, eres inmensamente bella.

Entre jadeos, Victoria lo quiso empujar.

—Xavier, no traes condón. Salte, termina afuera.

Mientras él se negaba a escucharla, Victoria lo empujaba con los brazos y lo jalaba con las piernas. Le pedía que se quitara y gemía de placer. Se encontraba en el borde de aquella infame controversia entre placer y deber.

Xavier recargó la nariz en el hueco derecho del hombro de Victoria, se arqueó y tocó el final. Victoria, empapada y sorprendida al estar llena de él, se tocó el vientre y sintió ese líquido caliente, espeso y abundante que la cubría. Llevó los dedos a su boca y los probó. Embriagado de placer y amor, a Xavier se le saltaban las venas del cuello y de los brazos. Al mirarla volvió a tener otra contracción. Ella lo observaba con calma, inquietud y curiosidad.

—Victoria, juro por la vida de mis hijas que jamás me había sucedido algo así. Me llevas al límite. Abarcas todas mis pasiones y te apoderas de cada uno de mis sentidos. Todos mis sentidos te hacen el amor, te cogen, te poseen, te hacen absolutamente mía.

La subió a la cama, la tapó y se metió entre las sabanas con ella. Apagó la luz y la abrazó. Victoria sentía que estaba en los brazos correctos. Óscar jamás la había llevado a esos laberintos. Se sentía completa. No se avergonzaba. Tenía un corazón entre las piernas, vivo y palpitante.

Xavier la rozó con la mano y la sintió empapada. La excitación volvió a consumirlo y la penetró nuevamente, pero ahora con suavidad la tomaba bajo sus brazos, movía la cadera con un ritmo suave y constante, la besaba, la olía, le lamía el cuello, la boca, la cara. El cuerpo de Victoria ardía en llamas, pedía más y más. La volteó y, de espaldas, la siguió penetrando. Le mordía el cuello, ambos se perdían entre gemidos. Acabaron exhaustos y quedaron profundamente dormidos.

En la mañana, Victoria escuchó algunos ruidos extraños fuera de la habitación, pero Xavier dormía con un sueño profundo sin remordimientos ni culpa. Victoria se levantó de sobresalto al notar la hora en el despertador y el hecho de que se habían quedado dormidos. Se duchó rápidamente y llamó a Óscar. Sentía que el tono de su voz era diferente. Tan cambiada estaba que percibía que no era la misma. Óscar le preguntó si estaba contenta en las conferencias y ella dijo que extrañaba casa. Se sentía culpable, había sido infiel. Su corazón tenía una grieta, su comportamiento no la hacía feliz; pero al mirar a Xavier desnudo en la cama cuando colgó, la culpa desapareció. Los músculos de su espalda se marcaban junto con sus brazos y la carnosidad de sus nalgas se levantaba con el más mínimo esfuerzo. Eran redondas, duras y perfectas. Se acercó y lo acarició.

—¡Esto es lo quiero todas las mañanas de mi vida! Cuando abra los ojos quiero verte. ¿Qué me has hecho, Victoria? ¿Qué hiciste conmigo? —dijo el amante al despertar—. Ven, mi amor, acuéstate a mi lado. No es posible que ya tenga ganas de cogerte otra vez. Tócame, mira cómo me pones.

A Victoria le dolían los muslos, la espalda y el cuello; había vivido un maratón sexual. No podía creer que Xavier quisiera cogerla de nuevo.

—Déjame orinar y regreso a hacerte mía una vez más.

Cuando Xavier fue al baño, Victoria se quedó acostada sobre la cama. Segundos después, escuchó los mismos ruidos que la despertaron y decidió abrir las puertas corredizas de madera. La sala estaba llena de mapaches. Al notarlo, Victoria, sobresaltada, dio un grito de horror.

—¿Qué pasa? —gritó Xavier desde el baño—. ¿Qué sucede?

—Xavier, se metieron tres. No, seis. No. Hay como siete "apaches". Se están comiendo todo. Y unas tres ratas enormes.

Xavier marcó desde el baño a la recepción y pidió que seguridad llegara. Salió del baño y vio que la alberca y la sala estaban llenos de tlacuaches y mapaches.

Cuando seguridad llegó Xavier estaba desnudo, intentando quitar a los animales de la bolsa de Victoria.

—Victoria, se llaman mapaches, no apaches. Y las otras son tlacuaches y no ratas enormes.

Seguridad les pidió salir de la suite con la intención de asear. Xavier tenía miedo que alguien los fotografiara; se puso una toalla en la cintura y prefirió encerrarse en el baño junto con Victoria hasta que seguridad se fuera. Cerró la puerta y rio sin parar. Victoria seguía alucinada por la escena.

—¿Tú sabes lo que fue para mí abrir la puerta y ver esos animales corriendo por todos lados y sobre mi bolsa?

—¿Y tú sabes lo que fue para mí pensar cómo iba a llegar a meterte la verga y escucharte de pronto gritar como loca que se habían metido unos apaches?

—¿Cómo dijiste? ¿Meterme qué?

—La verga, Victoria. Penetrarte como nadie nunca lo ha hecho. Y, por lo que veo, tampoco nadie te ha hablado sucio.

La excitación la sobrepasaba. Se avergonzaba de querer más pero le encantaba el poco elegante e irrespetuoso hombre que tenía frente a ella. Xavier la cargó y la pegó contra la puerta de madera del baño, le hizo a un lado el calzón y la penetró. Lo hizo una y otra vez, con fuerza, sin ternura, sin piedad, agresivo.

—Pídeme que te meta la verga, pídeme una y otra vez que te meta la verga.

Victoria ahogaba sus gritos para evitar que los de seguridad la escucharan.

—Pídeme lo que quieras, Victoria, yo te lo voy a dar. Te voy a dar todo lo que tengo: mi alma, mi tiempo, hasta mi propia vida. Dilo, Victoria, dime que quieres mi leche dentro de ti. ¡Dímelo!

Victoria se sujetó a él con las piernas mientras él la cargaba con la mano izquierda, abrazado a su cintura. Recargados sobre la pared, Xavier le tapó la boca a su amante para que no gimiera. Se mecía sin parar, constante, rítmico. Los ojos de Victoria estaban completamente en blanco y desfallecía.

Con la mayor prudencia y sin hacer el menor ruido, seguridad salió de la habitación cargando los mapaches.

Victoria notó que Xavier no había terminado y ella iba por el quinto orgasmo. Recordó a Martha Echeverría cuando le dijo que Xavier cogía como el diablo. Ahora sólo Dios la podría salvar. Aniquilada de placer sobre el suelo del baño, supo que era verdad. Recordó a la actriz; no sabía cómo preguntarle. En ese momento odió a la modelo brasileña y a la misma Martha y hasta a Amelia, quien lo disfrutaba cada una de las noches. En sólo veintisiete horas llevaba trece orgasmos.

Reza en silencio

Victoria regresó con una sonrisa de satisfacción, con la piel viva, rasposa, ardiente. Regresó con los labios hinchados y las mejillas coloradas, con las pupilas inmensas y con surcos marcados en el contorno de la boca como resultado de tanta felicidad.

Se sentía mujer, se sentía deseada, se sentía viva. Óscar le daba seguridad, calma y hogar, pero Xavier le proporcionaba deseo.

Su mundo debajo de la mesa ahora estaba completo, lleno, radiante. La agenda carecía de espacio. La pasión ocupaba gran parte de su tiempo libre.

¿Quedaría ese encuentro sólo en un fin de semana? ¿Se arriesgarían a volverse a ver en la ciudad? Xavier lamentaba su éxito, anhelaba caminar entre la gente sin ser visto.

Xavier comenzó a exigir conocer la rutina de Victoria minuto a minuto. Le mandaba mensajes diariamente: "Buenos días", "Buenas tardes", "Buenas noches". Victoria se sentía emocionada cada vez que el celular sonaba. Una dosis de adrenalina recorría su cuerpo y calmaba la ansiedad de la rutina. Era más alegre, más amorosa, y mucho más paciente con Óscar y los niños. Pasaba junto al pasillo y le guiñaba el ojo a la Virgen. Sabía que era su confidente.

—Coger con él es como estar en el cielo —se atrevió a decirle.

Se tapó la boca y rio. Se persignó. Juntó las manos sobre el pecho, bajó la mirada, apenada, y le pidió perdón por involucrarla. Pero si ése era el pecado estaba dispuesta a pagar la penitencia.

—Unas horas en los brazos de Xavier, te pido por favor. Sé que está mal que rece por esto, pero hay un lado bueno en todo esto, Virgencita: yo antes no rezaba. Te suplico unas horas más junto a Xavier. No quiero hacerle daño a nadie ni a su familia, mucho menos a la mía. Pero incluso tomarlo de la mano ha sido más de lo que desde niña soñé. Te pido perdón por mis palabras, por mis peticiones, pero tú, Virgencita, me lo pusiste en el camino. Tal vez me lo pusiste para que volviera a rezar. Además, ¿a quién le pueden hacer daño unas horas más?

Detrás de la puerta del cuarto de Emiliano, Isabel escuchó las palabras de Verónica por error. Se quedó inmóvil al saber que desde los trece años Victoria no rezaba, pero se quedó más fría al escuchar la razón por la cual volvía a hacerlo. Sintió un escalofrió y su estómago se contrajo. La sensación de frío la recorría una y otra vez, y el temor por que descubrieran a su hija apareció. A tropiezos salió de la recamara. Victoria saltó por la sorpresa.

—Mamá, pensé que te estabas bañando. El agua está abierta.

—Vine por mi…, por mi… Por esto —señaló un trapo sucio.

—¿Te ayudo? No traes tu bastón, te vas a resbalar —a Victoria se le cortaba la respiración y le temblaba la voz.

Supo entonces que los rezos se practicaban en voz baja, pero llevaba tanto tiempo sin hacerlo que había olvidado cómo hacerlo. Las manos le temblaban. Llevó a su madre al baño, intentó desvestirla.

—Victoria, puedo sola, tranquila.

—Sí, yo sé que puedes sola, sólo quería ayudarte.

Isabel se metió a bañar para organizar sus sentimientos, sus palabras, y encontrar la manera correcta de poder apoyar a su hija.

Desde hacía mucho tiempo Isabel había dejado de tener miedo. La mayoría de sus preocupaciones estaban depositadas en los gemelos. Pedro era ejemplar; y en cuanto a Antonio, era una cuestión de tiempo que pasara su rebeldía. Pero Victoria era la hija ejemplar: amorosa, obediente, entregada. Sus berrinches eran por injusticias en el mundo, porque exigía ser amada. Pero nunca se había salido de la raya, siempre se había contenido. ¿Quién era Xavier?, pensó Isabel. ¿En qué momento se habían encontrado? ¿Qué había hecho Xavier para lograr que su hija rezara?

Isabel no salió de la regadera. Debajo del chorro del agua esperaba a que cayera una respuesta. No podía prohibirle vivir, la educó con el corazón. ¿Cómo decirle que en sus acciones cometía un pecado si ella misma no lo creía? La intensidad de Victoria la asustaba, pero sabía que siempre encontraba el centro, aunque quizá éste era el momento de hacer travesuras. La vida no le había dado tiempo de jugar a las escondidillas con la responsabilidad de cuidar a una madre ciega. Ahora era cuando Victoria debía jugar, pero si lo hacía, lo haría con Isabel, que se encargaría de que nadie la descubriera.

Cuando salió de la regadera, Victoria ya se había ido a recoger a sus hijos. Llamó a los gemelos para preguntarles si podían encargarse de sus nietos. Antonio dijo que era imposible, pues los martes por la tarde se encontraba saturado de trabajo. Pedro respondió que haría todo por salir de la oficina.

Victoria llegó con sus hijos. La rutina de siempre consumía la hora de la comida, las tareas. Sin embargo, notó algo especial fuera de la rutina: que su madre siempre estaba atenta al sonido del celular y, cuando timbraba, se quedaba quieta. La notó sospechosa y comenzó a sentir nervios de que su madre la hubiera escuchado "rezar".

—¿Pasa algo, mamá?

—No, mi vida, quería ver quien te mandaba tantos mensajes. Bueno, saber, porque ver me es imposible.

Oscarito se rio y la muchacha también. Victoria dirigió su mirada a Oscarito.

—No es gracioso que la abuela haga esas bromas y ustedes se rían.

—Victoria, hay que reírse de lo que ya no es remediable. Se aprende a vivir mejor.

—Sabes perfectamente que esas bromas no me causan gracia.

—Mi vida, que a ti te desagraden esas bromas no quiere decir que a los demás no les causen risa.

Victoria se puso de mal humor, quizá por el regaño de su madre o por la falta de un mensaje de Xavier. Pasaban horas y comenzaba a necesitar sus mensajes. Molesta, metió su celular en el clóset y pensó: "No es posible que no pueda estar sin saber de él".

De vigilancia avisaron que Pedro había llegado.

—¿En martes? —preguntó Victoria.

—Le pedí a Pedro que vinera hoy para ver si me podías acompañar a una consulta.

—¿A una consulta? ¿Así no más, sin decirme nada? ¿Desde cuándo hiciste cita con quién? Claro que te llevo, pero me gustaría que me avisaras con tiempo.

Pedro entró a la estancia con aire alegre, despeinado y con una sonrisa puesta. Le dio un beso en la frente a Isabel.

—Dime que sobró algo de comida porque muero de hambre —dijo Pedro—. Entró a la cocina sin saludar a Victoria y se fue directo a la estufa.

—No te has lavado las manos… Estás peor que Oscarito —gritó Victoria.

—Me las lavé antes de salir de la oficina —y se rio.

Hortensia, la muchacha, se alegraba cuando los gemelos visitaban el departamento. Decía que veía *doblemente guapo*. A pesar de haber trabajado cinco años con ellos, no lograba reconocerlos.

—Es Pedro, Hortensia, no dejes que te engañe. Ahora regresamos —dijo Victoria.

Al subirse al coche, Isabel le pidió a Victoria que manejara rumbo al Ajusco.

—¿Hacia el Ajusco? ¿Qué tipo de doctor hay ahí, mamá?

—Mi cielo, ve hacia allá.

—Caray, se me olvidó mi celular en el clóset —Victoria la interrumpió.

—¿En el clóset?

—Digo, en el departamento, mamá. Bueno, lo dejé en el clóset.

Para concentrarse, Victoria expulsó el aire de su boca inflando los cachetes.

—Ya ni modo. ¿Tú traes el tuyo? Por si nos marcan de casa —preguntó Victoria.

—Sí, mi vida.

Isabel recargó su mano en el hombro de su hija y la acarició. Victoria suspiró y tomó el volante con las dos manos. Dentro de ese suspiró percibió el apoyo de su madre y sintió que todos los nervios del fin de semana salían de su cuerpo.

—¿Qué tal Veracruz?

Victoria se tensó al escuchar la pregunta.

—Bien, bueno, completamente insignificante, ya sabes que no hay mucho que hacer. El clima húmedo. Lo único bueno es que todo salió bien.

—Victoria, bajemos en el Ajusco. No hay ninguna cita. Quiero caminar y platicar contigo.

Victoria cerró los ojos y movió la cabeza de lado a lado. Se imaginó qué venía. No sabía cómo comenzaría a platicar lo sucedido o negar todo. Otra vez pensó en la Virgen.

Minutos más adelante, pararon el coche e Isabel se bajó de él. Victoria permanecía en el interior.

—¿Te vas a bajar o vas a rezar? —preguntó Isabel con tono de reproche.

Victoria quedó boquiabierta, miró a su madre, salió del coche y azotó la puerta. Caminó apresurada a tomar del brazo a Isabel.

—¿Qué fue lo que dijiste?

—Tienes una madre ciega, no sorda. De ahora en adelante tienes que saber dónde abres la boca.

—Ay, Dios mío, ay, Dios mío.

—Andas de un católico, mi hijita, que me asusta. ¿Qué tanto has de estar haciendo para estar rezando?

Madre e hija comenzaron a caminar por un sendero.

—Mamá, te juro por Dios que no es lo que parece, o lo que escuchaste.

—Victoria, dejemos a Dios, a los santos, y sobre todo a la Virgen, fuera de esto. No hay pecado ni penitencia.

—¡Perfecto! Me acabo de dar cuenta de que escuchaste todo. No creo que la Virgen te lo haya ido a contar, ¿o sí?

—El sarcasmo no sirve, Victoria. Estoy aterrada, te traje aquí porque quiero que nadie nos escuche, pero sobre todo quiero entender para saber ¿cómo le vamos hacer para que tu marido no te cache?

Victoria se quedó helada, asombrada, maravillada. Abrazó y besó a su madre.

—Déjate de tanto beso y abrazo. No me hace nada feliz esta historia. Óscar es un hombre íntegro, un maravilloso esposo, papá y sobre todo yerno. Pero también sé que no hay hombre perfecto. Aunque hace mucho renuncié al amor, sí lo conozco. Lo viví más de lo que tú te puedes imaginar.

Victoria miró a su madre con asombro; siempre había sido un ejemplo para ella, pero ahora más que nunca la sentía cerca. La sentía su cómplice. Sabía que la complicidad es uno de los sentimientos más fuertes de la existencia.

—Mi vida, tienes que aprender una regla. Si vas a engañar, tienes que saber hacerlo. Sólo a las pendejas las descubren, y espero que tú no seas una de ellas.

Victoria no daba crédito. Escuchar hablar a su mamá con esas palabras, con esa fuerza. Isabel tenía tal aire de seguridad que nadie habría imaginado su condición. Hablaba desde el corazón, desde el entendimiento, desde la protección que ejercía.

—No le vas a contar nada a nadie, Victoria. Las amigas son envidiosas y se convierten en brujas si alguna tiene un hombre. ¡Imagínate si tiene dos! Se mueren. No existe este tema con tus amigas. ¿Quedó claro? A tus hermanos, menos; no dejan de ser hombres, machos. Aun Pedro no soportaría saber que su hermana inmaculada pudiera llegar a ser infiel. El hombre confunde la fidelidad con la lealtad. Sería muy difícil que entendieran que tu amor por Óscar y por tu familia continúa.

Victoria se soltó en un llanto.

—Lo siento. Cuánto me apena que estemos aquí. Tengo dos sensaciones: me alegra y me apena hacerte vivir esto. Mamá, te juro que amo a Óscar, quiero vivir con él hasta el día en que muera. Amo a mi familia. Odiaría a las esposas de mis gemelos si les pusieran el cuerno. Esta situación es algo que no busqué ni pedí. Nació de la nada y, lo peor, mamá, lo peor es que no me arrepiento y quiero volver a verlo.

A Victoria le escurrían las lágrimas y se las secaba con la manga del suéter.

—¡Quisiera verlo una vez más!

—Lo sé, Victoria, lo sé.

—Vas a pensar lo peor de mí. Vas a pensar que tienes una hija de lo más puta, pero te juro, mamá, que no entiendo ni en qué momento…

—Lo único que pienso es que tengo una hija a la que no le da miedo vivir, que persigue lo que la hace feliz. Me siento muy mal por Óscar pero no puedo permitir que te cachen, pero tampoco te lo debo prohibir porque haría que lo desearas más. Vívelo sin lastimar a nadie, inteligentemente. Quiero saber todo.

—¿Todo?

—Bueno, no todo. Quiero saber, quién es, qué hace, a qué se dedica. ¿Es casado o soltero?

—Es Xavier Sanguinetti.

Isabel mostró un gesto de indignación.

—No, Victoria, por Dios. ¿Cómo? Lo conoce perfecto tu marido. Es un hombre muy famoso, conocido. M'ijita, te vas a meter en un problema. No puedes volver a verlo. Vas a perder tu familia por un momento de pasión y un arrebato de adrenalina, no vale la pena.

Isabel se detuvo, sofocada: no podía caminar más.

—¿Cuál diferencia que sea él u otro?

—Muchísima, Victoria, parece que la ciega eres tú. ¿Qué parte del poder y la fama de ese hombre no estás viendo? Son hombres en la mira de la sociedad: a todo lugar donde va el señor, lo conocen. Te pueden encontrar con él. Me opongo rotundamente a que lo veas. Te van a tomar una foto, vas a salir en la tele, en el periódico. Vas a terminar con tu familia, con tres hermosos hijos y un marido maravilloso por una estupidez.

—Mamá, por favor, ayúdame. Después ayúdame a quitármelo de la mente. Lo necesito ver una sola vez más, fuera de México. Me sentí tan viva, me sentí tan mujer cuando me hizo el amor, y volé, mamá.

—¡Victoria, basta! Esos detalles no me los quiero ni imaginar.

—Discúlpame, lo que quería decirte es que a pesar de vivir rodeada de hombres, con Xavier me sentí amada, cuidada, protegida. Una sola vez y ya. Prometo no volver a verlo después —concluyó Victoria.

Isabel la tomó en sus brazos y la besó en la frente.

Victoria lloraba, pero no por volver a ver a Xavier. Lloraba por querer revivir esa sensación, por sentir que había algo más allá de la ilusión llamada realidad.

—Está bien, hija. Mientras tanto, aprende a rezar en silencio.

Una buena ama de casa

Seis treinta de la mañana y el celular de Victoria no dejaba de vibrar. Si ya era imposible mirarse en el espejo, mucho menos tiempo tenía para leer mensajes. Las mañanas eran como una licuadora. Todos los días Edgar se rehusaba a vestirse con el uniforme del colegio; Oscarito pedía una firma con las calificaciones en la mano, mientras Emiliano se orinaba una vez más en la cama. "No entiendo por qué Emiliano se sigue haciendo pipí", clamaba Victoria con voz quejumbrosa.

Isabel pensaba que la prisa de Victoria por ver crecer a Emiliano lo presionaba tanto que éste no maduraba. Probablemente los otros dos habían hecho lo mismo, pero no había quien distrajera a su madre. La abuela no podía continuar con su angustia y sentía pena al convivir con Óscar. Al encubrir la infidelidad de su hija, sentía temor de que la descubrieran y se sentía culpable de su propio accidente. No dejaba de darle vueltas al hecho de que si no hubiera chocado, Victoria habría tenido otra vida. En ese caso, y con probabilidad, hoy estaría felizmente casada sin la necesidad de abrir ventanas y respirar.

La existencia de Isabel era un carrusel de emociones, pero fue la única que escuchó el celular de Victoria. Lo tomó y lo guardó en la bolsa de su bata. Mientras tanto, Victoria daba órdenes, gritos y besos. Óscar se bañaba con las noticias a todo volumen para enterarse de lo que sucedía en su medio. Se había acostumbrado al caos de sus mañanas y descubrió cómo escapar del hogar sin necesidad de partir. Después de organizar a los niños, Victoria sacaba a pasear a Helen, su perra. La única condición que tenía con Óscar para poder tener un pastor alemán en el departamento era que saldría tres veces al día: en la mañana con Victoria; por las tardes con un vecino; y por las noches con ellos como pareja, para que pudieran compartir su día.

Cuando Victoria tomó la correa, Helen movió su cola: sabía que su momento había llegado.

—Helen, ¡espera! No encuentro mi celular. ¿Alguien me puede explicar dónde demonios dejé mi teléfono?

—No entiendo por qué gritas si sólo estamos Hortensia y yo. Isabel sacó el teléfono del bolso.

—Mamita, no tomes mi celular.

—Victoria, dile que no sea imprudente, que no puede mensajear a esa hora. Lo tomé porque no paraba de sonar.

—Tengo que sacar a Helen —dijo Victoria haciendo caso omiso y se alejó corriendo.

En el elevador leyó:

Acaba pronto con mis ganas. Cenemos juntos.

—¡Imposible! —gritó Victoria.

Su celular timbró y, mientras Helen la jalaba para llegar a su árbol, Victoria se acomodó el teléfono en el hombro.

—Hola —dijo.

Sin saludar, Xavier continuó con su conversación.

—Quiero una cena contigo. Una cena con gente, quiero llevarte a cenar como mi novia, sin esconderte entre cuatro paredes. Sé que estoy enloqueciendo. Después de la cena te dejaré de buscar: no puedo quitarte de mi mente. Te pienso a cada momento. No puedo más, te lo suplico. Sólo quiero cenar contigo.

—Xavier, eso es imposible. Todo México te conoce. No me puedo exponer a una foto contigo. No soy la brasileña de… Discúlpame.

—¡Claro que no! Por supuesto que no lo eres. No te expondría jamás. Eres la mujer que más amo, y mira que tengo varias… —rio a carcajadas—. Acepta cenar conmigo. Te invito a cenar a Nueva York.

—¿Cómo crees? —respondió nerviosa—. ¿Con qué pretexto?

—Mañana mismo tienes una invitación en Light Blind House Internacional. Además, sirve para recopilar información necesaria para tu madre —concluyó Xavier—. Victoria, no puedo más con esta sensación. Siento que la vida se me va si no te veo.

—Tengo que colgar.

Esa necesidad que Xavier tenía por ella la conectaba con el corazón del universo. Esa voz ronca, demandante, autoritaria, resolutiva, la hacía tragar saliva y perder el ritmo de la tranquilidad. El corazón se le aceleraba y tenía las manos frías y sudorosas. Había algo en ella que brillaba.

Corrió con Helen, la miró y pensó: "Mejor no hacerla confidente: con la Virgen y mi madre tengo más que suficiente".

—Ahora sí, Helen, agárrate y corramos, que me voy a Nueva York —soltó inesperadamente.

Victoria corría gracias al temor y en dirección hacia la alegría. Sintió terror, pero descubrió que no había manera de detener esas caricias que la vida le ofrecía. Tenía que arriesgarse, debía volar a Nueva York sin temor, y gozar esa ola de placer que la invadía.

"¿Cuándo nos dirá la vida si lo hemos hecho bien? Pero, ¿cómo evitarlo si nace del corazón y viene de lo más profundo de mi ser?", pensaba al correr.

Cuando regresó al departamento se metió a bañar, e incluso después de correr hora y media sentía una inmensa energía. Sentía dicha, y esa palabra expresaba todo su sentir. Dicha es la sensación que invade a la mujer al ser deseada, cortejada y amada.

Victoria continuó con sus rezos, pero en silencio. Pedía con vehemencia que la cena en Nueva York se realizara. Además, Xavier le había prometido que después no la buscaría más. No tenía una solución más que esa: refugiar su ansiedad en los brazos de Xavier y después resignarse con la fortaleza que la vida sin opción le había brindado.

Óscar la invitó a cenar y Victoria asumió que algo grave sucedía.

—Pero, ¿pasa algo?

—¿Tiene que pasar algo para que pueda invitar a mi esposa a cenar?

—No, mi amor, pero me asusta.

—Victoria, mira que eres exagerada. No hemos salido porque estamos en una etapa difícil y no debemos dejarle a tu mamá los niños, pero con gusto te pediría que me acompañaras a Dubái.

—¿A dónde?

—A Dubái, princesa, me tengo que ir tres semanas. El próximo jueves salgo de viaje. Necesitamos reunirnos de emergencia y mi equipo no puede ir.

Victoria no podía contener la emoción al saber que Óscar se ausentaba para ir a Dubái. Pensó: "Definitivamente la Virgen está de mi lado, me está ayudando".

Óscar jamás esperó tal comprensión de su esposa. Algo había sucedido con Victoria. ¿Qué la había hecho madurar? Una esposa sumisa era una joya difícil de encontrar.

—Princesa, te voy a recompensar. Sé que te dejo en un momento difícil.

—Entiendo todo. Sé que a la pareja la tienes que impulsar. Además, si te va bien a ti, nos va bien a todos. Y si me va bien a mí, pues todos estamos más contentos —hizo una pausa—. Hablando de viajes, te platico que yo también salgo.

—¿Cómo? ¿Adónde? —preguntó con sorpresa Óscar.

—Tengo que ir a Nueva York. Me hablaron de Light Blind House.

La seguridad con la que lo había dicho contaba para esconder la mentira. En el momento que Victoria hablaba, Óscar leía un mensaje y sólo asentía con la cabeza.

—Óscar, ¿escuchaste lo que te dije? Cada día me queda más claro que los hombres no pueden hacer dos cosas a la vez —dijo para sí—. ¿Me escuchaste?

—Sí, nena. Escuché perfecto. Deja le marco a Santiago, se complicó una entrega en Alemania y no van a dejar salir las máquinas para Dubái.

Victoria negó con la cabeza y se dio cuenta del gran equipo que formaban para hacer funcionar su hogar. Pero la realidad era que Óscar no la había escuchado, no como Victoria necesitaba ser escuchada.

No importaba. Ya había alguien que la llevaría hasta Nueva York a cenar y escucharla.

Xavier continuó mandando mensajes, desesperado. No conocía los espacios privados ni respetaba los tiempos. Victoria no comprendía el momento en que se daba la oportunidad de escribirle entre tanto trabajo. Ahí comprendió que los pretextos no existían. El hombre, cuando está enamorado, siempre busca un momento para su amante.

Desde que comenzaron a mandarse mensajes, Xavier insistió en que Victoria necesitaba un asistente al enterarse del agotamiento de su amante. En realidad era uno de sus guardaespaldas. Victoria se enfadó y le llamó. Le dijo que no podía estar enviando gente desconocida. Entre más gente la viera, las posibilidades de que los descubrieran eran mayores. Entonces recordó que era el mismo guardaespaldas de la foto, aquel que lo protege en sus infidelidades. Se enojó aún más.

—Claro, me mandaste al que te cuida tus infidelidades.

—No, Victoria, te mandé a una persona de toda mi confianza para que te ayude y lo pongas hacer todo lo que necesites. Así te podrás concentrar en tus clases y les dedicarás más tiempo a tus hijos.

Victoria estaba celosa. Se preguntaba si el "asistente" Alberto también había servido a la brasileña de las piernas bonitas. Pensó que, al menos, iba a desquitar sus celos. Lo mandó a la tintorería, al súper, por comida para Helen. Le pidió ir a la zapatería por un trabajo de Óscar. A recoger un certificado médico. Al banco a depositar unos cheques.

Victoria comenzó a tener tiempo en las mañanas para su madre, sus clases de yoga, sus alumnos, y para las actividades de sus hijos en las tardes. "Van a pensar que el guardaespaldas es mi amante", meditó con temor. Por esa razón, no le permitía a Alberto entrar al edificio y sólo se reunía con él por las mañanas en el estacionamiento del yoga.

Alberto llegaba diariamente vestido con un traje negro, en una suburban negra, y con mala actitud recibía la lista de las actividades que haría en el día.

Victoria comenzó a gozar las malas caras de Alberto mientras le ponía actividades extra; pero un día lo notó enfermo. Le pidió que fuera a su casa y le prometió que ella le reportaría a Xavier el trabajo de su día. Victoria se convirtió en la patrona de Alberto. A partir de ese momento, la lista de actividades disminuyó, pero él ya estaba al servicio de Victoria por gusto propio.

Xavier se comenzó a preocupar de que Alberto fuera tan gustoso al súper, tintorería, plomero, veterinario. Reconoció que Victoria tenía un encanto que enamoraba a cualquiera.

Isabel nunca entendió cómo su hija dividía su tiempo y no abandonaba las obligaciones de "una buena ama de casa", pero estaba orgullosa de ella. Mientras tanto, Óscar preparaba su viaje a Dubái y estaba orgulloso de que las cosas en casa marcharan en armonía. Con el tiempo que tenía, Victoria tuvo tiempo de comprar la ropa interior, la piyama y el vestido con los que se vestiría en Nueva York.

NUEVA YORK

La infidelidad la había acercado a la religión. Ahora se persignaba a cada momento. Entendió por qué México estaba lleno de católicas: "Sabrá Dios lo que piden en sus rezos". Pero ella sabía que para rezar con fervor se necesita pedir desde aquellos lugares donde la fe no llega.

Tomó asiento en primera clase y despegó en lo que sería un viaje placentero. Gozaba de atenderse bien. Ese viaje estaba dedicado al placer y lo llevaría al extremo. Guardó en la maleta, con cuidado, la lista de los juguetes que los niños le habían pedido. Hasta el mismo Óscar, desde Dubái, le había encargado camisas nuevas, pues con tantas juntas no tendría tiempo de comprarlas. Esa lista con todos los encargos del viaje era como si el destino se estuviera vengado de los pendientes que le pedía resolver día a día a su "asistente", Alberto. ¿Cómo podría hacer todas esas compras en dos días? "Mi mamá y Óscar, ¿me habrán encargado tantas cosas para mantenerme ocupada?", se preguntó.

Tomó la revista del avión y la comenzó a ojear. Encontró un reportaje sobre Xavier. Inmediatamente cerró la publicación al verlo en una imagen y se puso colorada, como si la azafata conociera la pasión que despertaba esa fotografía en ella. En ese momento supo que un simple movimiento en falso bastaba para inquietar la conciencia.

En la sala de llegadas observó a un chofer del hotel Four Seasons con una cartulina escrita con su nombre y apellido. Prefirió pasarlo por alto y tomó un taxi amarillo. Le pidió dirigirse a la calle 57 East 57th Street. Llevaba diez minutos en el taxi cuando Xavier le llamó al celular por cuarta ocasión. Victoria respondió con voz apresurada:

—Ay, hola, perdón. Estaba platicando con el taxista sobre la importancia de Mike Bloomberg y se me fue el tiempo, por eso no te marqué. Pero ya te iba a...

No había terminado de hablar cuando Xavier la interrumpió en tono grave.

—Nunca —con tono aún más grave—: nunca, Victoria. ¡En tu vida me vuelvas hace algo así! ¡Nunca! ¿Escuchaste?

—Xavier, ¿qué te sucede? ¿Estás bien?

—Jamás te vuelvas a subir a un taxi de la calle. Mandé a un chofer a recogerte. ¿Por qué diablos no te fuiste con él?

—Primero te calmas, que no soy tu esposa para que me hables de ese modo. Cuando le bajes cinco rayas a tu tono de voz, me marcas.

Colgó el teléfono completamente enfurecida.

"¿Quién se cree? En su vida Óscar se ha dirigido hacia mí así. Pobre Amelia. ¿Así le gritará diario?", pensó.

Xavier le marcó tres veces más y Victoria no tomó la llamada. Pero sí llamó a casa y platicó largo rato con Isabel. Tanto, que la dejó tranquila y logró engañarla al prometer que no vería a Xavier.

No sabía qué parte era mentira, pues nadie le había gritado como él. No le apetecía llegar a un lugar en donde en vez de romance hubieran gritos. El lugar para los gritos ya estaba reservado, y le pertenecía a su marido. Óscar era gruñón, pero casi nunca gritaba, lo cual desplazaba a Xavier completamente.

Decidió no responder a los doce intentos de llamadas. Tanta insistencia comenzó a darle placer y temor. Óscar pertenecía a aquellos que se enojaban y nunca llamaban.

A tres cuadras del hotel, justo en la llamada trece, contestó.

—¿Sí?

—Perdóname, flaquita. Me aterré cuando él chofer me llamó para decirme que no habías llegado. Pensé que habías tenido algún problema y no estaba ahí para cuidarte, para protegerte y todo se salió de control. Aquí estoy esperándote en el *penthouse* del hotel. Al llegar te encontrarás con la señorita Lee, que ya te está esperando. Ella te acompañará.

—Xavier, no me vuelvas a llamar flaquita. Nunca más en tu vida.

—Uy… ¿Tienes hambre? —dijo con tono nervioso y un poco de burla.

—Ya llegué. No tengo hambre, estoy ansiosa. No me subí con el chofer porque quería disponer de un poco de discreción.

—Victoria, sube, mi amor, estás muy molesta. En cuanto veas que puse Nueva York a tus pies, vas a sonreír.

La señorita Lee tenía como setenta y nueve años. Era una asiática muy flaquita, de tez más blanca que la leche y sus arrugas parecían hechas de cartón. Encorvada, parecía ser más baja de lo que era realmente. Tenía una joroba que sólo mostraba en el elevador. Victoria se preguntaba si Xavier la conocía o había dicho adrede que era una señorita quien la esperaba. Pero después lo descartó: "No tiene el ingenio para una broma así. Una cosa así sólo saldría de boca de Antonio". Subió al *penthouse* y lo primero que notó fue el ventanal tan amplio con vista a la ciudad: en efecto, Nueva York se encontraba a sus pies.

Xavier vestía unos jeans ajustados y una camisa rosa que sólo un hombre con su cuerpo podía lucir. Tenía húmedo el cabello. La abrazó, la cargó, la tomó de la cintura y la besó con suavidad. Se detuvo en el labio inferior, chupándolo entre sus labios tiernamente. Victoria no paró de percibir su fragancia. El olor de madera con menta pimentada y cedros secos la llevó fuera de sí.

—La señorita Lee tiene como ochocientos años —dijo mientras sus labios seguían entrelazados.

Xavier soltó una carcajada.

—¡No puede ser! Eres brillante.

—¡No lo puedo creer! O sea, sí lo hiciste adrede. ¿Conoces a la señora?

Xavier recargó su mano izquierda en el abdomen y rio.

—Claro, siempre me hospedo en este hotel y la señora trabaja aquí desde que fundaron el primer Four Seasons. Hasta dicen que es fantasma.

—Xavier, ¡qué cabrón eres! Estoy impresionada.

—No, el que está impresionado soy yo. No se te va una sola. Además, estabas molesta y nerviosa. No quiero saber lo inteligente que puedes ser concentrada y de buenas.

Victoria miró el cuarto en el que estaban:

—Es más grande que mi departamento. Caben tres familias aquí.

—Mira cómo se ve Nueva York. Es como tú.

—¿Como yo?

—Sí, como tú: viva, imponente, llena de luz y peligrosa.

Victoria le pasó la mano sobre el cabello, despeinándolo.

—No soy peligrosa —respondió.

Una vez más el tono morado del atardecer la llevó a reflexionar. Esa combinación de colores hacía que el corazón de Victoria tomara una pausa. El color naranja que cubría los edificios que estaban a sus pies y que entraba por sus ventanas, iluminaba una historia, un destino y una salida. Pensó en su madre y sintió cómo su corazón palidecía: "¿Qué sería vivir en esa oscuridad?"

Le dio vergüenza ser capaz de mirar ese concierto de luces, esa arquitectura soberbia y elegante, y la vergüenza la llevó a taparse los ojos y sentir una gran tristeza. Pensó en Dios: "¿Cuál es la razón de haber dejado ciega a una mujer dedicada al amor? Si existes, te odio".

El *penthouse* estaba diseñado para observar la ciudad hacia los cuatro puntos cardinales. Lo comenzó a recorrer y las luces la acompañaron. Para contemplar todo, rodeó el cuarto con rapidez. Entre la sala, los baños, la recámara, la danza de las luces era imparable.

Se soltó en llanto. Xavier la sujetó, pero no la interrumpió. Entendió que él no era un personaje dentro de ese dolor. La abrazó y ella lloró como lo habría hecho en brazos de su padre si no se hubiera marchado. Se convirtió en una niña, la herida sangraba y Xavier la cubrió con sus brazos. Fue paciente y silencioso.

Después de tantos pañuelos, tanto llanto, tanto dolor, entró al baño a lavarse la cara. No se encontraba atractiva, mucho menos sexy. Salió del baño y lo miró.

—Ahora sí me queda claro que después de Nueva York no me volverás a llamar —dijo mientras caía suavemente sobre la alfombra del cuarto—. Creo que de tus amantes soy la peor. Me apena no haber dado la talla de buena amante. Nueva York me sofoca. Esta ciudad tiene algo que me atrae y me aleja. Mi papá nos trajo cuando todavía éramos una familia unida. Sucedió justo un año antes del accidente y poder ver lo que para mi madre no es posible, me ha roto el alma.

—Victoria, no sé qué decir. Lamento que no esté en mis posibilidades ayudarte. Voy a hablar mañana con el director del hospital que te comenté para que nos recomienden algo para ayudarla. Habrá algún tratamiento nuevo que pueda intentar.

—No existe tratamiento, Xavier. Todo lo que se pudo haber hecho se perdió con la edad.

—Su calidad de vida es buena dentro de lo que cabe.

Timbró el teléfono y Xavier leyó el registro.

—Es Amelia.

Victoria se levantó y salió de la habitación. Xavier perdió a propósito la llamada. Apagó el celular y tomó a Victoria de la cintura. Besó a su amante por detrás del cuello y dijo con un suspiro:

—Te amo, sin duda alguna te amo.

Victoria guardó silencio y bajó la barbilla y le besó el brazo.

—¿Quién diría que tendríamos la oportunidad de volver a vernos?

—Te siento tan mía. No entiendo que no lo seas. Que Dios perdone lo que voy a decirte, pero siento que eres lo más importante que hay en mi vida. No puedo decir que no he amado porque sería mentira. Claro que he amado: amo a mis hijas y daría la vida por ellas. Son la razón de mi existencia. Pero tú, Victoria, te has convertido en el aire que respiro. No sabría vivir sin ti. Yo sé que amas a tu familia y yo a la mía pero, ¡carajo!, me haces el hombre más afortunado de la tierra.

Ella lo miró y se preguntó cuál podría ser el sentimiento que Xavier encontraba en ella y no encontraba con otra. Sabía que no era como las demás, pero no entendía qué era lo que tenía para que Xavier se perdiera por ella. La modelo brasileña sin duda era más hermosa, y podría asegurar que no tenía celulitis. La actriz era guapa, famosa y mexicana. Ellos dos podrían tener más en común. Dejó de pensar y se puso un suéter de cuello de tortuga, suspirando. Ni siquiera sacó el vestido negro.

—Tengo frío. ¿Me puedo ir así o estoy muy fachosa?

—Hoy te puedes ir así, al de mañana, no.

—¿Al de mañana?

—Sí, mañana te voy a llevar a cenar a otro de mis favoritos. El de hoy también es parte de ellos, pero no tanto.

Xavier salió del hotel primero y se dirigió al coche. Victoria lo seguía como una turista despistada, que no lo conocía. La gente lo seguía con la vista y lo señalaban.

Dentro del coche el chofer miraba a Xavier a discreción por el retrovisor. Los nervios suplieron a la tristeza y Victoria comentó:

—Lo que estamos haciendo es una locura.

—Locura lo que te voy a hacer después de cenar.

Victoria llevó su dedo índice a los labios en señal de silencio.

—Habla español.

Xavier frunció el ceño y le mandó un beso.

—Llegamos, yo entro primero. No sabes cuánta emoción tengo, mi amor.

Victoria esperó algunos minutos dentro del auto. Tomó aire y decidió bajar. Entró al restaurante con absoluta decisión, pensando que ésa sería la primera y última cena con Xavier en público. La *hostess* la recibió y la llevó a la mesa. Él se levantó y dijo:

—Gracias por hacer mi sueño realidad. Pensé que no bajarías del coche.

—Aquí estoy.

Xavier acomodó la silla y la ayudó a sentarse.

—Ahora sí soy un hombre exitoso. Estoy cenando con la mujer de mis sueños —dijo mientras tomaba asiento.

—Xavi, baja la voz.

—¿Xavi? Es la primera vez que me llamas Xavi. Me excita cuando me llamas por mi nombre en la cama. Victoria, cada vez que te la metía decías mi nombre. Mejor cambiemos de tema porque se me está parado. Y sabrás que con este tamaño, me incomoda bastante —rio.

Victoria levantó las cejas y dijo:

—No puede ser que ése sea tema de todos los hombres: ricos, exitosos, famosos, no famosos, normales, adolescentes, niños. Simplemente, no es posible.

—No sé cuántas hayas visto y no quiero saber, pero te aseguro que de este tamaño —dijo mientras se señalaba la entrepierna— hay muy pocas —concluyó y le guiñó el ojo.

Victoria volteó a su alrededor, preocupada por que alguien hablara español, reconociera a Xavier y encima lo viera como buen macho presumiendo su enorme miembro. Había imaginado un restaurante mucho más elegante. Sin duda, éste era acogedor, caro y con un estilo glamuroso que pretendía mucha modestia.

—No sabes qué delicia de pan tiene este restaurante. Lo tienes que probar: lo hacen al momento. Y no se te vaya a ocurrir pedir una Coca-Cola.

Victoria sonrió y dijo:

—No veo la hora de probar el postre.

Xavier se emocionó al notar que Victoria tuviera la cortesía de recordar el detalle del porqué era su restaurante favorito. Pidió una botella de vino Petrus 2001. Victoria escuchaba la historia de su mejor amigo, al que le decían *el Negro* porque era albino. Xavier le prometió que algún día se lo presentaría.

—Brindemos una vez más por lo afortunado que soy. Soñé con este momento tantas veces durante diferentes horas del día, despierto, en juntas, al bañarme, listo para dormir. Te has convertido en una obsesión. ¡Qué mujer tan completa!

Llegó la cena. Xavier le ofrecía el salmón en la boca pero ella lo esquivaba y continuaba platicando y bebiendo. Pidieron otra botella y Victoria no paró de contar historias. Platicó de su padre y le contó que todavía vivía, pero que ella lo daba por muerto. Le relató acerca de los sueños que tenía con unicornios cuando era niña. Le confesó todo lo que en el pasado quiso hacer y nunca logró realizar. Describió a los gemelos y a sus novias. Compartió sus miedos y sus metas.

Xavier la escuchaba y la admiraba. No había nada ni nadie que robara su atención. Todos sus sentidos estaban depositados en ella. Victoria había encontrado quien la escuchara: ahí iniciaba el verdadero orgasmo de la mujer, en el oído.

—Victoria, no quiero verte llorar nunca más. Pensé que tu papá había muerto en ese accidente. Jamás imaginé que los había abandonado. Qué hombre tan cobarde. Ahora entiendo tu fortaleza. Me quisiera llevar todo lo que has sufrido. Despiertas en mí lo que ninguna otra mujer ha despertado. ¿Te acuerdas que tenía una confesión que hacerte? Ya te lo había dicho, pero…

—Ay, ¡no! Ahora me vas a salir con otra cosa. No me digas, por favor, Xavier. No quiero saber. No quiero cargar nada por hoy, te lo suplico. Hoy quiero tener la libertad de no tener que cargar a mi mamá, a mis hijos, a mi esposo, a mis gemelos, a mis alumnos invidentes.

—Tienes razón. Esperaré para decírtelo mañana.

—Xavier, la gente se confiesa para dejar la carga en el otro. No me lo tomes a mal. No quiero saber nada que robe mi momento. Te pido una disculpa por las lágrimas que solté al llegar. Pero me niego a ser la niña dolida que llegó a Nueva York y se quebró por haber encontrado a alguien más fuerte que ella. Pero esta niña por fin curó sus heridas.

—No pidas perdón por tus emociones. Vivo con cinco mujeres y sé mejor que nadie lo que necesitan. Amanecen con una idea y terminan el día con una completamente opuesta.

—Nunca imaginé que lloraría o que tuviera tanto dolor por dentro. Lo que lloré y la manera que tuviste de contenerme fue deliciosa. Jamás había encontrado tanta seguridad en unos brazos.

—Me gusta protegerte, Victoria, me hace sentir bien.

Las tres botellas de vino les dieron el valor para salir a las calles y caminar tomados de la mano. Xavier gritaba, abrió los brazos y miró hacia el cielo.

—¡Véanme, soy el hombre más feliz del mundo! Puedo caminar tomado de la mano de la vieja que más me gusta en el universo —gritó.

Victoria lo empujó.

—¿La vieja?

—Ay, no aguantas nada. Eres tan *snob*. *Vieja* es una buena expresión. Hoy eres mi vieja y no hay quien lo discuta. La *señora*

Sanguinetti. Pero qué bien te va ese nombre.

—Xavier, ¿vamos a caminar sin rumbo?

—Agarrarte la mano; ése es mi rumbo.

—Tú camina adonde quieras, yo te sigo.

—¿Estás borracha?

—Un poco, ¿y tú?

—¿Un poco tú...? —rieron.

—Quise decir: yo un poco, ¿y tú? — corrigió Xavier.

—Estoy más allá de *brocha*... —y se reía—. ¿Cómo será más allá? Eso es lo que pasa contigo. Estoy más allá de todo. Más allá de enamorada.

—Ahora que lleguemos, vas a estás más allá de cogida. Victoria, te voy a coger como te lo mereces. Como nadie en tu vida te ha cogido. Vas a temblar de placer. Vas a implorar por que te deje respirar. Te voy a comer completa, no voy a dejar ni una sola parte de tu cuerpo sin tocar con mi lengua.

Parecía que Victoria lo escuchaba con los ojos por tan inmensos. La piel se le erizaba ante cada palabra. Sentía cómo su cuerpo se preparaba para él. Tenía el poder de hacerla sentir pequeños y constantes calambres arriba del pubis sin tocarla.

—¿Estás enamorada de mí, Victoria?

—Lamentablemente, sí.

—Pues agárrate, porque ya te cargó la chingada.

La levantó por las axilas, y al bajarla le lamió el cachete. Victoria cogió la manga de su suéter y se limpió.

—A veces eres tan... —calló.

—Naco. ¿Ibas a decir naco?

—Sí, exacto. Eso iba a decir. Eres tan naco.

—Pues este naco que tienes frente a ti, te va a meter la revolcada de tu vida. Ningún príncipe azul coge como los nacos. Cuidado, Lady Fifí, que a este naco le vas a rogar que te coja una y otra y otra vez.

—Xavier, no me agarres las pompas en la calle.

Él se burló de Victoria imitándola.

—Cállate los ojos —Victoria se cubrió los ojos con la mano.

La abrazó con la mano derecha y la jaló hacia él. Se acercó al oído de Victoria y en voz baja le dijo:

—Te voy a comer el culo —y le lamió el oído.

Victoria sentía punzadas desde los dedos del pie hasta la nuca, pasando por el pubis. Sufría escalofríos e hinchazón en el pecho, en los labios y en las mejillas.

Cuando llegaron al hotel la señorita Lee estaba en el lobby. La pareja llegó tomada de la mano y riendo. La señorita Lee se retiró los anteojos arqueando las cejas pintadas y los miró sorprendida.

—Observa la mirada de la señora. Sabrá con cuántas te has quedado en este hotel.

—Ellas no tienen importancia. Te aseguro que es la primera vez en mi vida que entro tomado de la mano de una mujer a un hotel, ni siquiera de Amelia —hizo una pausa—. Sé lo que pensaste cuando viste la cara de la abuelita.

—¡Xavier!

En la habitación los esperaba un plato adornado con fresas cubiertas con chocolate y una botella de champaña. Victoria tomó una fresa y dijo:

—Es mi fruta favorita, me encantan.

Xavier aceptó el postre de la mano de Victoria, pero no pudo con más de una.

—Victoria, ¿cómo puedes comer después de todo lo que cenamos?

Su amante se dirigió a él con cara de incógnita. Xavier se acercó a ella y utilizó sus manos para desnudarla, pero ella se negó y caminó de espaldas hacia el baño.

—Deja que me bañe, quitarme el vuelo, el aeropuerto, el viaje, la angustia, la llegada. Necesito la regadera para sentirme cómoda.

—No, de ninguna manera. Si lo que necesito es tu fragancia.

—Pero yo no huelo así... Traigo mil horas de viaje encima. Ándale, Xavier, quítate. Tú estás todo limpio; cuando llegué apenas habías salido del baño.

—Bueno, pero sólo si yo te puedo bañar.

—Ok. Acepto.

Pegada a un gran ventanal estaba colocada una hermosa tina de mármol. La vista que tenía de la ciudad era majestuosa. Xavier abrió la llave de agua caliente para llenar la tina.

—Me da vértigo asomarme. Mira, acércate.

—A mí me da vértigo besarte —contestó Xavier—. Desnúdate y métete a la tina.

—Sumérgete conmigo.

Victoria apagó las luces y encendió las tres velas que descansaban sobre el suelo, al lado de la tina. Xavier trajo consigo una botella de champaña

—No, por favor, me tomo eso y me muero —comentó Victoria.

—Te la vas a tomar, pero no desde la copa.

—¿Te la vas a poner ahí? —dijo Victoria mientras señalaba el miembro de su amante. ¿Y luego?

—¡Claro que no! "Ahí", ¿te refieres a mi verga?

—Sí —respondió Victoria sorprendida.

—¡Por supuesto que no! Esto arde mal. La champaña te deja la verga irritada, y no queremos eso porque la vas a usar hasta más no poder.

Todo parecía ser parte de un sueño. Victoria pensó que en cualquier momento despertaría. Nunca supo en qué instante las cosas sucedieron para que estuvieran en esa tina gigante de mármol, llenándola con espuma y con vista a una de las ciudades más populares del mundo. Completamente desnuda, Victoria se paró frente al ventanal para buscar la luna. Mientras Xavier tomaba más champaña, la admiraba. Prendió la luz y Victoria se recargó de espaldas y con premura sobre el vidrio.

—Quítate de la ventana.

—Apaga la luz.

—¿Podrías no enseñar las nalgas a todo Nueva York, por favor?

—Apaga la luz.

—Victoria, te van a ver las nalgas, quítate de la puta ventana.

Victoria se sumergió de inmediato en la tina y se quemó.

—¿Estás loca? ¿Qué te pasa? El agua está ardiendo.

Se salió lo más rápido que pudo, completamente roja.

—Xavier, apaga la luz, odio las luces de los baños de todos los hoteles. Se nota la celulitis.

—Pero si no tienes celulitis. Te he visto más cerca que tú. He tenido tus nalgas más cerca de lo que tú las puedas ver.

—Sí tengo.

Xavier encontró un espejo y la volteó hacia él. Sin que se diera cuenta le tomó una foto con su celular. Victoria olvidó la celulitis y gritó:

—Borra esa foto. Imagínate que la ve alguna de tus hijas o Amelia. ¡Bórrala!

—No la voy a borrar porque son las nalgas más hermosas que visto en mi vida. No tienes nada de celulitis.

—Borra la foto.

—La voy a borrar con una sola condición. Párate de nalgas al espejo.

Xavier dejó el celular sobre la cama y apagó la luz. Las luces de la ciudad y las velas apenas iluminaban el cuarto.

—Mastúrbate —pidió Xavier.

—¿Qué? ¿La condición para que borres la foto es que me masturbe?

—Sí, párate frente hacia mí. Agáchate.

Victoria notó que su silueta se reflejaba en los ojos azules de su amante. Detrás de Xavier el Empire State se asomaba.

—Agáchate más y voltea al espejo. Mírate las nalgas, abre las piernas. Agáchate más y mira lo que yo veo. Ve el paraíso que tienes y del cual te avergüenzas —Xavier le dio unos segundos para cumplir sus órdenes—. Abre más las piernas. Métete un dedo. Hazme caso. Métete un dedo. Si te agachas más y estiras las rodillas notarás tus labios hinchados. Métete el dedo y juega con el clítoris.

Obediente, Victoria siguió cada paso de Xavier y comenzó a escurrir un líquido transparente entre sus muslos.

—Sigue.

Victoria comenzó a gemir y a perder el control de su respiración.

—Me voy hacer pipí… —dijo entre gemidos y con dificultad.

—No te detengas, no es pipí. Por favor, no te detengas, te voy a enseñar a eyacular. Sigue, pierde el miedo, piérdelo. ¡Aquí estoy, Victoria, no te va a pasar nada!

Con el ritmo constante de sus dedos, sintió la humedad de aquella carnosidad que vibraba con el frote de la mano. Xavier se masajeaba el cabello con los dedos, y la acompañaba con su voz.

—No le tengas miedo al placer. Déjate llevar. Sigue, Victoria.

—No, ya no puedo. Me duele.

—Déjame ayudarte.

Xavier se sentó sobre el suelo debajo de sus piernas y las abrió todavía más. Lamió los muslos y las ingles mientras guiaba la mano izquierda de Victoria para que se metiera un dedo. Acto seguido utilizó su lengua para entrar a su amante y, con ayuda del brazo derecho, sujetó las piernas de Victoria. Con la mano libre estimuló el clítoris con el pulgar haciendo círculos.

Victoria puso los ojos en blanco, se le cortó la respiración y gritó. Tuvo una contracción en el pubis, se le doblaron las rodillas y soltó una cantidad tan grande de líquido que parecía que se había orinado. Cayó sobre su amante, extasiada.

Xavier se levantó, se quitó la camisa rosa mojada por el líquido de Victoria y la cargó hasta llevarla a la cama. Sin pausa, la penetró una y otra vez.

—Conoce tu sabor en mi boca, Victoria. Pruébate, suelta tus temores y pruébate en mi boca. Conoce a lo que sabes. Prueba ese sabor dulce y amargo. Así saben las mujeres.

Victoria lamía los labios y el cuello de Xavier. Cuando la cambió de posición cayeron gotas de sudor sobre el pecho de su amante. Lo rodeó con sus piernas. Tenía las pupilas dilatadas y la intensidad del rojo de sus labios era natural. Se encontraba en éxtasis, pero su sexo pedía más. De Xavier había aprendido que no tenía límites y que podía seguir cuantas veces quisiera. En ese momento olvidó todos los prejuicios que la sociedad le había inculcado.

Cuando despertó, Victoria notó que estaba tomada de la mano de Xavier. En el pasado, consideró imposible dormir agarrada de la mano de alguien y, sin embargo, con Xavier aquello que parecía imposible era algo completamente normal. Al percibir el movimiento de su amante, Xavier contrajo su mano con fuerza para evitar que se levantara.

—Ven.

—Tengo que llamar a casa. Me siento mareada. Xavier, me vas a volver alcohólica.

—Después de lo que sudaste ayer, ya sacaste todo el alcohol.

—No es posible, otra vez me duele todo el cuerpo —dijo Victoria al intentar levantarse.

—Pero mira la sonrisa que tienes —dijo él guiñándole un ojo—. ¿Te acuerdas de tus gritos de los apaches? Me cae que estás reloca.

Victoria se rio.

—Ya lo había olvidado.

—A mí hasta me da miedo levantarme al baño y que grites que alguien se metió al cuarto. Ven un segundo, por favor.

La abrazó y le dio un beso en la frente. Ambos continuaban desnudos. Victoria se acomodó de costado sobre la almohada y Xavier la cubrió con la sábana. Se acercó a ella.

—Imposible tenerte así, ya se me paró.

—¡No! —dijo Victoria y dio un salto fuera de la cama—. Espérame a que llame a México. Xavier, ayer no le contestaste a

Amelia y no la llamaste al regresar. Llámale por favor, seguramente va a estar muy mal. Yo voy a mandarle un correo a Óscar y tengo que llamar a mi mamá.

Victoria llamó a casa y habló largo rato con Edgar, Oscarito e Isabel. Al entrar en la sala, sobre la mesa estaban servidos el café, el jugo verde y la fruta. Al tomar el jugo verde, Victoria recordó el día en que desde su casa vio a Xavier en la tele. Volteó hacia la recamara y se dio cuenta de que la estaba esperando tendido sobre la cama. No pudo evitar sonreír, morderse el labio y dejar pasar la energía y emoción que recorría todo su cuerpo. Abrió las cortinas y miró Nueva York. La sensación de felicidad era permanente. Victoria llevó el jugo a la cama y Xavier dio un largo trago. Dejó el vaso sobre el buró y levantó a Victoria para llevarla a su boca. Nunca antes se había sentido tan deseada ni amada.

—Eres el hombre más caliente que existe sobre la Tierra.

Xavier estaba perdido entre sus piernas lamiéndola, respirando fuerte y moviendo su cabeza de un lado a otro.

—Me pica tu barba —dijo Victoria tras intentar soltarse entre gemidos y risas.

Empapado en los flujos de Victoria, Xavier la sentó con agresividad, la penetró y la tomó del cuello para besarla, concentrado, sin palabras, ausente y perdido en la carne. La mecía con los brazos de arriba a abajo. Sus caderas tomaron un ritmo. Terminó dentro de ella con un grito y un suspiro al final. Se levantó de la cama, la abrazó y besó. Victoria reposó de costado y cerró sus piernas. Colocó sus manos en la entrepierna y se asustó.

—Quiero un hijo tuyo. Como podrás notar, creo mujeres. ¿No te gustaría tener una niña?

Victoria se levantó aterrada y, sin palabras, entró a la ducha. Comenzó a saltar y a lavarse. Xavier entró al baño sin cuidado. Cantó mientras orinaba. Victoria vivía un torbellino de emociones. Estaba excitada, nerviosa y enojada. Salió de la regadera, molesta.

—¿Quién te crees para venirte dentro de mí y sin preguntar? ¿Por qué no te saliste antes? —preguntó con premura y enojo—. Desde ayer te pedí que te pusieras condón. Yo no uso pastillas. No me quiero imaginar, es mi culpa —concluyó cabizbaja.

—Victoria, ¿por qué todos los viajes te va a dar por gritarme? ¿Así le gritas a Óscar? ¿Cada cuánto le gritas? ¡Pobre cabrón!

—Contéstame. No me ignores: ¿por qué terminaste dentro? —preguntó a gritos.

—¿Qué es lo que te preocupa tanto? —preguntó Xavier con tranquilidad.

—¡Una enfermedad, un embarazo!

Solemne, Xavier soltó una retahíla de palabras:

—Vamos por pasos. Yo no ando cogiéndome viejas sin condón. Contigo es una cosa diferente. No me da ganas de que algo nos separe. Además, entrar en ti es diferente. Siento algo inexplicable. Si estás así porque piensas que tengo algo, te juro por Dios que soy el hombre más sano que conoces. Victoria, no puedo, no quiero ponerme un condón contigo. Siento la necesidad de llenarte de mí, de marcarte, de hacerte completamente mía. Quiero que te escurras de mí. Me sobrepasa la excitación, tanto que no puedo evitar venirme. Me sobrecalientas.

—Y si me pegas una enfermedad, ¿qué?

—¿Enfermedad? Llegando a México me hago todos los estudios que desees para que te quedes tranquila.

—Bueno —respondió Victoria sin mucha convicción.

—En serio, ¿te cae que me vas a mandar hacer estudios? Te meten algo en la reata y duele hasta morir. Amelia ya me mandó hacer como cuatro.

—Xavier, en la cama háblame como quieras, pero te pido por favor que no me hables con ese vocabulario.

Xavier comenzó aplaudir y a reír.

—Eres sin duda la vieja más extraña que conozco. Tienes tantas facetas. De tu estado de ánimo depende la manera que tienes para hablar y el vocabulario que debes usar. Estás divina.

—¿Y si me embarazo?

—Si te embarazas sería el ser más afortunado de la tierra. Imagínate una nalgoncita o un nalgoncito con tus berrinches y tus ojos.

—No, Xavier. Eso sería una tragedia para ti, para mí y para muchísimas personas. Jamás les haría pasar un mal momento a mis hijos o a mi mamá. Mucho menos a Óscar.

—Preciosa, te veo muy nerviosa. ¿Te puedes calmar?

—Necesito salir a caminar. Además, necesito ir a comprar todo lo que tengo en la lista: camisas para Óscar, cremas para mi mamá, los juguetes de los niños y chamarras para los gemelos. Necesito salir —concluyó Victoria.

—Eres indomable. De verdad, no sé qué sería de ti si no hubieras tenido tres hijos. Ahora mismo mandamos a comprar todo.

—¡No!, ¿cómo crees? Sólo yo puedo saber qué juguetes desean mis hijos.

—Pero tienes una lista. Sólo tenemos que mandar a alguien con el papel y comparar lo que tiene.

—No.

—¡Carajo, Victoria! No puedes ser tan berrinchuda.

—Yo voy a comprar lo de mis hijos. Para el resto no tengo problema con que alguien lo compre.

—Tú sola no vas a ningún lado. Por favor, que eso te quede claro, ¿ok? Vamos a FAO Schwartz y ahí vamos a encontrar todo.

Victoria se vistió molesta. Xavier la llevaba al cielo pero no le daba espacio y ella estaba acostumbrada a mandar, dirigir, organizar. Ahora ni si quiera podía visitar una juguetería sola.

—¿Y si alguien nos tomara una foto?

—Estaremos acompañados de dos personas de seguridad del hotel y no entraremos juntos. Despreocúpate, doña mandona, y deja que yo me encargue.

Cuando entraron a la juguetería, Victoria caminaba acompañada de dos afroamericanos de casi dos metros de altura. Se acercó discretamente a Xavier.

—¿Es una broma, no? ¿Me puedes decir qué voy hacer con estos dos a mi lado?

—Nada, sólo te van a acompañar.

—Estás enfermo.

—Sí, pero por ti.

Victoria siguió al pie de la letra la lista de juguetes de Oscarito y Edgar: la mayoría eran legos. Para Emiliano, escogió un pequeño rompecabezas. Xavier se mantuvo siempre del lado opuesto, y si coincidían, simplemente sonreían. Los acompañantes de Victoria hacían que su presencia fuera más llamativa. La gente la miraba y desconocían su identidad.

Cuando salió de la tienda sus acompañantes de piel oscura y dientes hermosos y blancos la ayudaron a cargar sus compras. Victoria se subió al coche y lo primero que Xavier hizo fue besarla.

—Estaba desesperado. Moría por besarte. Les compré unos juguetes a tus hijos. Espero les gusten —mencionó Xavier.

—No había necesidad. Pero, ¿por qué lo hiciste? Es demasiado.

—Mi amor, no me quites el placer de consentirte —Xavier hizo una pausa—. Quiero llevarte a un lugar. Estoy seguro de que cuando viniste con tus papás no lo conociste.

—Pero muero por ir a los muesos.

—Mi esposa habría dicho que moriría por ir de compras.

—Sí, no lo dudo. No quiero que lo malinterpretes. Quiero decir, no lo dudo porque siempre está chulísima.

Xavier se quedó pensativo observando fuera de la ventana del auto.

—Vamos por unas pelucas. Si alguien nos toma fotos, nadie sabrá que eres tú. Pensarán que ando con una modelo —resolvió.

Victoria aceptó el riesgo. Sus acompañantes seguían con ellos y Victoria les pidió que se quedaran en el auto. Se sentía incómoda con ellos y prefería estar a solas con Xavier. Compraron las pelucas en una tienda de disfraces. Xavier eligió una con el cabello quebrado, mientras que Victoria se decidió por una de un simple color negro. Minutos más tarde, se encontraron encima del río Hudson y entraron a la zona norte de Manhattan.

—Te traigo porque ayer me dijiste que de niña te gustaban los unicornios. Quiero que admires los tapices de unicornio para ver si se parecen a los que soñabas de niña —comentó Xavier al entrar al museo de los claustros.

Victoria aún no podía creer en la atención que Xavier le dedicaba. La enamoraba, la ilusionaba, y una vida comenzaba a parecerle corta junto a él. Al recorrer el museo, Xavier comenzó a explicarle el simbolismo con el que todo giraba.

—En el caso de los unicornios, el simbolismo sería cristiano y pagano. Hay mitos alrededor de *la caza del unicornio*. Todos ellos se refieren a que es una bestia con un cuerno, como yo, que sólo pueden ser domados por una virgen como tú —explicó Xavier con un tono de ironía.

Victoria rio.

—¿Una virgen como yo? —volvió a reír.

—¿Te han cogido por el culo? —preguntó Xavier directamente.

—¿Discúlpame? —se expresó Victoria muy asombrada—. De verdad que sí eres una bestia.

—¿Te han metido la verga por atrás, aunque sea poquito, la puntita? —insistió.

—Nadie me ha tocado ni con el dedo. ¿Qué son esas preguntas? Tan romántico que ibas. No podía ser real. Tenías que matar lo romántico.

—Ahí está. ¿Ves? Sí eres una virgen. Necesitaban que el unicornio se volviera aceptable dentro del cristianismo, y de ahí surge la relación de Cristo y la Virgen María.

Victoria se quedó boquiabierta cuando escuchó a Xavier decir Virgen María. Ahora era él quien se la recordaba. Una vez más Xavier recordándole a la Virgen María, la Virgen recordándole a Xavier.

Victoria no le había agradecido a la Virgen María por estar presente con él. Finalmente, ella se lo había pedido con fervor. Miró el tapiz de 1495 y sintió la unión con los unicornios, recordó los sueños que tenía de niña y cómo dibujaba a las criaturas. También llegaron a su memoria las infinitas historias que Isabel le contaba sobre ellos.

Ahora necesitaba darle más importancia a la relación de la simbología pagana y el cristianismo.

—Ya sabía que eras virgen. Te lo vi tan cerrado ayer... —le dijo Xavier abrazándola.

Victoria movió el hombro para quitarlo, pero Xavier la tomó de su barba y le dijo:

—Mírame a los ojos. Te voy a coger por el culo.

—¡No hay manera! Jamás, ni tú ni nadie —contestó con un exabrupto.

—Exacto, nunca más nadie te va a tocar porque lo mato —dijo frenético—. No puede ser, mira cómo me pones. ¡Tócame! Mira cómo estoy —tomó la mano de Victoria y la presionó sobre su pantalón—. ¿Te han cogido en un edificio medieval?

—No. Y quiero recordarte que soy una mujer casada con un hombre bastante decente y sobre todo responsable.

Sin disimular, Xavier la llevó con fuerza a esconderse de los otros visitantes. Caminaron un poco más y encontraron la entrada del sanitario.

—Métete al baño. No puedo más. Métete al baño —Xavier le imploró a su amante.

—¿Cómo crees? Estamos en un museo y hay cámaras por todos lados. No me quiero ver en YouTube y en las noticias.

—Nadie nos va a ver. Traes peluca y con mi gorra no me podrán filmar la cara.

—No quiero salir como los vi en la tele en México. Ibas de lo más fresco viéndole las piernas a la brasileña. Es más, hasta recién bañado te veías.

—¿Eres celosa? —se carcajeó Xavier desde el estómago. Como si los celos de Victoria le hablaran del amor que sentía por él—. Quién iba a decir que doña control es celosa. ¡Qué belleza! Métete ya al baño, sé obediente.

—Me meto al baño, pero al de hombres. Las mujeres se van a espantar y nos pueden ir acusar.

—En el baño de hombres no te cojo ni muerto. Con los gemidos que no te puedes callar se les va antojar.

—¡Entonces vámonos!

—No.

Victoria se metió al baño de mujeres y Xavier, sin pensar, entró detrás de ella. Cerró la puerta, le bajó el pantalón, puso ambas manos en sus caderas, la inclinó y la penetró con impaciencia. Victoria se recargó sobre la pared. Le dolían las palmas de las manos que se apoyaban sobre las piedras medievales del lugar, que tenían una textura uniforme y rasposa.

—Estás empapada, ¿no que no querías?

Victoria hacía un esfuerzo por no gritar, por contenerse. Cuando sintió que la velocidad de Xavier aumentaba, no pudo dominarse. La sensación del movimiento fue más fuerte que el de la vergüenza. Terminó con un fuerte grito y se movió para dejar a Xavier fuera.

—No me saques.

—Ya terminé.

—Pero yo no. No me hagas esto, me matas del dolor de huevos si me dejas así.

Victoria no le prestó atención y se subió el calzón, pero Xavier la detuvo cuando intentó vestirse con el pantalón. Victoria le mostró sus palmas marcadas por las piedras, rojas y a punto de estallar. Suspiró y se subió el pantalón. Dejó el sanitario, se lavó las manos y dejó a Xavier dentro del baño de mujeres.

Si alguien la hubiera visto habría notado lo nerviosa, sudada y chapeada que iba y la peluca que vestía completamente desaliñada. Segundos después Xavier salió del baño hablando por su celular con muy mala cara. Victoria pensó que hablaba con Amelia y no quiso acercarse mucho, pero lo siguió. Fuera del museo, Xavier se encontró con el chofer del Bentley y los afroamericanos que conducían el Mercedes y les pidió que se fueran. Victoria estaba confundida.

—¿Qué sucede?, ¿Por qué se van? ¿Cómo vamos a regresar? ¿Por qué pediste que los dos coches se fueran?

Xavier no le dirigió una sola palabra. Su rostro mostraba ira.

—Me estás ignorando. ¿De verdad no me vas a contestar?

A mitad de toda esa retahíla de preguntas, una limusina blanca se estacionó frente a ellos. Victoria la observó, asombrada.

—Ay, no. Esto sí es naquísmo.

Xavier le abrió la puerta y ella subió callada y sin entender el porqué de ese auto de tan terrible gusto.

—En serio, no entiendo. La verdad es naquísimo viajar en una limusina en Nueva York. Es como el típico cliché de la película sobre… —continuó su discurso dentro del coche.

Victoria se comió sus palabras cuando Xavier se bajó el cierre y se comenzó a masturbar con la mano izquierda. Con la mano libre, tomó la nuca de Victoria y puso su rostro frente a su miembro. Victoria entendió que ésa era la forma con la que acostumbraba a callar a sus amantes.

—Te lo vas a tragar todo. No quiero que quede nada. Antes de que te lo tragues quiero que voltees a mis ojos. Te quiero ver con la boca llena de semen —sentenció Xavier.

Victoria cubrió el miembro de Xavier con saliva y vio directamente a los ojos de su dueño. Notó que una vena estaba marcada sobre la frente de su amante como ninguna otra. Xavier mantenía las piernas estiradas mientras sentía subir y bajar a Victoria. Ella rodeaba su miembro con la lengua mientras lo masturbaba. Lo chupaba una y otra vez, lamía los pliegues, succionaba con fuerza. La suavidad de los labios de Victoria lo recorría al subir y al bajar, y sentía cómo llegaba hasta su garganta. Las venas tenían vida y con cada movimiento su miembro se ponía más firme, más grueso y más caliente.

—La chupas como las diosas —murmuró.

Xavier presionó con suavidad la cabeza de Victoria y no la dejó ir. Cuando terminó, la llenó de semen y ella lo miró a los ojos con la boca entreabierta. Por la comisura de sus labios escurría el líquido blanco y translúcido. Siguió sus órdenes: lo miró firmemente, inclinó la cabeza hacia atrás y tragó. Retiró con sus dedos el resto de líquido que quedó sobre sus labios, y los chupó.

Xavier vio la escena, sin parpadear y con la boca medio abierta. Agarró su aún endurecido miembro, se masturbó y eyaculó por segunda vez.

Una vez que estuvieron en su hotel, subieron al cuarto inmediatamente. Xavier se encontraba ausente y en un estado de plenitud. Su celular sonó y reconoció el número de Amelia. Apagó el aparato. Desconectó también el teléfono de la habitación. Regresó con Victoria y la llevó a la cama sin dejar de mirar a sus ojos. Sin demora, abrió las piernas de su amante y la comenzó a acariciar. Se acercó a su pubis, la lamió y acto seguido la penetró. Momentos después, la puso en cuatro y le abrió las nalgas. La lamió y la acostó de espaldas. Sujetó las rodillas de Victoria con sus pectorales y la volvió a penetrar. Sin dejar de mover las caderas, dejó descansar sus manos sobre el cuello de Victoria. Los sonidos del golpe producido por sus cuerpos y la respiración agitada de

Xavier eran lo único que se escuchaba. Sin dejar de vibrar en sus adentros, Victoria sintió que las manos de Xavier la asfixiaban. Segundos después, tuvo el orgasmo más largo de su vida.

Cuando terminaron, Victoria se vio desnuda reflejada en un espejo y notó la marca de la mano de Xavier en el cuello. Sintió temor al notar que Xavier se perdía cuando tenían relaciones, pero lo ignoró al darse cuenta de que sólo lo haría cuando se encontrara en ella. Victoria se acarició el cuello y reconoció que se le dificultaba tragar saliva.

—Si se te pasa la mano me asfixias, ¿no?

—Sí, hay muchísima gente que se ha muerto así.

—¿Qué quieres decir con eso, Xavier?

—Vamos a bañarnos, hermosa, muero de hambre. No querrás que te coma, ¿o sí?

En ese momento tocaron a la puerta de la habitación y Xavier ordenó que dejaran las cosas en la sala.

—*Voilà, Madame.* Sus compras están aquí —dijo Xavier en tono festivo.

Se metió a la regadera. Nueva York comenzaba a oscurecer y Victoria había perdido la noción del tiempo. Cuando entró a la regadera, Xavier la tomó entre sus brazos tiernamente. Le acarició el pelo y la enjabonó entre los dedos, las piernas, las nalgas.

—La suavidad de tu piel me mata —confesó.

Victoria estaba relajada sintiendo el agua caer sobre su cuerpo. Permaneció inmóvil y con los ojos cerrados. Xavier tomó el champú y le lavó el cabello. Desenredaba cada nudo con cuidado y paciencia. Victoria se sintió la mujer más importante de su vida.

Terminaron de bañarse y comenzaron a vestirse en silencio. Compartieron el espejo del baño mientras él se rasuraba y ella se maquillaba. Para Victoria todo era real, cotidiano, y a la vez imposible y absurdo. Ese pedazo de rutina era para ellos un lujo. Probablemente sería la última vez que se arreglaran juntos para una cena. Para acompañar la situación, Victoria puso música clásica y le explicó a Xavier sobre la capacidad de las personas para poder ver con los oídos.

—Mi mamá me enseñó cómo la música clásica la hace escuchar colores. El mundo de la música hace que cada tonalidad que escuche tenga un color determinado. Ésa es una parte de las virtudes que la vida te da cuando te quita algo.

—Amo conocer cada detalle de tu vida —dijo Xavier cuando Victoria terminó.

Cuando Victoria terminó de pintarse los labios de rojo, su amante la tomó de la cara con ambas manos, le besó la frente y dijo:

—¿Cómo Dios te hizo tan hermosa?

Se prepararon para salir, tomaron un taxi privado y llegaron al restaurante. Victoria sintió temor de que alguien los descubriera y tuvo que soltarlo. En el caso de que alguien la reconociera con Xavier, le diría a Óscar que habían ido a cenar por insistencia de Xavier cuando él la encontró caminando sola por Manhattan. Dejó su suerte al destino. Para su fortuna la gente que se encontraba en el restaurante eran conocidos para ella, pero para ellos Victoria era una completa desconocida. Cuando reconoció a Johnny Depp se emocionó y supo que tenía que comportarse.

—¿Lo conoces? —preguntó con naturalidad y sonriente.

—Camina —respondió con seriedad y el ceño fruncido.

Victoria aceleró con elegancia y repleta de ansiedad hasta llegar a su mesa. Eligió la silla donde podía ver sin obstáculos al actor. El capitán francés la ayudó a acomodar la silla. Cuando miró a Xavier, él la levantó de su asiento.

—Flaquita preciosa, cámbiate de lugar —pidió con una sonrisa y un tono irónico.

Victoria lo miró sin malicia.

—Pero aquí lo veo perfecto.

—Te cambias de lugar, Victoria —replicó Xavier sujetándola con fuerza del brazo.

Hasta ese momento comprendió que Xavier estaba celoso, y que era muy probable que el actor y su amante se conocieran. Victoria agachó la mirada y se cambió de lugar. Xavier pidió sin consultar una botella de vino blanco Montrachet y decidió el menú de su cena con rapidez.

—¿No puedes ser más cínica?

—Xavier, ¿cínica? Es uno de mis actores favoritos desde que era niña. Además es Johnny Depp: ¡claro que me emociona verlo! La mujer que te diga que no se emociona al verlo está mintiendo —sentenció—. Menos la mexicana enana. Ella claro que no se emociona porque está acostumbrada —ironizó.

Xavier se sorprendió. Supo de inmediato de quien hablaba Victoria.

—Y tú, ¿cómo sabes de ella?

—Yo conozco más de lo que te puedes imaginar.

—Pero, ¿quién te dijo? Esa historia casi termina con mi familia. Al enterarse, Amelia se llevó a Carlota, y a Emilia. Fabiana estaba dormida en ese momento pues apenas tenía un año, así que la dejó en la cuna. No pude verlas por dos meses, hasta que me llamó y me dijo que le entregara a Fabiana. Arreglamos los papeles del divorcio y convenimos que le daría pensión para cuatro hijos. Así me enteré de que estaba embarazada de Camila.

"Esos dos meses definieron mi vida. Supe que no había mujer por la que valiera la pena alejarme de mis princesas. Por eso Fabiana es mi consentida. Si ella no hubiera estado presente en mi vida durante esos dos meses, muy probablemente yo me hubiera perdido en drogas y más mujeres. El éxito es lo peor que le puede pasar al ser humano; en especial al hombre. Acaba con uno. Es una droga, que si no sabes manejarla, termina destruyendo todo.

"Recuperé a Amelia gracias a que ya estaba embarazada de Camila. Ese hecho la hizo cambiar de opinión y perdonarme, pero después ella se convirtió en un infierno. Teníamos todo, excepto confianza. El sexo con Amelia era aburrido, monótono, sin chiste, con miles y millones de complejos. Todo era 'Yo no soy tus putas'. Cada vez que la tocaba me pedía que lo hiciera de una forma decente, correcta. Me decía que le estaba haciendo el amor a su esposa y sólo ella tenía permiso y la obligación ante Dios."

Victoria observó a Xavier con atención. Notó que al hablar, los ojos se le llenaron de lágrimas y su cuerpo temblaba.

—Era imposible que se me parara —continuó Xavier—. Me tenía que masturbar antes, pensar en otra cosa para ser capaz de cogérmela. Pero justo cuando la iba a penetrar se me bajaba y Amelia me gritaba: "Seguramente sigues de golfo, por eso no se te para". Me empezó a llamar "poco hombre", "pito flojo".

Victoria soltó una carcajada, pero se disculpó de inmediato al ver la seriedad y el dolor con que Xavier hablaba.

—Yo sé que mi esposa es bellísima, pero la belleza cansa y no sentía ninguna atracción hacia ella. Todo era reclamos. A cada momento me recordaba que si la puta de la actriz…. Si teníamos la mala suerte de verla en un comercial o en alguna revista se creaban pleitos que duraban al menos dos semanas. Vivía un infierno, y ella me quería hacer pagar durante todos los días de mi vida. Cuando nació Camila las cosas no mejoraron, sino que tomaron mayor fuerza. Se dedicó todos los días a decirme que se vengaría, que me cuidara porque me regresaría el golpe donde más doliera.

Los alimentos llegaron y él seguía en catarsis. No probó bocado y su tema de conversación era el infierno que vivía por culpa de Amelia.

—¿Sabes lo que hizo? —Xavier continuó con su monólogo.

En esa pausa, Victoria aprovechó para desearle "Buen apetito". Con discreción, también miró la mesa prohibida. Quería ver a su actor una vez más.

—Eres la horma de mi zapato. Pobre de ti si vuelves a mirar —le dijo Xavier.

—¿Qué quieres decir con eso?

—Cuando tú vas, yo ya fui y regresé más de una vez —replicó Xavier—. Los diez años de más que tengo de experiencia frente a ti sirven de algo.

—Termina de contarme entonces —se contuvo Victoria.

Por fin probó las ridículas entradas. Pensó que se podría comer todas las entradas de los comensales. Una vez más brindaron por la suerte de poder estar juntos, pero Victoria no paraba de pensar en el actor. Quería levantarse al baño, quizá más por rebeldía que por necesidad. Lo quería ver una vez más. No podía arriesgarse a tomarle una foto, no por la etiqueta del lugar sino porque estaba segura de que Xavier lo notaría.

—¿Me cuentas qué fue lo que hizo Amelia cuando regrese del baño?

—¿No te quieres aguantar un poquito, mi amor?

—No, ya no aguanto. Estás como Otelo: no es posible que te den celos porque vaya al baño. De verdad, contrólate.

Cuando Xavier se paró de su lugar para quitarle la silla, Victoria percibió sus manos cubiertas de venas al presionar su servilleta. Se excitó, lo miró a los ojos y le sonrió. El mesero la acompañó a la entrada del tocador mientras le indicaba el camino. Estaba decepcionada: no pudo ver al actor en ese momento, pero haría todo lo posible por contemplarlo al regreso.

En su mundo de celos, Xavier veía factible que ella y Johnny Depp tuvieran una relación, y eso a Victoria la emocionaba. Tenía razón: era la horma de su zapato. Pero la sociedad la había educado, y asimiló la idea de que las "señoritas bien" no deben fantasear. En el baño imaginó cuán delicioso podría ser cogerse a Johnny Depp, aunque más por el actor que por el hombre. Encontraba a Xavier todavía más guapo.

Salió del sanitario y logró verlo. Le sonrió. Para fortuna de Victoria, cuando regresó a su mesa, Xavier estaba metido en su celular en un pleito con Amelia. Victoria se sentó y Xavier continuó la discusión. Entraron dos llamadas a su teléfono, pero ambas las cortó.

—No la soporto —dijo Xavier después de darle un largo trago a su vino.

Victoria permaneció callada.

—No puedo más con ella. La odio. Me llena de tristeza, pero después la quiero matar. Me encabrona que maneje a mis hijas a su antojo: las pone en mi contra, les habla mal de mí. Las mete en el problema y no sólo tengo que contentar a una sino a cinco viejas. Es un horror. Me encabrona que mis hijas estén enteradas de nuestros problemas. Ahora me salió con que Carlota está muy molesta porque no he contestado el teléfono. Y que Emilia no quiere hablar conmigo.

En el fondo, Victoria sabía que ellas tenían razón. Por eso fue honesta.

—Yo haría lo mismo. Si mi papá no le contestara a mi mamá, le dejaría de hablar. Esa actitud demuestra que sus hijas la apoyan porque es una buena madre. Las mujeres somos leales con nuestras madres por más que adoremos a nuestros padres. Es normal, no lo tomes contra Amelia.

El mesero llegó con el plato principal y Victoria lo saboreó con sólo verlo. Era un robalo que Xavier le había ordenado. Cuando Victoria lo probó sintió que regresaba a la vida. Mientras tanto, él comía sin disfrutarlo, sumergido en el odio que tenía hacia Amelia. Continuó.

—Con tantos reclamos e insultos, de por sí es difícil cogérmela. Ya no se me antoja nada. Y se le ocurre la tontería de poner en la cabecera de la cama a la Virgen María para que aprenda a respetar el cuerpo de la mujer.

A Victoria se le atravesó el pescado y comenzó a toser, se puso roja. Xavier le pidió que alargara el cuello hacia arriba y que respirara tranquila. Hasta que tomó agua pudo sentir alivio.

—Perdón, se me atoró el pescado —manifestó—. Tenía una espina —mintió. Tragó saliva—. ¿Puso a la Virgen en la cabecera para que no le faltaras al respeto?

—Exacto. Colocó una imagen enorme de la Virgen mirando hacia la cama para que me enterara de que sólo esa cama es digna de nuestros cuerpos.

Victoria comprendió que no había nada más que hacer. Cuando un hombre desea ser infiel, es más sencillo meter las manos al fuego que hacer todo por detenerlo. La solución de Amelia para alejarlo de otras era lo que había hecho que ella se acercara. Victoria se dio cuenta de que la vida tiene planes completamente diferentes a nuestros miedos.

—Xavier, y si Amelia tuviera un amante, ¿serías más feliz?

—Mira, amor, no quiero que se escuche machista, pero no es lo mismo. Una cosa es tener pito y otra vagina. Tener el sexo fuera del cuerpo te da toda la libertad del mundo, no es parte de ti. No es lo mismo que la insertes a que te la metan. Tener sexo es como comerte una pizza: se te antoja, te la chingas y se te olvida. No conozco a nadie que en la mañana piense "Qué rica pizza me cené", porque para la hora de la comida ya se le olvidó. Y pasan dos días y no tiene ni puta idea lo que cenó anteriormente. Así somos los hombres: tener hambre y chingarte una pizza es igual a estar caliente y que te cojas a una vieja.

Victoria respiró profundamente mientras trataba de digerir las palabras de su amante. Anonadada por la seguridad con la que se expresaba, Victoria se preguntó qué tipo de platillo sería ella.

—Victoria, quita esa cara —dijo Xavier en tono complaciente—. Yo puedo estar sentado en una silla con la verga parada y una y otra vieja pueden sentarse encima mientras yo siento exactamente lo mismo. El hombre se coge a las nalgas, no a la vieja. Quien te haya dicho que se la cogió porque era linda, culta o inteligente es un mentiroso.

A Victoria se le quitó el apetito después de escuchar la historia de la Virgen y la simplicidad que el sexo tiene para el hombre. Xavier continuó.

—La verdad es que no me veo diciendo "ay, qué lindos sentimientos tiene" y que se me pare inmediatamente. "Qué culta es" y que se me pare. "Qué maravillosa forma de pensar" y lo mismo. ¡Jamás! Pero sí he dicho "Qué tetas", y se me para, "Qué culo, qué piernas", etcétera. Así somos los hombres. Que existan depravados, sí los hay, seguro, pero no depravados amorosos. Eso es un cuento de viejas.

Victoria se cruzó de brazos.

—Esta cena no tiene nada, pero nada de romántica.

—¿Ves? Ahí lo tienes. Todas las mujeres buscan ese toque romántico. Quieren ser únicas, exclusivas, y creen que por dar las nalgas no se nos van a antojar otras. Eso, Victoria, no es verdad.

Las innumerables copas de vino blanco que se había tomado eran la causa del elevado tono de voz de Xavier.

—Y tú, ¿no crees que las mujeres necesitan de pronto un revolcón? Sólo ustedes podrían decir "Qué rico" —explicó Victoria con sarcasmo—. "¡Qué espalda, qué abdomen, qué manos, qué paquete! ¡Ya me mojé!" —terminó con una carcajada.

Xavier también rio y acarició con ternura la mejilla de Victoria.

—Mi amor, te voy a desmentir —replicó Xavier—. Sí lo necesitan y está bien. Seguro han dicho todo eso, pero si te las coges más de tres veces, a la cuarta empezarán a preguntarse qué tipo de relación tienen, hacia dónde los va a llevar, con cuántas coge su amante al mismo tiempo.

Victoria levantó su ceja derecha e hizo una mueca.

—Tengo una regla que no falla. ¿Te acuerdas de la confesión que ayer no quisiste que te hiciera? Te conté una parte, pero no toda. Pues es ésta. Justo la estamos platicando.

Ella lo miró con mucha atención y cruzó sus brazos y piernas. Frunció el ceño porque quería seguir interviniendo.

—Mira, hermosa, no me lo vayas a malinterpretar. Cuando Amelia se fue y me quedé acompañado sólo de Fabiana durante esos dos meses tras el caos que se armó en mi familia, puse una regla que me funcionó a la perfección.

—¿Que ya no ibas a ser infiel? —interrumpió Victoria.

—Prometí eso, pero la verdad fue imposible cumplirlo. Las viejas están cabronas, les vale madre que estés casado. Se te avientan, y a uno le gustan los cariñitos. No puedes despreciar el halago —terminó riendo.

Victoria no lo acompañó en la carcajada. El rio solo y continuó.

—Lo que te quería decir es que mi regla era fácil, efectiva y no me metía en broncas matrimoniales. Me las cogía no más de tres veces seguidas e intercaladas. Así no habría intensidad ni reclamos, sólo agradecimiento si me comunicaba con ellas después. Ser una figura pública facilita las opciones. Sí, la verdad me he dado a la mujer que he querido. La que me señales he tenido la fortuna, las posibilidades y la habilidad de cogérmela.

—Esa confesión tiene más pinta de trofeo...

—Déjame contarte otra cosa. El día que te vi en la conferencia, se me fue el aire. Llegué a mi casa y juré portarme bien. Óscar es un tipazo y te adora. No podía hacerle eso a mi socio. La segunda vez que te miré a los ojos en mi casa sentí un hueco en el estómago que nunca había experimentado.

Victoria tuvo interés en el tema. Tomó más vino de su copa y lo escuchó atenta.

—Tu fragancia se quedó en mí. Te fuiste de la cena y todavía estabas cerca. Esa noche me cogí a mi esposa pensando en ti. Me tenías excitado y decidí sacarte de mi mente con la modelo que se acercara. Brasileñas, venezolanas, daba lo mismo. Lo único que pensé fue: me cojo a cualquiera más buena y esta vieja se me olvida.

—Definitivo, ustedes los hombres son de otro planeta —interrumpió Victoria.

—Pero luego te encontré en una cena y te vi espectacular. Cuando Óscar me invitó no pude negarme. Sentía una energía tremenda al estar a tu lado. No podía creer que nuestras piernas rozaran y no me importó: mis manos ya te habían buscado en otros cuerpos, te había pensado tanto tiempo, te tenía que tocar. No me lo creía, olvidé el mundo completamente.

—Yo te veía muy tranquilo, superdescarado. Además, ¿con qué seguridad te atreviste?

—Te juro que no lo sé. Era algo que tenía que hacer. Estaba más allá de mí. Victoria, cuando te metí la mano y te recorrí con los dedos y te sentí hinchada, cerrada, mojada, ahí me dije: "O te levantas y te marchas para siempre, o te quedas aquí sentado de por vida". Tú sabes lo que fue para mí sacar la mano de tu amapola.

Victoria se sorprendió por lo que acababa de escuchar. Se cubrió la cara con ambas manos y dijo:

—¡No le digas amapola, por favor!

—Vi tu cara. Sé que fue una ofensa, pero lo pagué caro. Te olí toda la noche. Me estaba volviendo loco, era el perfume más exquisito que había olido. Tu sabor me volvió loco, me chupé los dedos en el coche. Llegué a mi casa y me masturbé tres veces esa noche. Sudando, una y otra vez te olía y no me la podía dejar de jalar. Mi regla era que te evitaría por ser una mujer peligrosa.

—Vaya. Qué confesión... —señaló Victoria—. Esas semanas sin saber de ti fueron espantosas. Yo sentí tu abandono desde que te despediste.

—Lo sé.

—Pero me ofendió mucho que te despidieras de mí con el apellido de Óscar.

—Victoria, fue con total intención. Tenía que hacer un abismo entre los dos. Moría por hablarte, por buscarte, por todo. Llamé tres veces a Óscar en la noche para ver si lo agarraba en su casa y podía escucharte en algún momento. Tu fragancia me vuelve loco. Pero escúchalo bien. No es algo romántico, simplemente tu olor me transforma. Por eso estaba desesperado el día que olías a jabón. Mi plan en ese viaje a la playa era cogerte y dejarte, irme.

Pensé: si me la cojo, se me quitarán las ganas, y ya, a lo que sigue. Así somos los hombres. Pero ese beso que me plantaste al abrir la puerta fue el beso de mi perdición.

—Sí, ése fue un beso con todo.

—Pensé que me iba a ir, pero a la chingada. Cancelé mi avión y me propuse gozar ese fin de semana. Cuando te metí la lengua y sentí tu temperatura, cuando probé el líquido que derramabas como miel, vi tu color, noté cómo se movían tus tetas con el ritmo de mis movimientos. Todas tus expresiones y tu manera de gemir me hicieron darme cuenta de que sólo un pendejo se podría ir de ahí.

—O sea, ¿me ibas a dejar sola en el hotel?

—Sí, bueno, obviamente con todo pagado y con dinero y con gente a tu servicio.

—Ah, no, bueno, qué considerado. ¿Y pensaste que después te iba a dirigir la palabra?

—Hay mujeres que sí. Tú eres de las que no, y por eso lo iba a hacer. Justo por el bien de los dos —Xavier notó el enojo de su amante en los ojos—. Pero, ¿por qué te enojas? No pasó. No te puedes enojar por algo que no sucedió. Te lo estoy confesando.

—¿Y ahora qué? ¿Te arrepientes de no haberte ido?

—Mi amor, eres tan mujer, tan hormonal, tan, pero tan sensible. Me arrepiento de no haberte conocido antes, lástima que eras tan pequeña. Habría hecho mi vida contigo sin pensarlo. Habría criado felizmente todos los hijos que me pudieras dar.

En ambos, las emociones estaban a flor de piel. El corazón y el ego competían y ella sólo se dejaba llevar ante las palabras de su... ¿Qué era Xavier ya para ella? ¿En qué se había convertido? Se sentía su mujer y orgullosa lo hubiera sido, pero en su mente estaban presentes los rostros de sus hijos y eso le daba piso y fondo.

Aprovecharon ese último momento de conversación y pidieron la cuenta. Cuando se levantaron, Victoria recordó a quien estaba acosando, pero por más que buscó, no encontró al actor. Salieron del restaurante, tomados de la mano y contentos. Victoria estaba eufórica.

Al día siguiente terminaba su viaje y cada uno tomaría diferente rumbo. Acordaron que Victoria despediría a su "asistente" Alberto y volvería a ocuparse de sus labores de ama de casa, de sus alumnos, de su madre y hasta de sus gemelos. Regresaría a la vida ocupada y cotidiana que la esperaba. Pero no dejó de preguntarse quién volvería a ocuparse de ella. ¿Quién le ordenaría que dejara de tomar Coca-Cola Light?

En su habitación, Victoria se quitó el vestido negro y quedó vestida sólo con lencería y tacones. Se podían apreciar sus largas piernas y la manera en que su cabello quebrado marrón le caía sobre los hombros. Se veía viva, alegre, chapeada. Pero Xavier estaba pálido. Se quitó la camisa y le desabrochó el brasier a su amante para aventarlo al suelo. La abrazó por detrás y colocó su mano sobre el pubis de Victoria. Observaron la ciudad desde su cuarto mientras él la acariciaba. Victoria sentía la erección de Xavier en el coxis.

—Eres hermosa —dijo con voz de sumisión.

—Es tan placentero estar entre tus brazos. Quisiera quedarme en ellos para siempre.

—Prometes tanta sensualidad. Tu cuerpo está hecho para el placer.

Xavier llevó sus dedos a la boca de Victoria.

—Escurres esa miel que me vuelve loco —dijo al lamerle el cuello.

Xavier volteó a su amante y se acercó a sus senos. Succionaba con suavidad el pezón entre sus labios. Victoria se desvanecía. Por cada lugar que la lengua de Xavier pasaba, Victoria gemía.

—Cógeme —pidió.

—No escuché.

—Penétrame —suplicó.

—¿Por dónde?

—Por donde quieras. Hazme tuya. Haz conmigo lo que más placer te provoque.

—Con tanta entrega me estás convirtiendo en un esclavo de tu insaciable apetito sexual. Te quiero llenar de mí.

Con la mano izquierda tomó el miembro de Xavier y lo comenzó a acariciar contra su espalda. Con calma y sin esfuerzo lo hacía por su cuerpo. La piel se le erizaba, parecía que tenía frío, calor, estaba tibia. El miembro de Xavier estaba hinchado, palpitaba, vibraba.

—No puedo esperar más —dijo Xavier con voz temblorosa—. Te quiero marcar de por vida, Victoria.

Entre gemidos de placer y con los ojos cerrados, Victoria replicó:

—Hazlo.

Los dos terminaron en la cama. Xavier besó el sexo de Victoria y mordió su ingle con fuerza desgarradora. Victoria gritó del daño que le había hecho en la carne. Su amante ignoró el grito de dolor y la penetró sin contemplación, sin piedad y con fuerza. Se meció como si fuera un animal. Victoria se quejaba, jadeaba, pedía más.

Victoria se montó sobre él. Las manos de Xavier recorrían todo su cuerpo, subían y bajaban encima de los pechos, la espalda. Xavier presionaba su cuello y le lamía la boca. Se tragaba su sudor. En un momento le escupió en la cara y la lamió. El placer de Victoria estaba subordinado al suyo. Le mordió con fuerza el pezón derecho y éste sangró, pero inmediatamente lo cubrió con saliva.

Victoria giró para quedar boca abajo sobre la cama e hizo a un lado sus prejuicios. Él acomodó las nalgas de su amante y tentó con su lengua todos los orificios. Ella se entregó a su fuerza y a su voluntad. Conoció por primera vez nuevas formas, entregas y placeres. Explotó. Xavier acomodó su miembro y la penetró sin consideración. Ella gritó de dolor y de placer.

—Basta, no más, duele.

Victoria se quiso retirar, pero él la sujetó y se introdujo más a fondo. La llenó de líquido como nadie más lo había conseguido.

La ingle, el sexo y el pezón

La vida de Victoria tendría una línea que dividiría el antes y después de Xavier. Incluso reconoció un peligro latente que aniquilaría la vida que tanto amaba. Después de haberse perdido en el placer sintió una gran culpa, pero ésta le dio energía para activarse y estar totalmente presente con sus hijos.

Llegó a su casa con indicaciones para su madre sobre las nuevas terapias que había conocido en Nueva York. Fue más tierna y paciente con Óscar. Al parecer lo único que necesitaba era un amante que llenara los huecos de una rutina equilibrada.

Frente a un espejo de cuerpo completo observó que sus ingles, sexo y pezón derecho tenían marcadas algunas heridas hechas por Xavier. La había enviado a casa marcada como ganado, como su propiedad. Estaba llena de Xavier por dentro y por fuera. Cubrió con maquillaje los grandes moretones causados por las mordidas, temerosa de que Óscar los notara. El maquillaje que otras utilizaban para cubrir sus imperfecciones, ella lo usaba para cubrir sus pecados.

En la cotidianeidad, Óscar era sexualmente frío, pero a su regreso necesitó mostrarle a su mujer cuánto la había echado de menos. Victoria temía que su piel le contara a Óscar sus nuevas aventuras y él encontrara rastros de su socio.

—Te siento tan cambiada —mencionó Óscar, sentados uno junto al otro. La miraba con una expresión de asombro.

A la mirada de asombro, Victoria mostró una conducta exagerada; en el fondo, estaba nerviosa. Óscar sabía que su esposa era temperamental y que explotaba ante cualquier circunstancia, pero no negaba que algo en ella había cambiado.

La mujer no puede esconder el brillo de sus ojos ni los surcos que la alegría genera en las comisuras de la boca. La mujer engaña, la piel, jamás. Su piel le contaría a su marido cuánto deseo habían derramado sobre ella, con cuánta pasión y cuántos besos había sido recorrida. La lengua de Xavier había conquistado y se había adueñado de absolutamente todo. Sus pechos, labios y sexo buscaban a Xavier a cada momento. Soñaba despierta incluso bajo la regadera. Xavier la había enamorado violentamente.

—Tanto suspiro es delatador —le dijo Isabel—. Ten cuidado, Victoria, una no se debe enamorar de los amantes. Los goza y los deja en la cama, mas nunca los trae a casa. Ésa es una conducta más masculina que femenina. Recuerda que la cabeza está arriba del cuello, no entre las piernas.

Victoria se asustó de tanta franqueza. Esa sinceridad la incomodaba, pero no porque las palabras vinieran de su madre, sino porque eran verdad: Victoria no dejaba de pensar en Xavier.

Para luchar contra ese sentimiento, se metió de lleno a sus clases, a las nuevas terapias de Isabel, a la escuela de sus hijos. Dedicó toda la atención y se entregó completamente a los fines de semana con su familia, a su casa. El moretón de la mordida había disminuido, así que pensó que era tiempo de disfrutar unas vacaciones en la playa. A los niños y sobre todo a ella les haría muy bien un poco de sol: lo necesitaba para calentar su piel.

Óscar aceptó el fin de semana fuera de casa y partieron todos rumbo a la playa. Pero al cuarto día, Victoria se dio cuenta de que ni siquiera el sol la calentaba como Xavier. Entre ella y él habían prometido no comunicarse. Tres semanas, decía Xavier, eran suficientes para olvidar a una mujer. No se necesitaba más de tres semanas para desechar a una amante.

Sin embargo, Victoria sufría al imaginarlo en brazos de otras. "¿A quién se cogerá? ¿Pensará en mí? ¿Me extrañará al penetrarlas?" Se guardó las lágrimas porque de pequeña había prometido no llorarle a ningún hombre. Aun así, su cuerpo contenía demasiada agua que sólo Xavier sabía agotar.

Durante las semanas siguientes al encuentro, aprendió a vivir en un estado febril y lleno de alta tensión. Recordó que quizá la Virgen la podría ayudar a olvidarlo si rezaba con profunda devoción. Victoria concluyó que una visita a la iglesia tendría más poder que rezar en la comodidad del pasillo de su hogar.

Decidió visitar el recinto en horas discretas, pues la avergonzaba ser vista confesando sus pecados. Además, nadie comprendería si se enterara de que Victoria rezaba en ese lugar. Investigó cuál sería el horario indicado para estar sola. Descubrió que la hora de salida del colegio de los niños era el momento para confesar todos sus pecados.

Antes de entrar al recinto, se cubrió con una chalina el cabello para cubrir su identidad, pero frente a un espejo notó la apariencia virginal de su atuendo. No le dio mayor importancia al hecho y entró a la iglesia. Caminó por los pasillos laterales con dirección al altar. Buscó a la Virgen, pero sólo encontró la cruz. Se arrodilló frente al altar y entrelazó las manos frente a su pecho. Respiró profundamente y sintió cómo el humo del incienso entraba a su nariz. Notó una fría sensación bajo aquellos techos altos y largos ventanales que apenas permitían la entrada de la luz. Con su vista puesta sobre la cruz dijo en voz baja:

—Nunca antes me había sentido tan cerca de lo divino. Descubrí que el potencial máximo de nosotras las mujeres es cuando ardemos en las llamas del deseo. He encontrado mayores respuestas en la pasión que en la oración. Las heridas del pasado han cicatrizado con besos prohibidos —confesó.

Victoria se encontraba arrodillada mientras reflexionaba sobre aquello que mueve a las mujeres para actuar de una forma u otra cuando, de pronto, escuchó el eco de unos tacones atravesar el pasillo de la iglesia. Volteó con discreción y miró sobre su hombro derecho quién era su compañía. El corazón casi se le detiene cuando reconoció a Amelia. Caminaba con prisa y en su dirección. Por segundos un pensamiento corrió por su mente. Se imaginó ensangrentada sobre el suelo de la iglesia, golpeada sin compasión por los puños de la esposa de su amante. Resolvió que en caso de que sucediera, no metería las manos para protegerse: merecía ese golpe; le prometería frente a Dios que nunca más volvería a ver a Xavier. Juraría en nombre de Dios que jamás tuvo la intención de que el romance llegara tan lejos. Le pediría perdón por haberle causado tanto daño y le juraría que su deseo no era alejarlo de su familia, sino todo lo contrario. Le explicaría que ahora que entendía los placeres y las debilidades de la carne, que nunca tuvo el coraje para negarse a su marido, pero dejarlo ir sería un sacrificio que estaba dispuesta a pagar porque Amelia era la esposa y, aunque ella no lo creyera, la entendía.

Victoria continuó arrodillada esperando cualquier cosa. La confesión ante Dios del deseo y la culpa la hizo entregar ambas mejillas sin haber sido siquiera juzgada. Pero nunca esperó que Amelia siguiera de largo. La esposa de Xavier nunca percibió su presencia, aunque giraba constantemente su cabeza para mirar los pasos que había dado hasta la sacristía, asegurándose de que nadie la siguiera.

Victoria se dio cuenta de que sudaba frío. Se quedó inmóvil, pero le agradeció a Dios no haber sido vista por Amelia. Llena de curiosidad y con la seguridad de su identidad encubierta, siguió a Amelia a la sacristía. Abrió con cuidado la puerta y notó sombras que bajaban a paso apresurado por una escalera. Una educación sin malicia la hizo pensar que quizá su presa estaba ahí para tomar la comunión o confesarse. Decidió detenerse y salir, pero la intriga le ganó a la buena voluntad y prefirió seguirla. Quizás escuchara alguna confesión sobre Xavier. Sabía que la Virgen estaba de su lado y desde el séptimo escalón escuchó lo inimaginable.

Escuchó un beso turbio, embriagado, la succión de unos labios. Se imaginó el paso de la saliva entre bocas y un escalofrió la petrificó. Jamás esperó aquello, jamás lo imaginó. Amelia tenía un *affaire* con el sacerdote mientras sus cuatro guardaespaldas esperaban afuera de la iglesia. Una sensación de pavor la cubrió por completo ante la posibilidad de ser vista por el sacerdote o los guardaespaldas. Si alguien la descubría, estaba segura de que su vida correría peligro.

Pensó que si llegara a contarle a alguien sobre el asunto, jamás la escucharían ni le creerían. Finalmente, era la amante del marido. Sería señalada como la puta, la amante ardida que inventa injusticias sobre la pobre esposa mocha.

Su corazón palpitaba, quería esconderse donde fuera. Siempre había pensado que visitar una iglesia era mal augurio, pero nunca se imaginó a que nivel se daría la desgracia. Sin embargo, la tensión ni el morbo la dejaron moverse del séptimo escalón. Nada la dejó alejarse hasta asegurarse de lo que sucedía realmente.

Escuchó que después de los besos comenzaron a hablar en voz baja, pero que las palabras estaban acompañadas de los gemidos y la risa nerviosa de la esposa de Xavier.

—¿Serás generosa en esta ocasión, Amelia? —preguntó solemnemente el sacerdote.

—Como ninguna otra, padre —respondió sumisa Amelia.

Era suficiente. Victoria subió de puntillas los siete escalones que faltaban para llegar a la puerta. Se acomodó una vez más la chalina que cubría su cabello, atenta a cubrirse para no ser reconocida por los guardaespaldas de Amelia. Salió de la iglesia con la más alta discreción. Su rostro reflejaba la expresión de alguien que había logrado salir del mismo infierno.

Reflexionó sobre el episodio y esto sólo aumentó su culpa, pero quiso entender cómo podía hacer algo así Amelia. Siendo tan bella, ¿cuál era la necesidad que tenía de vivir una aventura con un sacerdote? ¿Sería el único hombre con el que nadie sospecharía? Amelia carecía de libertad y supuso que sólo en la iglesia los guardaespaldas respetarían su espacio. ¿Amelia engañaba por deseo o por venganza?

Victoria pensaba que a Amelia le dolía no poder retener a Xavier. Sufría por ser la esposa perfecta, mas no suficiente mujer para él. Consideró que Amelia estaba temerosa del machismo y poder que Xavier ejercía hacia ella y de la posible pérdida de estatus de mujer casada si llegaban a separarse.

A la distancia de los años que tenían de conocerse, notó cómo constantemente trataba de no hacerlo enojar. Dedujo de qué manera lo quería retener, pero estaba segura de que gracias a la belleza de otras mujeres no sería posible: llegarían generaciones con pieles más tiernas y suaves. Lo que la salvaba era el papel de esposa perfecta que actuaba, ser el ama de casa que resuelve a la perfección las reuniones sociales y eventos. Aparecer en todas las fotografías con cuatro hermosas hijas de ojos azules y cabello oscuro, labios carnosos y dientes espectacularmente blancos, características que demostraban el estatus y el bienestar de su familia.

Comprobó que Xavier nunca se detuvo ni se detendría a valorar a su familia. Jamás hizo una pausa para reflexionar sobre el daño que le provocó a Amelia aquella infidelidad que se hizo pública y fue reconocida internacionalmente. Amelia se tragó los juramentos falsos y el amor disfrazado que la cotidianidad le ofrecía. Como víctima, ella estaba agradecida del matrimonio que mantenían a pesar de la persona que representaba, a pesar de su poder, y del deseo que tantas mujeres profesaban hacia él y la disposición que tenían para ofrecerle hijos y un hogar.

Xavier no era consciente de que él era el ejemplo de cuatro futuras mujeres que con toda probabilidad continuarían el patrón de casarse con un hombre poderoso pero infiel. Sus "princesas" crecerían buscando el mismo molde, el mismo patrón, y sufrirían detrás de una sonrisa perfecta, disfrazadas hasta el cuello de brillantes. Cubrirían sus lágrimas con maquillaje al tener que soportar un marido como su padre. Xavier no sólo poseía a sus amantes. Tenía la necesidad imperiosa de enamorarlas y hacerlas dependientes. Se alimentaba de ser necesitado por nuevas conquistas y nuevas aventuras. La sed de tener más mujeres era mayor cada día. Su energía venía de ese deseo, y ahí se hacía poderoso. Dominante, macho: su hombría la medía por la cantidad de mujeres que dependían de él. Xavier disfrutaba de ese poder. Necesitaba ser el rescatador y ser importante para ellas.

En esa situación, Amelia sufría, lloraba. Llegaba a odiarlo y al final a necesitarlo. Lo amaba. Xavier era el eje de su vida y de la vida de sus cuatro hijas. No podía ceder a otras lo que a ella le pertenecía: no podía darles el gusto de que el león se resguardara en otra manada. Haría todo lo posible por retenerlo. Desconocería las constantes infidelidades de su marido. Haría lo que estuviera en sus manos para que se quedara, por vivir en la mansión del león y sonreír. Pagaría el precio necesario por saber que el león estaba en casa.

Compartía el dolor de Amelia. Ese sentimiento bastaba y sobraba para regresarle un golpe a Xavier por cada una de sus infidelidades. Su objetivo sería más injurioso que reparador. Necesitaba sentir en su interior que recuperaba la balanza emocional y sentir que eliminaba todo prejuicio que el deseo de ser un objeto sexual despierta. Rompería los límites y haría su conquista más poderosa. Esa conquista la llevaría al estrado más alto de su feminidad. Por ella no engañarían a una simple mortal esposa que no espera más que ser satisfecha por su marido; por ella, traicionaría a aquel que prohíbe los placeres de la carne en nombre de una pureza total. Amelia necesitaba llevarse el trofeo de la entrega completa con una de las mayores traiciones hechas en su nombre. Sólo con una traición de esa magnitud recobraría la autoestima que Xavier le quitó con cada infidelidad. Quien quiera que la cometiera, sería apartado del "honor del celibato". El ejercicio elevaría a Amelia a sentirse digna de ser deseada y cerrar las heridas con su marido, algunas que sólo se curarían recorriendo la lengua sobre la ingle, el sexo y el pezón.

Dolor y ego

Victoria susurraba en silencio el nombre de Xavier. Contaba los días desde su último encuentro y ardía por el deseo que todavía despertaba en su piel. Extrañaba los besos y la fuerza física que existía al ser tomada como mujer, como hembra. Perdida en las llamas de sus recuerdos, no pudo más que aceptar esa emoción desenfrenada.

Sabía que ese deseo era parte de la naturaleza humana y no la haría ni mejor ni peor mujer entregarse a él con plena libertad. Calló la infidelidad de Amelia por amor a Xavier, la guardó en secreto. Su secreto estaba a salvo con ella, no haría nada en su contra ni destruiría a su familia.

Mientras tanto, Xavier le suplicaba que le mandara sus calzones, pues necesitaba olerla. Cada dos días Alberto pasaba por sobres amarillos sellados en los que, al palparlos, se podía sentir un trozo de tela. Xavier estaba obsesionado con el olor de su amante. Olerla calmaba su ansiedad y por semanas fue el único contacto que tuvo con ella. Con ese olor no arriesgaba nada. También le mandaba regalos, que ella aceptaba gustosa, pero aquellos que la comprometían, debía enviarlos de regreso. El intercambio de los sobres se convirtió en la pimienta que le daba sabor a sus días.

El vacío de sus días era profundo, pero lo llenaba con ideas en que la razón la convencía de que la situación actual era lo mejor para ambos. En su memoria, Nueva York se esfumaba y, con el paso del tiempo, el viaje parecía un relato lejano vivido en una vida pasada que le era completamente ajena.

Durante esos días, Antonio sorprendió a la familia con la noticia de que se casaba. Además, se convertiría en padre con una de las venezolanas que conoció en el cumpleaños de Victoria.

A Isabel la emocionaba la idea de ser abuela por cuarta ocasión, pero Pedro estaba angustiado por su hermano al no estar convencido de su cuñada. Óscar demostró su alegría con fuertes carcajadas y volteó a ver a Victoria: "¿Ves qué buen resultado tuvo tu fiesta de cumpleaños?"

Victoria, confundida sobre cómo debería ser el amor y las relaciones, apoyó incondicionalmente a Antonio. Se ofreció como ayudante en la organización de la boda.

La vida tomó un nuevo rumbo y continuó. Llegaron noticias sobre Xavier, pero en la vida de Victoria él seguía presente al final del pasillo de su departamento con la imagen de la Virgen María, y al final de todas sus noches al recostarse.

Óscar comenzó a tener un gran éxito con los empresarios de Dubái y sus viajes comenzaron a ser más frecuentes. Por esa razón, Victoria dormía en una cama fría donde estiraba sus piernas en busca de su marido, deseando a su amante.

El día de la boda de Antonio, eligió un vestido rojo y pintó sus labios del mismo color. Cambió el color de su cabello con la idea de darle un nuevo comienzo a su vida. En ese momento, decidió que detendría la mensajería con Xavier. Daría una vuelta de página a esa relación y la convertiría en un capítulo cerrado. Lo recordaría con suspiros por ser aquel que le permitió conocer sus límites, tanto de pasión como de esposa.

Entró a la iglesia como dama de compañía, emocionada y alegre, radiante al notar a Antonio enamorado y feliz. Mientras caminaba por la nave, miró a su derecha y encontró a Xavier fresco y radiante. Su mirada era penetrante y tenía una fuerza que sólo él poseía. Victoria giró su rostro y encontró al sacerdote que esperaba sonriente a la novia. Cuando se sentó con Óscar y quedó de frente al altar, se sorprendió por un momento: la imagen de la Virgen la volvía a unir con Xavier en los momentos importantes de su vida. Victoria intentó encontrar a Amelia pero no lo logró; más tarde, durante la ceremonia, sus miradas se cruzaron más de tres veces.

Al salir de la iglesia, Xavier se acercó a ella y la abrazó. Sintió que algunas lágrimas cayeron. No era lo mismo imaginarlo que tenerlo de frente. Óscar lo saludó con un fuerte y cálido abrazo. Le dijo que era un placer verlo. Ambos se abrazaron como si su amistad estuviera intacta. Con toda certeza, pareció como si hubiera sinceridad en la expresión de Xavier por Óscar.

Xavier también saludó y felicitó a Isabel. La felicitó por dos cosas, por el hijo que se casaba y por la hermosa hija que tenía. Isabel se hizo la desentendida y le pidió ayuda a Oscarito para poder caminar hasta el coche.

El corazón de Victoria corría a un ritmo mayor que el de la novia. Pedro estaba contento y celoso: perdía a su hermano. Victoria lo abrazó y Pedro olvidó su tristeza, pero la observó con cuidado: su hermana estaba a punto de desmañarse, temblaba y se encontraba pálida y fría.

—Victoria, estás peor que yo —dijo con sorpresa.

Ella respondió que era víctima de la emoción de ver a Antonio casarse, que la había conmovido sobremanera. Ante este falso tormento, la única que entendió lo que realmente sucedía era Isabel, pero la boda era de Antonio y no distraería su atención en las conductas fuera de tono de Victoria.

En el salón, su familia compartió mesa con Xavier. Era obvio que Victoria desfallecía. La imprudencia de Santiago se acentuó más con el tiempo. Le preguntó a Xavier:

—¿Y dónde dejaste a Amelia?

Victoria acomodaba los pliegues de la servilleta. Levantó la mano para llamar al mesero. Pidió una Coca-Cola Light. A Xavier le pareció más importante lo que decía Victoria que la pregunta de Santiago.

—Perdón, no te escuché. Es que tengo una sed… ¿Qué fue lo que pediste, Victoria?

Victoria sonrió.

—Una Coca-Cola Light —dijo con una sonrisa encantadora.

—Perdón, que sean dos —añadió Xavier.

Santiago ignoró la banal interrupción de Xavier y prosiguió con voz de burla.

—Pinche Casanova, me enteré deque te cacharon en tus andadas y te mandaron a la chingada.

Victoria sintió un escalofrío y un dolor en el estómago. Al escuchar lo sucedido, Óscar comentó que él lo desconocía y lo lamentaba mucho.

Por primera vez, Victoria observó que Xavier estaba nervioso e inquieto por las preguntas. La Coca-Cola Light llegó y Victoria bebió como si al hacerlo alejara a Xavier de su mundo por completo.

—Puros chismes —replicó Xavier mientras la observaba nervioso.

—¿Puros chismes, cabrón? —interrumpió Santiago—. ¿Pero cómo no te iban a mandar a la mierda si le saliste con un domingo siete? Además, el chamaco es idéntico a ti.

Victoria sintió alivio y al mismo tiempo dolor: alivio de no ser ella la causa y dolor por los celos y el ego completamente roto. Santiago brindó por Daniel, el recién nacido de Xavier.

—Los hijos no son más que una bendición. Si ese niño ha nacido es porque tiene una misión importante que cumplir en el mundo.

Óscar levantó la ceja en señal de aprobación y pena.

—¿Qué te puedo decir? ¿Tú cómo estás?, ¿cómo te sientes?

Xavier sudaba más y se veía arrepentido y afligido, pero no por su esposa sino por la reacción de Victoria. Les contó que realmente no se lo esperaba, pues había salido tres veces con la modelo, una colombiana. La noticia lo tenía sorprendido. Se responsabilizó ante todos y dijo que respondería por el niño completamente. La próxima semana firmaría el divorcio con Amelia.

Cuando escuchó eso, Victoria levantó la mano para capturar la atención del mesero, como si lo que Xavier comentaba le fuera completamente ajeno. Ordenó un tequila y se levantó de la mesa para ir al baño. No podía controlar el temblor de sus piernas.

Xavier permaneció sentado sin perderla de vista. Mientras tanto, Victoria visitó la mesa de los novios y de toda su familia. De pronto, vio llegar a su padre. Desde la vez que rompió su corazón por primera vez hacía veinte años, ni una sola vez se habían encontrado.

Victoria estaba ausente y no le dio ninguna importancia a la llegada de su padre. Parecía que su sonrisa se hubiera congelado. Sabía que si se ponía seria explotaría en llanto. Fue la princesa de la indiferencia. En ese momento se encontraban bajo el mismo techo los hombres que le habían congelado el corazón. Ambos compartían el encanto de la seducción.

Victoria se dio cuenta de que Xavier buscaba como desesperado cruzar miradas con ella, y por el resto de la noche se esforzó en evitarlo, así como a su padre. Decidió que al mal tiempo había que darle buena cara y fue al baño a pintarse con entusiasmo los labios de rojo y marcar sus ojos con el lápiz negro. De esa forma se forzaría a no dejarse llevar por sus emociones.

Descubrió que podía ser mejor actriz que cualquier otra y una vez más se dio cuenta de que los impulsos de la mujer eran inalcanzables. Regresó a su mesa, tomó a Óscar de la mano y lo llevó a bailar a la pista. Lo besó y Óscar le pidió que se comportara, pues estaban en la boda de su hermano. La dejó en la pista mientras buscaba una servilleta para quitarse el labial.

Xavier se dio cuenta del dolor tan fuerte que le había provocado. Al sentir el rechazo de Óscar, Victoria regresó a la mesa con la misma sonrisa congelada. Santiago fumaba y tomaba en la mesa, hablando de lo que él haría si fuera presidente de México. Al mirar a Óscar, se carcajeó y le dijo: "Parece que te besó un payaso". Xavier cerró sus ojos al ver la boca de Óscar marcada por Victoria y estrujó su servilleta.

Para hacerlo enloquecer un poco más, Victoria comenzó a bailar con los amigos de los gemelos. Óscar no se percató en ningún momento de los tequilas que su esposa consumió ni de sus saltos, bailes y cantos. Y si lo notó, no le incomodó. Era su familia y la boda de uno de sus gemelos. Estaba presente su suegro, al cual nunca antes había visto. Comprendió entonces el comportamiento eufórico de Victoria en la pista; su actitud quedó completamente justificada.

Sin embargo, ocurrió un penoso incidente. Cuando Diego, el compañero de baile de Victoria le pidió una pausa, Xavier lo siguió al sanitario. Sus celos descontrolados hicieron que bloqueara la puerta del baño y, al orinar junto a Diego, se volteó en dirección suya. Le mojó el pantalón.

—¡Estás loco, cabrón! —le gritó.

Xavier lo tomó del cuello y lo levantó.

—Tienes dos minutos, pendejo, para largarte de la boda sin que te corte los huevos. La próxima vez fíjate bien a quién le dices loco —lo amenazó Xavier.

Mientras tanto, Victoria cantaba a ronco pecho "Yo no te pido la luna". Su compañero de baile nunca volvió a la pista.

El perdón

El noticiero dio a conocer el divorcio y la causa de la ruptura de Amelia y Xavier. En la radio y televisión se comentó sobre ellos. Era la telenovela del momento en un México que prefería un chisme amarillista a una economía estable.

Xavier estaba desesperado por tener contacto con Victoria, quien parecía tragada por la tierra. Victoria cambió su número de celular y canceló sus visitas a la escuela de sus hijos. No salía ni a las clases de yoga. Se quedaba en casa con Isabel y sus hijos. Se escondía de Xavier, pero parecía que se escondía del mundo. Se sumergió en libros y en series de televisión. Al estar en casa atosigaba a Óscar exigiendo más tiempo, y parecía que todas sus ansias las dirigía a su matrimonio.

Óscar le sugirió que encontrara alguna actividad, pues su estancia en casa no les dejaba nada bueno. Por si fuera poco, su perra Helen tuvo una displasia de cadera y la tuvieron que sacrificar. La muerte de Helen fue un pretexto para que sacara con lágrimas todo aquel dolor que le causó la traición de Xavier.

Su adulterio lo justificaba como el arrebato de una pasión entre dos, pero al conocer cómo era la conducta de Xavier se sintió usada. El deseo de ser única y especial en la vida de un hombre quedó arruinado por saber con quiénes lo compartía.

Xavier le mandaba correos electrónicos interminables pidiéndole perdón. Necesitaba que Victoria aceptara una cena, un solo encuentro para verla a los ojos y explicarle lo que había sucedido. Llevaba más de siete meses sin saber de ella y estaba dispuesto a pararse en su casa si no respondía.

La ira de Victoria no cesaba, pero no estaba dirigida a Xavier, sino contra ella misma por haber permitido exponer a su familia. Lo perdonaba renunciando a la venganza, pero no olvidaba la ofensa de sus actos. Su deseo había sido aniquilado y trató de compensar esa energía que antes la había poseído, dirigiéndola al arte.

Comenzó a esculpir en barro con Isabel. Curiosamente, sus manos siempre esculpían corazones rotos. Isabel sufría en silencio por el dolor de su hija.

—Victoria, una se enamora del amor, mas nunca del hombre. Enamorarte del hombre es ofrecer tu dominio por completo, tus acciones y tus conductas. Si te enamoraras de la sensación que te provoca el hombre sería mucho más sencillo. Así aprenderías a ser mucho más feliz, pues esa misma sensación la podrás encontrar en muchos otros.

Victoria escuchaba atenta y ávida esos consejos. Cuando Isabel terminó, su hija le preguntó quién le había enseñado a no perder esa estabilidad.

—La mujer encuentra esa estabilidad cuando sabe de qué está hecha —contestó tersamente su madre—. El amor es como el barro. Lo puedes moldear con tus manos a tus necesidades y a tus deseos. El día que encuentres la pasión en ti misma, sabrás que ningún hombre es indispensable para tu felicidad y podrás ser feliz con el compañero que tengas frente a ti.

Los días transcurrían y el corazón de Victoria tomaba una fuerza arrolladora, pero aun así el deseo la llevaba al anhelo de volver a estar entre los brazos de Xavier. Comenzó a masturbarse en la regadera y aprender sobre su cuerpo. Si no tenía los alcances que le daba Xavier, al menos la tranquilizaba. Tomó clases de baile y encontró una sensualidad que la comenzó a conquistar. Pensó que esa conquista no la traicionaría.

Durante dos días su bandeja de entrada de correo no tuvo noticias de Xavier. Intranquila, reflexionó que siete meses con la ley del hielo era un castigo exagerado. Pero fue él quien dijo que sólo hacían falta tres semanas para olvidar a una mujer.

El momento de la verdad llegó después de ese par de días cuando el noticiero de la mañana anunció el posible secuestro del empresario Sanguinetti. Ante la noticia, Victoria perdió toda la fortaleza que había ganado durante las últimas semanas. Sintió que el orgullo que había trabajado por siete meses no la llevaría a ningún lugar. Desesperada, buscó a Xavier. Se comunicó con Alberto, quien le confirmó que desconocía el paradero de su jefe. Que las cosas estaban fuera de control y nadie lo podía localizar. Le comentó que los guardaespaldas le habían informado que Xavier mismo les había dado la mañana libre y que perdieron la comunicación después de eso. Amelia se comunicó pronto con la policía y los medios comenzaron a dar la noticia del posible secuestro de Xavier. La noticia cubrió las primeras planas de los periódicos, y fue tema central para la radio y la televisión. En las redes sociales tampoco pasó desapercibido y la gente no dejó de preocuparse. El corazón de Victoria estalló en pedazos por haber sido tan cruel y arrogante.

Santiago telefoneó a su casa y preguntó si alguien sabía algo sobre el paradero de Xavier. Óscar se encontraba en Dubái y llamaba alterado por lo que se decía de su amigo.

Isabel, sin palabras, abrazó a Victoria y la mantuvo un largo rato en sus brazos sin decir ninguna palabra. Después del cálido abrazo, Victoria tomó el teléfono, llamó a sus hermanos y les pidió que tuvieran cuidado; además solicitó el teléfono de su padre.

Su madre se sorprendió por esta acción, y escuchó las dulces palabras con que Victoria pedía perdón a su padre. Le ofrecía disculpas por haber sido tan dura, tan lejana y tan orgullosa. Por no tomar sus llamadas. Le comentó cómo, finalmente, cualquier herida cierra. Le ofreció entrar a su casa y le aseguró que ésta permanecería abierta para cuando deseara visitarlos.

Isabel no daba crédito a lo que escuchaba. Fue entonces cuando supo que los actos de Victoria la llevarían a ser más fuerte, que el perdón daba alas y la haría inmensamente fuerte. Reconoció en su actitud que todo pasa y que todo también alivia el dolor. Vio cómo su hija se quebraba ante la fragilidad de la existencia.

La madre de Victoria notó cómo desde hacía tiempo su hija se vestía con orgullo. Pero, con el posible secuestro de Xavier, su hija descubrió que no había tiempo para el orgullo ni para la soberbia. El ego es el que nos aleja y de nada sirve darle un lugar en nuestros corazones. Sin embargo, el corazón de Victoria no estaba roto: con cada disculpa se unía, haciéndose más sólido. Después de la tormenta, reinó la calma en su alma. Dejó una huella en el tiempo y comprendió que la mejor manera de caminar en el mundo de las emociones era estar descalza. Isabel estaba contenta porque su hija había asimilado que no valían la pena una mirada negada ni una sonrisa fingida; después de lo vivido aprendió que había mucho más que ofrecer.

Victoria no durmió en toda la noche pensando de qué manera podía ayudar. Estuvo en vela hasta el amanecer y lo único que hizo fue pedirle a la Virgen que Xavier regresara con bien a casa. No podía vivir sabiendo que algo terrible le ocurría después de que ella fuera tan distante durante sus suplicas y sus peticiones. Pidió a la Virgen que le diera una oportunidad para decirle adiós. Se dio cuenta de que era imposible negarse a quien en algún momento se amó o deseó. Una persona que amó debe enfrentarse ante el otro ofreciendo la mirada. Ésa fue la razón por la cual se comunicó con su padre y supo que el amor sólo se retira cuando quema. Se quedó dormida al recordar cómo había pasado toda una noche tomada de la mano de Xavier. Supo que el silencio grita internamente y la nostalgia invade con lamentos al existir un comportamiento orgulloso.

París

A las 11:27 de la mañana Victoria recibió una llamada de Alberto. Le dijo que su jefe estaba a salvo, que carecía de comunicación directa, pero que se quedara tranquila. Victoria pudo respirar una vez más. Se sintió feliz y le agradeció profundamente a la Virgen que lo hubiera traído con bien. Le parecía que la vida tomaba el ritmo normal de la rutina sin ego y sin dolor. Se sentía profundamente agradecida por estar en paz con todos.

Alberto la citó el mismo día. Tenía un sobre amarillo dirigido a ella. Cuando lo recibió lo abrió de inmediato. Encontró un boleto de avión con destino a París por sólo dos días. Junto con el boleto había una nota escrita por el puño de Xavier:

Recuperemos lo que hemos perdido.

Victoria se alegró y sin pensarlo le dio un fuerte abrazo a Alberto. Él se mostró discreto, pero enrojeció como manzana. Victoria se dirigió a él con entusiasmo:

—Dile que sí.

El vuelo a París estaba programado para el siguiente jueves, por lo que vería a Xavier el viernes por la mañana.

—Yo la llevaré al aeropuerto y le daré las instrucciones para llegar al lugar donde se encontrarán para desayunar —dijo Alberto con seguridad—. Me pongo a sus órdenes para ayudarla con cualquier servicio que necesite.

Victoria le dejó una lista infinita sin ningún cargo de consciencia. Isabel necesitaría ayuda esos dos días y dejaría su hogar en orden. Le encargó ir al supermercado, la tintorería, cambiar las baterías de los coches de los niños. Le pidió que llevara a arreglar sus bicicletas, y, abusando de la confianza, que llevara el coche de Óscar al servicio para que, cuando regresara, no tuviera que perder el tiempo.

En casa, una vez más avisó que partiría a Veracruz por dos días. Mintió porque le sería imposible justificar un viaje a Europa. París la esperaba, pero lo más importante era que Xavier estaría allá. Victoria tomó el vuelo emocionada y sin culpa, agradecida de que Xavier estuviera vivo y que Óscar fuese exitoso durante sus negociaciones en Dubái. Además, estaba menos preocupada por su madre; tenía como compañía extra a su nuera Valeria, a quien cada vez se le notaba más en el vientre la bendición de su futura hija. La vida le había dado a Victoria la oportunidad de vivir esa energía fugaz que llega sólo con el soplo del viento prohibido.

Cuando se enteró de que estaba hospedada en el Four Seasons George V, rio como aquella niña traviesa que roba un helado y lo come a escondidas. Lamentó que la señorita Lee no estuviera para darle la bienvenida. En su lugar, la recibió un apuesto joven árabe de nombre Nasim. Entró a un *lobby* que despedía un olor a flores con menta. Los pisos de mármol y el candelabro iluminaban el espacio con un blanco radiante como su sonrisa. La decoración era clásica. Al pasar por el restaurante percibió el aroma del café y la panadería. Dio pequeños saltos de felicidad: ese Veracruz era como ningún otro. Nassim le pidió que subiera con él a la habitación, pues ya la estaban esperando.

Cuando se encontró con su amante, Xavier la esperó vestido con unos jeans y una camisa azul que combinaban con sus ojos. Su cabello, negro y ondulado, estaba mucho más largo que la última vez que lo vio. Se había dejado la barba y daba el aspecto de ser un hombre más maduro y más seguro de sí mismo. Lo primero que hizo fue abrazarla y cargarla. Victoria dejó caer su bolsa al suelo por la sorpresa. Xavier la tomó del rostro y la besó sin recato.

Al ver esa escena, Nasim dijo *"Oh, l'amour"*. Tuvo la sensibilidad de retirarse cerrando la puerta tras él y se despidió*: "Bonne journée"*.

No dejaron de besarse: habían pasado siete meses y dos semanas sin verse. Victoria le dio gracias a Dios por que Xavier estuviera vivo, bien y en sus brazos. Cuando se cansaron de entrelazar sus bocas, se miraron a los ojos y se volvieron a besar.

—No te queda el pelo de color rojo.

—Así te recuerdo. Ya te habías tardado con tus comentarios... —dijo antes de besarlo, importándole poco la crítica—. Xavier, dime cómo estás. ¿Qué pasó?

—Te suplico, Victoria. De eso no quiero hablar. Lo importante es que te tengo una vez más en mis brazos y eso no tiene precio. Pensé que jamás volvería a verte. ¿Cuántas posibilidades existían para que compartiéramos una vez más este espacio?

—Ninguna —respondió Victoria con pesar.

—Entonces no me quites el tiempo y recuperemos lo que se ha perdido. Borra todo el dolor que te causé.

Victoria lo besó y con esa acción le comunicó cuánto lo había extrañado.

—Quiero ser el hombre que te dé todo. Mientras seas mi mujer podré con cualquier cosa que tenga enfrente —hizo una pausa—. No te vuelvas a ir de mí.

Xavier la acostó sobre la cama y la miró directamente a los ojos. Sobre sus mejillas escurrían lágrimas de felicidad y Victoria las lamió mientras los acompañaba en su llanto. Dio las gracias por haberse encontrado una vez más en un lugar con Xavier lejos de la realidad, lejos de la rutina y lejos de sus vidas.

Minutos después, él la levantó de la cama y la llevó a la terraza de la habitación. Frente a ella estaba la torre Eiffel dándole la bienvenida, sin juzgar ese amor prohibido. Victoria no sentía culpa. Se sentía viva, plena y el éxtasis la invadía.

Cuando entró al baño se sorprendió de la elegancia y la majestuosidad de la habitación. En la recámara parecía que las pinturas alrededor de la cama blanca cobraban vida y la observaban. Las orquídeas blancas estaban vivas y frescas como ella.

—Juro que por ti seré mejor d e lo que soy. Sentí que moriría. Es terrible no tenerte —le confesó Xavier mientras la observaba lavarse las manos y oler los jabones.

Volvieron a la terraza y Xavier le ofreció la silla blanca de la mesa. Le sirvió café y se lo preparó. Desayunaron en la terraza escuchando las ambulancias de París y disfrutando una vista perfecta de la torre Eiffel. Xavier no dejaba de repetir que por ella sería mejor de lo que era. Cuando terminaron de desayunar, dejó un sobre amarillo sobre la mesa y le pidió que lo abriera.

—Sé que te va a inquietar y no quiero hacer nada que te deje intranquila. Haré todo lo que esté en mis manos para recuperarte de nuevo.

Eran los estudios médicos de Xavier. Pero lo que más le llamó la atención a Victoria era el lugar donde los había realizado: San Diego. Los leyó nerviosa.

—No tengo nada, estoy sanísimo —mencionó Xavier—. Ni sida ni herpes, ni sífilis ni hepatitis. No tengo absolutamente nada. Quédate tranquila. Ahora sí estoy más que operado. Mi operación, como bien pudiste ver, falló. Amelia se encargó de que me la volvieran hacer y ahora sí no hay manera de que pueda dejar preñada a alguien.

Victoria cerró los ojos. Se levantó para asomarse a la calle. Vio un café con el nombre rotulado de Renoma Café Gallery.

—Se ve interesante el café de enfrente —dijo para cambiar de tema.

—Victoria, no quería tocar el tema, pero quiero empezar el día sin tener ninguna cosa que discutir que fracture nuestro futuro.

—¿Nuestro futuro, Xavier?

—Sí, nuestro futuro. La verdad no sé vivir si no es contigo. Tenía un dolor clavado en el pecho y sólo hasta hoy se me quitó. Te quiero llevar de la mano en la calle, sin esconderme al otro lado del mundo. Quiero poder bajar a ese café y sentarme contigo sin miedo, sin tener que escondernos por temor a que fotografíen.

Tocaron el timbre y el mesero levantó los platos, pero dejó un arreglo con fruta. Xavier tomó una fresa, la mordió por la mitad y se acercó al rostro de Victoria. Con un beso, dejó en su boca la fresa.

—¿Sabes, Victoria? Creo que el hombre sabe que está realmente enamorado cuando conoce de qué forma toma su mujer el café.

Victoria se sorprendió con el comentario.

—Creo que eso es un poco superficial.

—Nada de eso, quiere decir que he puesto atención a todo lo que te gusta y te disgusta. Para ser honesto, nunca me había fijado en esos detalles. Amelia fue la que me dijo que si la pareja desconoce cómo se toma el café, entonces no es pareja.

Mientras Xavier le contaba su historia, Victoria recordó los besos que presenció entre Amelia y el sacerdote. Sacudió la cabeza y se prometió que eso sería algo que se llevaría directamente a la tumba.

—Por cierto, ¿cómo está Amelia? ¿Cómo están tus hijas?

—Amelia está sumamente enojada. Todo su enojo lo ha manifestado al exigir propiedades, unas sumas ridículas de dinero.

Pero ya llegamos a un convenio. Todas las propiedades me hizo cambiarlas a su nombre. Tenía miedo de que la colombiana quisiera aprovecharse. Para tranquilidad de ella, lo hice. Finalmente, todo lo que tengo se lo voy a dejar a mis hijas. No me preocupa porque si te tengo a mi lado, podré hacer esa fortuna al triple.

Victoria se incomodó cuando Xavier la incluyó en sus planes a futuro. Intencionalmente se olvidó o hizo a un lado a Óscar, a sus hijos. Escuchó a Xavier sin ninguna expectativa. Victoria estaba viviendo esas últimas horas que le quedaban junto a él. Lo que vendría después era para ella la maravillosa rutina de su vida junto a su esposo. Decidió no discutir y vivir su desayuno en París.

Le preguntó:

—Xavier, ¿cuál será la habitación donde se quedó Lady Di? ¿Será ésta?

—No tengo la menor idea. Pero cuando bajemos podemos preguntar.

—¿Cómo? No pienso salir de aquí. Además, si es ésta, sería muy mal augurio salir. ¿Quién le diría a esa mujer hermosa que eran los últimos momentos de su vida?

—Piensas en cosas que nadie más piensa.

—¿No te da miedo la muerte? —le preguntó Victoria con intriga.

—No, para nada. Siento que sólo te toca cuando es tu momento. Como dicen: ni aunque te quites ni aunque te pongas. Pienso que el hecho de que no le tenga miedo a la muerte ha sido gracias al éxito de mi carrera.

—No entiendo qué tendría que ver una cosa con la otra.

—Me gusta el riesgo, los retos, las emociones fuertes. Me gusta jugarme el todo o nada.

—Sí, lo he notado.

—Bueno —dijo Xavier intrigado y con una voz irónica—. Señora, y usted ¿qué hora trae? Mira dónde estás desayunado. Según tú, ¿dónde estás?

Victoria tomó un sorbo de café antes de contestar.

—En Veracruz.

Xavier soltó una carcajada y aplaudió.

—Tú sí que eres brava.

Vitoria puso cara de niña traviesa levantando las cejas y ladeando la cabeza. Xavier se acercó a su rostro y la besó.

—¿De qué te quejas si eres la mujer más valiente que conozco? Mira que la primera vez eran unos cuantos kilómetros, pero cruzar el charco sin que nadie se entere... ¿O le dijiste a alguien?

—Por supuesto que no. ¿A quién le iba a decir? Además, quien confiesa sus secretos, vende su libertad.

—Ay, chiquita, eres como el anuncio de la niña de la margarina. Parece toda una inocente palomita y, cuando puede, ¡zaz!, te come de un bocado.

Victoria rio después de escuchar ese comentario.

—Ya recordé cuál es. Lo veía de niña.

—Pero, ¿sabes algo, nalgona? Podría hacer contigo lo que yo quisiera y nadie sabe que estás bajo mi dominio.

—¿Y eso te excita?

—Eso me pone muy cabrón, Victoria. ¿Sabes lo que es sentirte mía? Durante estas horas soy tu dueño, te poseo por completo. Eso es un regalo. Estás completamente a mi disposición, a mi cuidado, a mis órdenes. Me siento completo cuando sucede algo así. Siento que lo único que nos separa es la piel. Quisiera lograr que me ames al mismo nivel al que yo te amo para que entendieras lo que te digo.

Victoria se soltó el cabello, pues sentía el mareo del *jet lag*.

—Te ves cansada. Báñate conmigo, ándale —sugirió Xavier y se levantó para llenar la tina del baño.

—El sonido de la tina me recuerda a ti —le gritó Victoria desde la terraza—. Cada vez que lleno una tina, me acuerdo de Nueva York. ¡Qué quemada me metí!

—Y yo cada vez que veo el chorro de agua me acuerdo de ti. ¡Qué manera de mojarte!

Victoria se apareció en el baño y pasó los dedos entre el agua de la tina. Le mojó la cara a Xavier juguetonamente.

—Victoria, me vuelves loco.

—Ahora tú entra. No me pienso volver a quemar —dijo Victoria con temor.

—Cuando vi que te echaste a la tina dije "está loca" —dijo Xavier riendo—. Pero te saliste como caricatura.

Victoria también rio.

—Por cierto, ¿y la foto? ¿Xavier, borraste esa foto?

—Claro que no. Por siete meses me masturbe viéndola. Si no hubiera tenido esa foto no sé qué hubiera hecho. Además, no sólo se te ven las nalgas hermosas. Se te ven los ojos y tu boca en éxtasis.

—Enséñamela.

—No, vas a querer borrarla y es parte de mi tesoro. ¿Confías en mí? Además, ¿sí sabes que primero me corto una mano antes de que un cabrón la vea?

—Y por cierto, ¿me puedes explicar tus celos en la boda de mi hermano? Hubo el chisme de que te hiciste pipí sobre el amigo de Antonio. ¿Es cierto? Nadie le creyó mucho.

—Ese pendejo tiene la suerte de que no pude hacer nada más. Cuando vi que estaban bailando y te tomó de la cintura, pensé en matarlo. Me controlé.

—Menos mal. Escuché que también lo trataste de ahorcar. Los gemelos me contaron, pero como Diego es muy exagerado, nadie le creyó. Excepto yo, que supuse que era un arrebato de celos.

—Escúchame bien, Victoria. Al próximo hombre que yo vea que te toca con ese morbo, lo mato. No es posible que no te hayas dado cuenta. Por el amor de Dios. El güey te estaba cogiendo con la mirada. No me vas a decir que no te diste cuenta.

—Xavier, no vine a París a discutir sobre Diego. Estoy aquí para verte, para besarte y meterte en la tina. Quería morir cuando me enteré de tu secuestro. Por favor, dime qué paso.

—Te lo suplicó, Victoria, no quiero recordar ese momento. Por favor, no aquí. Respeta el hecho de que no quiera recordar ese momento tan terrible. Mejor dime, ¿cuántas veces en la vida puedes estar en una tina viendo la torre Eiffel? Pero hablemos de ese pendejo que te agarraba la cintura mientras bailaban. Te juro, Victoria, que sólo de pensarlo me hierve la sangre. Me vi muy tranquilo para lo que le hubiera hecho.

—Basta, Otelo, ven a la tina.

Xavier se colocó detrás de ella y la abrazó. El abrazo fue de amor y cariño. Fue un abrazo al cual Xavier suspiró. La palpó y pellizcó suavemente con sus manos temblorosas, reafirmando que fuera la piel de Victoria. La acarició con sed, con ternura, con admiración. Le recorrió el cuello con la lengua en señal de amor, sin excitación, probándola, oliéndola. Victoria se sorprendió al sentir sus lamidas: contenían más amor que deseo.

Se sumergió con ella hasta tener la cabeza bajo el agua. La tomó del cuello y la comenzó a estrangular. Victoria sacudió la cabeza y salió a tomar aire con dificultad y tosiendo.

—¿Estás loco? Casi me ahogas.

—¿Cómo crees? Te asustaste, pero te tienes que dejar llevar, debes confiar en mí. Tienes que entregarte a mí por completo.

—Xavier, se te pasó la mano. ¡Me estabas asfixiando! —gritó ella, nerviosa y enojada.

—El orgasmo que te di en Nueva York al cortarte la respiración, ¿te asfixió?

—No, pero estábamos en otro estado de ánimo. No sé, no había agua, te podía hacer una seña y era diferente.

—No, muñeca, no es diferente. Te voy hacer cosas que romperán todos tus límites. Te vas a ir de aquí marcada para siempre. Tienes que soltarte y saber que estás en manos de alguien que lo único que quiere es llevarte a experimentar lo más profundo del placer. Soy tu esclavo, Victoria. Estoy a tu servicio. Pero tus ataduras de "señora bien" te han limitado para descubrir los laberintos del placer.

—¿"Señora bien"?

—¿No te has fijado cómo todas son educadas y secas? Lo que yo he visto es que, entre más finas, lo único que ganan es frigidez.

Victoria lo miró con un poco de desconfianza, pero al final olvidó su enojo.

—Xavier, perdona que te lo vuela a mencionar, pero tuve tanto miedo de no volver a verte.

La bañó entre millones de burbujas de espuma. La siguió acariciando y nunca paró de verla. Xavier sonreía y mostraba sus dientes que se encimaban hacia la derecha, pero que tenían un toque encantador. Victoria respiró libertad al despojarse y entregarse por completo a alguien. Entendió la contradicción de la absoluta libertad que da aceptar la total voluntad del otro.

—Te voy a llevar al punto donde serás completamente libre.

Lo que más le gustaba a Victoria era ver la satisfacción de Xavier. Le regaló el poder de dominarla. Se ofreció al servicio de todas sus fantasías y en ese momento, más que nunca, lo amaba. Mientras ella, arropada con una bata blanca, se cepillaba el cabello, él la tomó de la cintura y la llevó a la cama.

Victoria quedó recostada sobre su vientre y Xavier le dio un masaje de relajación en los párpados. Ella terminó adormecida. En ese estado de letargo, entre dormida y mojada, Xavier le quitó la bata y la recostó sobre el vientre. Ya no lo esperaba, pero la despertó un ligero dolor de placer al sentir cómo su amante la penetró. La montó como tantas veces lo había soñado.

Victoria levantó sus caderas y se ofreció mientras se sostenía con sus manos sobre la cama. Xavier la poseyó sin control, con fuerza. De la tranquilidad la llevó a las olas insaciables del sexo. No sólo conocía cómo le gustaba el café, sino que conocía los ritmos y sus tiempos. La llevó al orgasmo, pero no la dejó cambiar de posición. Mientras ella estaba tendida de espalda y con las piernas levantadas, él continuó con un movimiento y velocidad constante que la llevaron a mirar al cielo para morir y renacer una y otra vez.

Xavier gozó terminar dentro de ella. Juró que ése era el momento en que mejor la reconocía como su propiedad y sentía el gozo y placer del encuentro. Sintió que algo de él vivía dentro de ella por algunas horas. Estaba conmovido por saber que podía ser inmortal dentro de otra persona.

Victoria despertó por el sonido de la cámara del celular que sostenía Xavier. Notó que el objetivo era ella. Se cubrió rápidamente con la colcha blanca.

—¡¿Qué estás haciendo?! —preguntó irritada.

—Estoy inmortalizando tu belleza —dijo Xavier con indiferencia.

—Borra eso ahora mismo —exigió Victoria.

—Me debes tener confianza —explicó Xavier—. Las relaciones que no están basadas en la confianza terminan por desaparecer. La preocupación que antes tenías era que las viera Amelia. Ahora Amelia no está y no hay nadie que pueda entrar a mi celular. No tienes por qué desconfiar. La única mujer que puede revisar mis cosas eres tú, mi amor. Confía —recalcó.

Victoria sonrió insegura.

—Bueno, pero ahora es mi turno.

Tomó el celular de Xavier y comenzó a tomarle fotos. Se tomaron fotos besándose y Xavier le pidió que lo dejara inmortalizar su rostro en placer. Victoria observó la imagen y se descubrió entregada por completo con un gesto desconocido para ella. Se encontró hermosa y aventó el celular bajo la cama para continuar besando a su amante.

Xavier llamó a recepción para pedir una botella de champaña y pidió hacer algunas compras.

—Vamos a caminar. Pronto va a oscurecer y nadie nos reconocerá. Y sirve que todo el alcohol que tomamos se nos baja.

Victoria se hizo un chongo en el cabello, se puso una gorra y salieron a caminar tomados de la mano sobre la calle George V. Llegaron a los Campos Elíseos y ella no quiso caminar más abajo. Prefirió continuar por otra calle, que los llevó a la Rue Balzac.

Caminando por la calle, Xavier dijo:

—Balzac decía que era más fácil ser amante que marido porque se podía ser más oportuno e ingenioso de vez en cuando —Victoria rio y él la detuvo—. Pero creo que está completamente equivocado. Yo podría ser el mejor marido y saber ingeniármelas contigo. ¿Victoria, quieres ser mi esposa?

Victoria tomó su comentario a broma y continuó caminando. Xavier se detuvo a media calle y con voz seria y afligida dijo:

—No es ninguna broma. Te quiero como esposa. Tú no estás hecha para ser amante. Eso déjaselo a las putas.

Victoria se detuvo por completo y un escalofrío recorrió su columna.

—Xavier, yo ya soy esposa. Y estoy felizmente casada —respondió orgullosa.

—Ahora que soy un hombre libre, quiero decirte que yo pensaba lo mismo, pero no es así. Tú piensas que eres feliz con el concepto de ser esposa. Tienes la "seguridad" que te brinda Óscar, pero si fueras una esposa felizmente casada, no estarías caminado conmigo agarrada de la mano sobre las calles de París. No mentirías que estás en Veracruz. Tienes que ser sincera contigo y con Óscar. Lo que le estás haciendo, no es justo para ti ni para él.

Victoria lo soltó a medio camino, se detuvo y tomó una postura erguida. Con seriedad contestó:

—¿Tú me vas a venir a dar explicaciones sobre lo que es justo para el matrimonio? Tú, Xavier, que has sido el hombre más infiel dentro del matrimonio, ¿me vas a decir qué es lo correcto?

—Sí, me considero con la autoridad moral para hacerlo, porque sólo hasta ahora que soy libre puedo ver el error que cometí. La infidelidad es un pecado. Tu adulterio, Victoria, demuestra tu total desamor hacia Óscar.

Victoria se llevó sarcásticamente la mano a la boca, levantó los hombros y dijo:

—Ups, entonces ya no merezco estar en el reino de Dios.

Xavier cerró sus ojos, movió ligeramente su cabeza de lado y dio tres pasos hacia ella. Victoria percibió el calor del cuerpo que no le dio entrada a las palabras ni al frío de la ciudad.

—Mira, Xavier, estoy cansada de la sociedad machista y misógina en la que vivimos. Tú, casado, puedes tener amantes y te aplauden. Ahí tienes a toda la bola de machos: "Pero qué bárbaro, qué hombre"; "¿Has visto la modelo que se está tirando Xavier Sanguinetti?", "Pero quién fuera él. La cantidad de mujeres con las que se acuesta..." En cambio, yo, o cualquier otra esposa, si tuviéramos un amante los comentarios serían: "Pero mira nada más esta puta"; "Quién la viera, tan decente que se veía; "Parecía que venía de una familia bien"; "Daba la apariencia de ser una mujer decente".

Xavier siguió caminando y dio vuelta a mano izquierda sobre la Rue Lord Byron. Victoria apresuró su paso.

—Como si el valor de la mujer estuviera entre las piernas —dijo Victoria con voz sofocada—. Lo que vale una mujer depende de cuántas veces y a cuántos nos hayamos ofrecido. No es posible que sigamos viviendo con ese tipo de prejuicios. El sexo tiene que estar acompañado de amor. ¿Quién les dijo que ustedes tienen más derecho a gozar que nosotras? Tu hipócrita religión. ¿Quién, Xavier? Dime.

—Es impresionante que en todos los viajes terminas gritando. Además, ve la cantidad de vulgaridades que estás diciendo.

—Odio la doble moral. Y si por ser adúltera no merezco entrar al reino de Dios, prefiero arder en el infierno. No deseo permanecer una eternidad con todas esas almas hipócritas y de falsa moral.

Cuando Victoria terminó de hablar, Xavier se volteó hacia ella y la empujó contra la pared para besarla con desesperación. Con su mano derecho buscó la entrepierna de Victoria.

—El tesoro que tienes aquí es lo único que me vuelve loco —dijo y la continuó besando.

Victoria, sofocada, enojada, y decidida a vivir su vida sin ser juzgada correspondió al beso, como si le asegurara un lugar lejos de aquello que tanto detestaba.

Los besos, las calles de París, las palabras de Xavier, la pasión y la sorpresa de vivir aquello que nunca imaginó, despertaron una mujer dormida en Victoria. Supo que a los treinta y tres años no era tarde para dedicarse a lo que le apasionaba. Pensó que haría todo lo necesario y se prepararía en el tema para dar charlas sobre la ceguera emocional en la que vivía la sociedad. Abrazó un feminismo emocional y su espíritu rebelde encontró el camino para liberar del yugo y del miedo a las de su mismo sexo.

Xavier, al amarla y juzgarla, la liberó de todo prejuicio.

El éxito y control

Vitoria comprendió que el concepto de mujer es aquel que se construye socialmente. Comenzó a reconstruirse como mujer bajo sus propios criterios. Tener un amante no la hacía ser mejor o peor madre, hermana o hija. Pero sí se atrevió a pensar que posiblemente la hacía mejor esposa. La figura de Xavier en su vida la impulsaba a darle un significado más importante y un mayor valor a su matrimonio. Le dio la tranquilidad de desahogar lo cotidiano, de tener un espacio sólo para ella; le dio la libertad de conocerse en una faceta sexual que nunca encontró en la estabilidad que tanto gozaba de su hogar. Comprendió los escapes fugaces y supo que no se detendría a vivir sin esos días de pasión que la calmaban para seguir con el rol de su género. Ya no había culpa sino aceptación, no sólo de sus demandas biológicas sino de las demandas de su espíritu.

A su regreso de "Veracruz", Isabel la encontró diferente: alegre y segura de sí misma. Sus hijos le daban la fuerza suficiente para seguir adelante y no dejarse vencer. Supo que tenía una responsabilidad mayor al educar sólo a hombres. Oscarito comenzó a confesar quién le gustaba en el colegio y Victoria lo escuchó con amor y atención. Edgar gozaba de sus clases de futbol y Emiliano hacía pocos días que había dejado de orinarse en la cama.

Victoria lo tomó como un regalo. Los espacios creados por su ausencia durante esos dos días, les otorgaron a los niños la libertad de reforzar lo aprendido en casa.

Óscar regreso de Dubái y encontró a una Victoria enfocada en asuntos de género. Le agradeció a Dios que Victoria hubiera dejado de estar encerrada en casa atosigándolo por el ocio. Victoria era plena y visitaba la escuela de la ceguera para compartir con sus alumnos.

Mientras tanto, Xavier se encaprichó con las negaciones de Victoria. No podía tomar una negación como respuesta. Había logrado alcanzar todas las metas en su vida y lo había hecho con éxito; pero Victoria se había convertido en la meta más importante que necesitaba alcanzar, pues después de ella no habría nada más importante por conquistar. Victoria era el reto, la adrenalina y las dificultades que activaban el potencial de Xavier. Mujeres dispuestas a estar con él sobraban, pero sólo en Victoria había encontrado la motivación de ser el ganador y eso le proporcionaba a Xavier una energía inmensa.

Xavier lamentaba la situación por Óscar, pero antes que cualquier amistad estaba presente la felicidad, y estaba convencido de que sólo Victoria podría ofrecerle la calma que su vida necesitaba. Con Victoria a su lado, Amelia pasaría a la historia como una mala decisión, mas nunca como un fracaso.

Xavier le suplicó que le enviara ropa interior para olerla. Necesitaba masturbarse con su fragancia. Pero para Victoria la emoción de estar mandado los sobres amarillos había terminado. Además, Xavier no regresaba los calzones y los que tenía ya eran insuficientes.

Su amante insistía diariamente que se escaparan a todos los lugares posibles, pero Victoria no podía correr ese riesgo, al menos por el momento. El embarazo de Valeria, su cuñada, la tenía ocupada en casa con todos los preparativos del *baby shower*. Victoria sería la madrina de una niña que llegaba para ser la consentida de todos. Se emocionaba con la compra de ropita color rosa, pues era algo que nunca antes había vivido. Tuvo la idea de volar a San Antonio por cuatro días para hacer las compras, tanto de su futura sobrina como de los niños para su regreso a clases. Pensó que Xavier la podría alcanzar en San Antonio y con ese pretexto nadie se opondría a su viaje. Se decidió y le mandó un mensaje:

Nos vemos en San Antonio.

Xavier le marcó emocionado segundos después de recibir el mensaje. Victoria contestó con alegría por la velocidad con la que respondió Xavier. El hecho de que estuviera atento a sus deseos era algo que la conquistaba.

—Nos vamos al fin el mundo —dijo Xavier apenas Victoria contestó el teléfono.

—Tengo la excusa perfecta. Valeria no puede viajar por su embarazo y soy yo la que irá de compras para la bebé. Pero también quiero aprovechar el viaje para comprar ropa para mis hijos.

—¿Quieres que te alcance allá?

—Sí, al menos las dos últimas noches.

—No te voy a dejar ir sola a San Antonio. Te acompaño todo el viaje.

—Pero tú tienes citas de trabajo.

—Los hombres como yo se pueden ir de viaje el tiempo que necesiten y al lugar que elijan. Mejor regresemos a Nueva York. ¿Por qué San Antonio? Es espantoso.

—¡Xavier, por dios! Óscar no me va a decir "ve a Nueva York a comprarle ropa para la bebé y a los niños". Es un viaje de compras, por eso elegí San Antonio. Además hay unos paquetes muy baratos que incluyen hotel y avión y están cerca del centro comercial.

—¡Qué miserable es Óscar! ¿No puede mandarte a un lugar más decente?

—Oye, nunca más vuelvas a hablar mal de Óscar.

—Uy, defiende a su esposito. Mínimo vamos a Dallas a que me las des, chiquita —dijo descaradamente—. Cambia el viaje a Dallas.

—Eso sí puedo hacer, hay un *outlet* y buenos paquetes —respondió e ignoró la broma de Xavier.

—De verdad que le cuidas la economía a tu marido. Yo jamás había visto una esposa que cuidara tanto a su marido. Hasta en eso tiene suerte ese cabrón.

—Xavier, voy a cambiar el viaje a Dallas. Te daré las fechas para que te organices y te diré el hotel donde encontrarnos.

—No, princesa, dime los días y yo organizo todo. No se me hace apropiado que tú lo organices. Aquí estás con un hombre de verdad y yo organizaré todo.

—Ok, don macho.

Victoria organizó todo en su casa para que fueran unos días inolvidables, emocionada de verlo una vez más y sentir esa pasión que juntos desbordaban.

Desde la noticia sobre su embarazo, Valeria recibió atención continua de la madre de Victoria. Isabel pensaba cuánto hubiera querido tener a su madre cerca si estuviera en su misma situación, por lo que actuó como una en toda circunstancia. Llevó a cabo esa tarea y hasta le prohibió viajar.

Su cuñada, Valeria, se relajó con tantos cuidados y le dio a Victoria una lista con las prendas que necesitaba para el nuevo miembro de la familia. Isabel y Victoria le daban el lugar que se merecía y la hacían sentir en familia. Ese detalle hacía que Antonio amara más a sus mujeres, pero los hijos de Victoria pensaban diferente. Edgar se encelaba por que Antonio fuera a ser papá y se olvidara de jugar futbol con él. Oscarito terminó por acercarse más a Pedro. Y Emiliano, sin sorpresa, fue el consentido de Valeria. Con su madre, las cosas no cambiaron mucho, pero definitivamente se veía radiante; su ceguera era la luz y el camino para todos y no le imposibilitaba disfrutar horas de calidad entre su familia. El mejor ejemplo era Emiliano, a quien le contaba mil historias y que caminaba con los ojos cerrados para entender el mundo de su abuela. Un domingo por la tarde don Ernesto llamó al departamento para comunicarse con Isabel. Todos en casa se quedaron sin habla. Isabel se negó inmediatamente, no por orgullo ni rencor: su agenda emocional estaba tan completa que habar con su exesposo lo veía como una pérdida de tiempo.

—No tomen a mal que no quiera hablar con su padre —dijo Isabel en la sobremesa de esa noche—. No es la vista lo peor que uno puede perder en la vida, sino el tiempo. Como pueden comprobar, una aprende a vivir muy feliz sin la vista porque hay otros sentidos que compensan la oscuridad. Pero lo que jamás regresa es el tiempo y yo no puedo darme el lujo de perder un minuto de mi vida con un señor del que no me recuerdo mucho. Su imagen se ha desvanecido y lo único que le agradezco son los tres maravillosos hijos que me dio.

Al escuchar ese comentario tan determinado, Pedro se levantó de la mesa y la besó en la frente. Óscar miró sorprendido a Victoria e hizo una mueca. Pero en señal de su apoyo, Victoria le acarició la pierna. Pensó que ante cualquier cosa que su madre deseara ella estaría de acuerdo con todo; el amor que sentía por su madre era infinito y seguiría sus pasos sin cuestionar nada. De un momento a otro, Valeria rompió el silencio.

—¡Está pateando, toquen la barriga! —gritó.

Cada vez que Valeria hablaba con un tono de voz alto, Oscarito reía, pues le causaba mucha gracia el acento y la manera de hablar de su nueva tía. Victoria aprovechó la oportunidad para comunicarles que iría a Dallas para comprar las cosas que su ahijada necesitaba. Antonio le tomó la mano y la besó en muestra de agradecimiento.

—Si desean algo de Estados Unidos, éste es el momento para pedirlo.

Pedro pensó en un libro que no encontraba en México, *The Wisdom of Insecurity* de Alan Watts.

—Ay, no mames —dijo Antonio, que no pudo quedarse callado.

—¡Antonio! —exclamaron al unísono Isabel y Victoria, reprimiéndolo.

Al escuchar las dos voces gritando en coro, todos rieron y brindaron por la felicidad de estar reunidos. Oscarito había copiado el mismo gesto que su papá y del otro lado de la silla jugaba con el pelo de su mamá.

Esa noche, Xavier llamó a su teléfono celular. Mientras Óscar jugaba a enredar sus dedos en el cabello de Victoria —decía que desde el primer día que la conoció lo que más le atrajo era la sensualidad que despertaba con el pelo suelto— y deslizarlos sobre sus suaves caireles, entró la llamada de su amante. Óscar estaba atento a la televisión y no preguntó quién llamaba. Victoria salió del cuarto y entró a otra habitación.

—Hermosa.

—Xavier, es muy tarde y Óscar está aquí. Mejor hablamos mañana.

—No, preciosa. Es rápido. Te quiero pedir que el miércoles llegues cuatro horas antes de lo previsto. Es lo único que te pido. Pero, por favor, sé puntual, Victoria. Sólo cuatro horas antes. Te quiero dar una sorpresa.

—¿Qué sorpresa, Xavier?

—Nena, si te cuento ya no es sorpresa.

—¿Nena? Me dijiste "nena". ¿De dónde salió ese "nena"? Es como el "flaquita". No me llames ni flaquita ni nena.

—Carajo, Victoria, eres indomable, por eso me encantas, cabroncita.

—¿Estás borracho?

—Pero de amor.

Óscar entró a la habitación y Victoria colgó el teléfono rápidamente y con sumo nerviosismo.

—¿Todo bien, amor?

—Sí, amor. ¿Tú vas a poder pasar por Oscarito a la natación o le pido a Pedro que lo recoja? —preguntó Victoria con taquicardia.

—Yo paso por él, mi amor. Me haré cargo de mis niños mientras mamá está de compras —hizo una pausa—. Te portas bien, canija.

—¿Cómo bien? ¿A qué te refieres? —preguntó Victoria.

—Sí, amor. Que gastes, pero que no te emociones tanto. Haz las compras de la bebé, pero también equilibra las compras con los niños.

Victoria sentía las pulsadas del corazón fuera de ritmo. No sentía culpa, pero su conciencia estaba alterada. Se sentía perseguida por la moral y ésta no la dejaba en paz. Decidió que no podía mantener esa doble moral. Tenía un marido divino y un amante delicioso. Era momento de aceptarlo y poner a cada uno en su lugar. Xavier no le robaría nunca el lugar a Óscar, y Óscar nunca la llevaría por esos laberintos de placer.

Se consideraba con un alto coeficiente intelectual para manejar la situación. Para el arte del engaño, sólo a los idiotas los descubren. Eso significaba que ella estaba lejos de ser descubierta. Preparó entonces los horarios de los niños y dejó su hogar ordenado para que en su ausencia marchara por cinco días.

Llegó al aeropuerto con las cuatro horas de antelación que Xavier le había pedido. Se sorprendió y le pareció extraño cuando le pidió que se vieran en la sala privada del salón de American Express. Se dirigió a la sala donde ya estaba Xavier, pero su reacción al verlo fue de incomodidad. La esperaba acompañado de una mujer con una complexión y edad similares a las de ella. Platicaban sentados uno frente al otro como si se conocieran de años. Cuando Xavier vio a Victoria se levantó del sillón y se dirigió a su amante.

—Victoria, te presento a Karen.

Victoria no podía articular ni una palabra, pero gesticuló un saludo. En cambio, Karen se levantó con mucho encanto y sin esperar le dio un beso.

—Señora, encantada de conocerla.

Victoria trató de llamar la atención de Xavier con su mirada en espera de una explicación. Sin esperar, Xavier la tomó de la cintura y le dio un fuerte abrazo. Victoria no esperaba esa conducta y dejó abajo sus brazos. Xavier dijo con un tono de emoción:

—Karen hará el viaje a Dallas en tu lugar. Ella se registrará a tu nombre en el hotel y hará las compras para la bebé y tus hijos. Puedes dejarle todo encargado y demás. Yo me ocuparé de todos los gastos.

Victoria lo miró perpleja.

—Pero, ¿de qué hablas?

—Sí, hermosa. Mientras Karen va a Dallas a hacer tus compras, tú y yo vamos a pasar juntos una luna de miel. No tendrás problema porque el hotel sabrá que tú estás registrada ahí y, si Óscar llama, le dirán que has llegado. Además, en esos hoteles de quinta, todo marcha bien con una buena propina.

—Es un hotel bueno, no de quinta.

—Sí… A lo que me refiero es que en esos hoteles con paquetes de avión y hospedaje es muy fácil de dar buenas propinas y listo. Mientras tanto, tú y yo gozaremos de otros dos días en Europa.

—¡Xavier!, ¿estás loco?

—No, Victoria, soy realista. Karen tiene tu misma estatura, tu maravilloso cabello. Hasta sus sonrisas se parecen. Deja todo conmigo. Yo ya me comuniqué al hotel y no hay problema. Todos los que están trabajando ahí son mexicanos —dijo con un guiño—, ya están advertidos. Están esperando a la señora "Victoria Saavedra Legorreta de Suárez".

Victoria comenzó a sentirse mareada. La asustó el plan inesperado, pero también la tranquilizó saber que Karen no sería parte de su viaje.

—Me pone nerviosa... ¿Qué tal si por alguna razón Óscar o mi mamá llaman?

—Tengo todo preparado. En el momento que alguien llame, Karen se comunicara de inmediato con nosotros y tú les regresarás la llamada. Además, Óscar nunca te llama al hotel sino a tu celular. En otro caso más extremo, Karen les marcará desde el hotel para que noten una llamada de Dallas. Después, tú te comunicarás para dejarlos tranquilos. Victoria, te fuiste a París y ¿hubo algún problema?

—Es que no me parece correcto perder pasaportes cada vez que salgo de viaje.

—Pero valió la pena, ¿no?

—Sí, pero era diferente. Quizá me siento insegura porque ya me había hecho a la idea de viajar a Dallas. No sé qué me hace sentir cambiar mi destino así de la nada.

—Te hará sentirte viva. Déjame llevarte a Praga. Así como puse Nueva York a tus pies y la torre Eiffel cuando te bañabas, déjame poner la ciudad más hermosa del mundo a tu vista.

Victoria se cubrió el rostro como si esperara una respuesta sin su intervención. Se mordió las uñas y manifestó que su garganta estaba seca. Karen, atenta a su servicio, le ofreció una botella de agua.

——Yo le prometo hacer unas compras maravillosas —dijo sonriendo.

—No me hables de usted —respondió Victoria con enfado.

—Karen comprará todo lo que esté en la lista — interrumpió Xavier—. Además, le pedí que hiciera algunas compras para ti. Sólo vela: es como si tu asistente personal estuviera en contacto directo, por si te queda alguna duda.

Victoria no pudo articular ni una sola palabra. Pero, mientras observaba a Karen, se sorprendió del parecido físico que tenían.

Sin duda podría pasar como ella, sólo que Karen estaba un poco más bronceada y Victoria tenía el color pálido de los citadinos. Se preguntó dónde la había conseguido. ¿Quién se prestaba para usurpar las compras de otra?

—Estudié todas la tiendas de Dallas —agregó Karen con tono suave—. Te mandaré un correo con cada paso que dé para que le puedas dar un itinerario de los lugares y las tiendas que "visitaste" a tu marido. Además, tomaré algunas fotografías para que él se quede tranquilo.

—No es necesario tomar fotografías. Óscar es un hombre muy ocupado. No necesita estar al pendiente de esas tonterías. Con que llames desde el hotel y yo me comunique, es más que suficiente.

—Bueno, lo haré por si acaso se necesita y lo tendrás todo en tu correo.

—¿Quiere decir que aceptas? —preguntó Xavier.

—Sólo que tengo el presentimiento de que esto no va a terminar bien —agregó Victoria.

—Magnífico. Es nuestra oportunidad de irnos de luna de miel a Praga. Además, estoy seguro de que nadie me reconocerá. Por favor, muñeca, será el viaje de tus sueños. Déjame enseñarte una Praga para princesas. Una Praga como te la mereces.

Xavier juntó las palmas de sus manos e hizo una cara de puchero como un niño pequeño. Karen se mofó y Victoria la miró de lado y sin sonreír.

—¡No me digas que no! —cantó Xavier.

Karen continuó con su sonrisa.

—¿Y cuándo salimos? —preguntó Victoria.

—En siete horas. El vuelo de Dallas es en una hora y media, y su vuelo dura dos horas y cuarenta y siete minutos. En lo que pasa aduana y se registra en el hotel, no pasarán más de seis horas. Karen marcará desde el hotel para registrar la llamada y tú te puedas comunicar a casa sin problema.

Victoria quedó boquiabierta.

—¿Ya habías calculado todo los tiempos o fue al azar?

—No, mi amor, lo hombres como yo no dejan nada al azar. Todo está bajo control. Ésa es la clave del éxito.

Victoria se sentó y arqueó su espalda. Regresó a su posición natural y los miró durante algunos segundos.

—Pues si todo está bajo control, vámonos a Praga.

—¡Ésa es mi mujer! —gritó Xavier, la levantó con sus brazos y la besó en la frente.

Antes de que Karen se despidiera, Victoria le dio todas las indicaciones. Su tono era amenazante, como si en sus manos estuviera la estabilidad de su familia. No habló con buenos modales, sino que asumió su posición y ejerció el control que Xavier le había contado que ejercía sobre sus empleados. Victoria no se sintió cómoda con el trato que le dio a Karen, pero alivió un poco su tensión.

Cuando Karen abandonó la sala, Xavier le mostró a Victoria el pase de abordar y le dijo:

—Eres una princesa muy valiente.

Xavier le dijo que lo mejor era que entraran por separado. Era la primera vez que volaban juntos y Victoria sentía que había una mayor intimidad en un viaje de ese estilo. Se preguntó si Xavier correría los mismos riesgos si estuviera casado. ¿O los corría gracias a la libertad de su divorcio? Finalmente, él no tenía nada que perder. En cambio, ella le apostaba muy caro a Praga.

Para Victoria las horas de espera para abordar fueron eternas. Mientras tanto, Xavier esperó en un bar y, para el momento de abordar, el efecto de alcohol era visible. Victoria pasó nerviosa a su asiento y se molestó al notar el aliento alcohólico de Xavier. Fue una de las primeras en abordar y le rezó a la Virgen, pidiéndole que todo saliera sin contratiempos. Todavía los pasajeros no terminaban de abordar cuando la azafata le servía su enésimo whisky a Xavier.

—Hermosa, tómate un tequila para que te relajes —le sugirió Xavier—. Tómate lo que quieras, menos una… —y se carcajeó.

—¿No hemos despegado todavía y ya estás borracho?

—Estoy emocionado, que es diferente.

—El avión se puede caer y tú y yo nos vamos a ir directamente al infierno.

—Caray, Victoria, deja de decir tonterías. Ya hablaste a tu casa y todos piensan que estás en Dallas. Así que ahora a disfrutar. ¿Sabes lo afortunado que soy de poder volar contigo? Recuerda que sólo podremos estar ahí dos días.

—Shhh… Hay un señor atrás que nos puede escuchar.

Xavier se rio del comentario.

—Eres la mujer más paranoica que conozco. El señor es parte de un grupo de tres alemanes que viajan en primera clase. Todo los demás asientos vienen vacíos. Nadie más que tú se hace telarañas en la cabeza. Por favor, disfruta.

Xavier llamó nuevamente a la azafata y le pidió un tequila para Victoria.

Cuando despegaron, Victoria no se veía ni cómoda ni convencida de su destino.

—Quiero contarte algo que sólo en estas largas horas puedo decirte. Quiero que sepas todo sobre mí. Te quiero contar sobre mis padres para que cuando los conozcas no haya sorpresas ni engaños.

Victoria tomó el tequila y le dio un largo trago. Pensó: "No, jamás habrá sorpresas ni engaños. No me interesa conocer a tus papás". Cada que intentaba incluirla en su familia, la hacía sentir más y más incómoda. Mientras tanto, sentía un vacío profundo. Xavier la ignoró mientras le contaba la historia de su vida.

—Mi abuelo era un hombre muy inteligente. Fue el fundador de una de las televisoras más importantes de México. Mi padre era hijo de exiliados españoles que tenían dificultades económicas. Tuvo que trabajar como intendente de esa compañía desde los dieciséis años. Era un hombre alto y muy apuesto. Tenía muchas habilidades, y cuando mi abuelo lo conoció le dio la oportunidad de trabajar en un área técnica y le pagó sus estudios. Además, los fines de semana lo llevaba a su casa para instruirlo. Mi abuelo Leonardo decía que la gente más leal es aquella a la que le das la oportunidad de crecer juntos. Lo adoptó como al hijo que nunca logró tener. De ese encuentro familiar, mi padre conoció a mi madre, Elena, como una muchacha de quince años bellísima. Tenía los ojos más azules y era encantadora.

Al no saber hacia dónde iba la historia, Victoria comenzó a prestar atención. Se tapó con la cobija que le había prestado la azafata y Xavier hizo una pausa a su historia para cubrir los pies fríos de Victoria. Ella sonrió como agradecimiento.

—Mis padres tuvieron algunos encuentros que terminaron en un embarazo. Mi abuelo lo tomó como la peor traición, pero mi madre estaba muy enamorada. Apenas había cumplido dieciséis años y, para que la familia no quedara deshonrada, la tuvieron que casar. Así es como le dieron un puesto directivo a mi padre. Quien nació fue mi hermano Javier.

Cuando terminó de contar esa historia, Victoria hizo un gesto de no haber entendido nada.

—Sí, Javier con jota. Era un niño idéntico a mi padre y quien se convirtió en su adoración. A sus tres años ofrecieron una comida como tantas otras que acostumbraba mi padre: llena de amigos y socios. Mi madre estaba atendiendo a los invitados cuando la nana comenzó a gritar con desesperación que no podía encontrar al niño.

"Cuando por fin lo hallaron, era demasiado tarde. Estaba bocabajo en la alberca en una casa llena de invitados. Al final, impidieron a mi madre verlo y ella cayó en una profunda depresión. Estuvieron a punto de divorciarse, pero mi padre la convenció de tener otro hijo.

A Xavier se le llenaron los ojos de lágrimas. Victoria lo tomó de la mano y le pidió que continuara.

—Luego nací yo, pero el parecido que tengo es mayor con mi madre. Mi madre fue una mujer totalmente entregada y nunca se separó de mí. Pero a partir del accidente, su relación fue muy distante. Se podría decir que desde que mi madre se embarazó, mi padre la culpó tanto de la muerte de su primogénito que nunca más la volvió a tocar. Mi madre vivió con esa culpa y jamás se perdonó el hecho de haber perdido a mi hermano. Fue una madre sobreprotectora y quiso limpiar conmigo todas sus culpas. Yo crecí un poco con la sombra de Javier. Mi padre, Gustavo, jamás se acercó a mí más que para regañar y exigir. Me decía que yo no valía nada porque había nacido en una cuna de oro. Aquellos que nacen en cuna de oro están destinados al fracaso. Me explicó que el éxito de un hombre se calcula por lo que haya creado por su cuenta, sin ayuda de los demás. Que yo jamás podría ser un hombre exitoso pues mi camino ya estaba diseñado —hizo una pausa—. Mi relación con él siempre fue distante y a mis doce años sucedió algo terrible.

En ese momento, Xavier se soltó a llorar. Victoria nunca antes había visto a un hombre tan fuerte quebrarse como él. Se desabrochó el cinturón y corrió al baño por papel. Xavier continuó con un llanto imparable. Le dio las gracias por el papel y le pidió perdón.

—Tú me enseñaste a no pedir perdón por aquello que nos duele. Por favor, continúa —pidió Victoria con voz temerosa.

Cabizbajo, Xavier relató:

—Todos los fines de semana íbamos a la hacienda de mis abuelos en Puebla, pero mi padre nunca nos acompañó. Un sábado por la mañana mi madre decidió regresar a casa para hacer los preparativos de mi primera comunión. Al llegar a casa, fui yo quien entró primero a casa y me encontré a mi padre con don Fernando, el particular de mi abuelo. Fue lo peor que me ha pasado en la vida. Salí gritando a mi madre con muchísimo miedo.

La encontré a la mitad del pasillo y se detuvo. Entonces miró a don Fernando salir de su recámara vestido con una toalla. Mi padre se quedó dentro de la recámara. Ella me tomó de los hombros y me dijo: "No es lo que piensas. Reza conmigo": "Dios te salve María, llena eres de gracia, el señor es contigo, bendita tú eres entre todas las mujeres..."

"Yo no podía rezar y estaba cubierto de lágrimas, pero ella seguía repitiendo 'ruega por nosotros los pecadores ahora y en la hora de nuestra muerte'.

"Salimos de la casa rezando. Todavía dentro del coche mi madre lo seguía repitiendo. Cuando llegamos a casa de mis abuelos, antes de entrar mi madre me detuvo y con su mirada profunda me dijo: 'Xavier, nunca pasó lo que viste. Fue un mal entendido'. Yo sólo asentí y jamás se volvió a comentar lo sucedido. Con el tiempo, la actitud de mi padre hacia mi madre fue cada día más hostil, pero ella lo permitió.

"El día que cumplí trece años mi madre me llevó a un hotel en la colonia Roma. Me acompañó hasta un cuarto y me dijo: 'Ya estás en edad de ser hombre. Tú no vas a tener los demonios que invaden a tu papá'. En eso, llegó una mujer como de veinticinco años y mi madre le dijo: 'Conviértelo en un verdadero hombre. Yo esperaré aquí afuera'."

Victoria seguía completamente atenta. Las horas dentro del avión pasaron sin sentirse.

—La mujer se comenzó a quitar la ropa. Yo estaba sentado sobre la cama cuando me empezó a desnudar. Yo no podía tocarla. Estaba aterrorizado y la escena me recordaba a mi padre. Estaba tan nervioso que cuando puso mi mano sobre su pecho, la retiré de inmediato y me dijo: "Ya escuchaste a tú mamá, mocoso. Si no te hago hombre no me va a pagar". Recuerdo que fue horrible estar frente a una mujer que yo consideraba como una señora. Me paralizó. En eso, mi madre tocó la puerta y gritó que ya nos habíamos tardado. La mujer le respondió a mi madre que esperara y que no fuera imprudente. La verdad es que nunca logré hacer nada. Ella me pidió entonces que le dijera a mi madre que todo había pasado. "Vete. Ya me tardé y otro cliente me está esperando."

"Al salir del cuarto mi madre me felicitó y me dijo: 'Ahora sí, Xavier, eres todo un hombre. Yo te puedo traer cada vez que tú lo desees. Entiendo que las necesidades de los hombres son diferentes a las de las mujeres'. Nunca la había visto tan contenta y tan orgullosa de mí. Era como si me hubiera ganado el premio al mejor hijo. A los quince años quise ir con mis amigos y mi madre no dudó en darme el dinero para que el chofer nos llevara. Cada que regresábamos a casa, me decía: 'Qué bueno que no tuviste la misma enfermedad que tu papá. Lo que a ti te espera es un futuro grande'."

Al escuchar su historia, Victoria no paró de llorar al imaginar tanta maldad en ambos padres. Por ningún motivo se imaginaba hacer algo tan atroz a sus hijos. Desconocía las palabras que decir o la manera de consolarlo. Lo abrazó, pero Xavier se retiró y pidió otro whisky. Por dos horas ambos callaron, pero Victoria rompió el silencio.

—¿Tus papás siguen juntos?

—Sí, él está muy enfermo al cuidado de dos enfermeras. Mi madre está muy interesada en la Iglesia haciendo obras de caridad para niños de la calle. Es una mujer con un gran corazón.

Victoria no supo cómo disimular su cara de terror al escuchar tal historia. Si antes no deseaba conocerlos, ahora menos querría conocer a esa mujer. Pensó en la tierna infancia que Óscar tuvo con unos papás unidos y enamorados. Una infancia plena y llena de juegos. Recordó que el primer encuentro sexual de Óscar había sido a los diez y ocho años con su primera novia y con quien había durado siete años.

Xavier la cubrió con otra cobija y la tomó de la mano. Victoria durmió profundamente. Al despertar, faltaba una hora para aterrizar en París. De ahí tomarían otro vuelo con destino a Praga, pero Victoria tenía escalofríos y seguía inquieta por la historia de Xavier.

En cambio, Xavier no había logrado dormir y se le notaba una mirada perdida, quizá enfocada en sus recuerdos familiares. Victoria le acarició la espalda y le pidió que tratara de descansar.

Al llegar a París se comunicaron con Karen. Al parecer todo marchaba a la perfección. Cuando tomaron el siguiente avión, Xavier se perdió en sus sueños. Victoria estaba nerviosa y excitada por la idea de llegar a un nuevo destino.

PRAGA

Al llegar al aeropuerto Xavier se puso de mal humor porque el chofer que supuestamente los esperaría no llegaba. Victoria se burló y le recordó que ese tipo de cosas no deberían afectarlo. Sugirió que tomaran un taxi del aeropuerto para llegar al hotel. Le contó que la gente normal como ella tomaba taxis y, al final, ambos llegarían al mismo lugar. Xavier no tuvo otra alternativa más que aceptar la recomendación de Victoria.

Praga era, sin duda, una ciudad majestuosa. Su elegancia y arquitectura dejaron sin habla a Victoria, quien la recorría emocionada al recordar las historias que había leído sobre la ciudad. Pero el mal humor de Xavier era evidente.

Al llegar al hotel, Victoria quedó sorprendida de su elegancia. Entraron al *lobby* y ahí los atendió un joven que no se podía describir más que por su belleza. Victoria notó sus cejas negras tupidas, sus ojos color obsidiana y su tez dorada. Además, su nariz afilada y una sonrisa que iluminaba le despertaron el deseo. Xavier la tomó de la mano y se dirigió hacia él.

—Venimos de luna de miel.

El joven se presentó como Branislav Pekar. Miró la argolla de Victoria y con una sonrisa le dijo:

—Felicidades, señora Sanguinetti.

Victoria sonrió incómoda y con un inglés impecable agradeció el comentario. Xavier la volteó a ver y en español le dijo:

—¿Puedes dejar de sonreír? Parece que le estás coqueteando.

Como Branislav no hablaba español, continuó su bienvenida con un encantador acento británico. Los acompañó a su habitación felicitándolos por la elección de su habitación, la cual era famosa por la historia de los personajes que había albergado. Sin embargo, Xavier no parecía impresionado, pues sólo estaba atento a los gestos y miradas de Victoria.

Victoria regresó su mirada a Xavier.

—Por fin alguien desconoce quién eres.

Xavier entró en cólera.

—Es un pinche mayordomo, ¿qué va a saber?

Victoria escuchó con asombro el comentario clasista de Xavier y lo reprimió con su mirada. Branislav les dio entrada a la suite. Primero entró Victoria y Xavier la siguió. Frente a la cama *king size* una gran ventanal mostraba el perfil de la bella ciudad. Frente a ellos se alzaba el puente más famoso de Praga, el Karlov, que comunicaba a la ciudad vieja *(Staré Město)* con la cuidad pequeña *(Malá Strana)*. Tenía más de quinientos metros de largo por diez de ancho. Recibió su nombre, Carlos IV, por haber sido él quien puso la primera piedra en 1357.

Victoria se acercó al ventanal como una niña chiquita a un aparador lleno de juguetes, y con la misma sorpresa exclamó en inglés:

—¡Qué belleza!

Cuando intentó abrir la ventana, ésta sólo cedió un cuarto de su máxima apertura. Branislav se acercó a Victoria, que lo miró confundida, y percibió el fresco aroma del joven recepcionista. Xavier también lo olió y notó la forma en que su amante parpadeó por esa fragancia.

—Lamentablemente la ventana con la vista más hermosa de Praga no abre más que esto. Claro, por razones de seguridad —Branislav se disculpó.

—¿Cómo que por razones de seguridad? —preguntó Xavier.

—Sí, tuvimos un huésped muy famoso que tuvo una pelea muy fuerte con su novia e intentó arrojarla por la ventana. Pero al no poder hacerlo, aventó un televisor.

Victoria se llevó las manos a la boca

—Pero qué horror, ¿quién hizo eso? —dijo mientras se asomaba a la calle.

Branislav respondió con una evasión y argumentó que por política del hotel no podían decir su nombre. A continuación, les mostró los aditamentos de la habitación. Victoria se quedó pensativa. Nunca se imaginó que estaría en ese momento en Praga.

Para despedir a Branislav, Xavier le dio una propina con la moneda del país, coronas. El botones se negó a recibirla, pues todas las propinas ya estaban incluidas. Xavier quiso entonces demostrar su poder:

—No es nada, acéptalo.

—No puedo, es muchísimo dinero, señor.

Victoria estaba sorprendida por la cantidad de dinero que Xavier le ofreció. Le pareció humillante que Xavier menospreciara tal cantidad de dinero. Sin duda, Xavier no soportaba la armonía del rostro del botones.

Al marcharse, Victoria exclamó:

—¡Estamos frente a la ventana más hermosa de Praga! ¿Te das cuenta, Xavier?

Él la ignoró y entró al baño sin ningún comentario. Al salir, Victoria reconoció estar en un ambiente tenso e incómodo.

—Xavier, ¿estás bien? —preguntó con preocupación.

—¿De verdad crees que voy a estar bien después de verte babear por el tipo hermoso de la recepción?

—Pero si tú mismo estás reconociendo su belleza. Se me hizo un hombre muy bien parecido.

Al percibir los celos de Xavier, Victoria cuidó su vocabulario.

—Pero de ahí a que lo mire con ojos de deseo, es otra cosa. No te pongas así. Creo que la belleza, tanto masculina como femenina, se puede apreciar sin ningún motivo secundario.

—¿Apreciar, Victoria? Parpadeaste tres veces cuando abriste la ventana y lo olisqueaste. ¿Crees que no te vi?

—Parpadeé por el aire.

—Parpadeaste para olerlo. Se abrieron tus orificios nasales. Sólo te faltó husmearlo.

—Por Dios santo, Xavier, no me hagas reír. Nadie dice "orificios nasales". Se escucha espantoso.

—Mira, Victoria, conmigo no te quieras hacer la inteligente. Vi perfectamente cómo cerrabas los ojos y olisqueabas a ese cabrón. Te vi coqueteando perfectamente. Presumías que hablabas muy bien inglés y estuviste atenta y emocionada a lo que comentaba.

—Creo que las cosas se están saliendo de contexto. No dormiste en todo el vuelo y tomaste demasiado. Vamos a echarle a eso la culpa de tu mal genio.

—Las cosas como son. Te conozco mejor que nadie. Sé de lo que eres capaz.

—Xavier, por favor, detente.

—Sólo te faltó pedirle que se sentara y nos platicara más sobre Praga. Mira, quizá él te pueda enseñar Praga mejor que yo.

—Como sea, no voy a responder a tus celos enfermos.

—No, chiquita, quizá Óscar no se dé cuenta de lo... —Xavier tomó aire y se quedó callado.

—¿Qué ibas a decir, Xavier? Dime qué ibas a decir que no terminaste. ¿Quizá mi esposo no se dé cuenta de qué?

—Mira, me voy a dar un baño. Salgamos después porque esto no va a terminar bien.

Xavier se metió a bañar con una bolsa negra de baño y cerró la puerta con llave. A Victoria le pareció extraño este comportamiento, pero se calmó pensando que quizá Xavier tuviera razón: sí había admirado la belleza del botones. Tocó la puerta del baño y Xavier le pidió quince minutos más.

—¿Quieres que te espere en el *lobby*?

—¿Para ir a ver a tu galán otra vez o qué?

Victoria cayó en la cuenta de su error.

—No, Xavier, por favor, ya deja eso.

—Tú no sales de esta habitación sin mí. ¿Me puedes esperar, por favor?

Victoria le dijo que esperaría y decidió ocupar esos minutos para leer su correo y saber qué sucedía con Karen y cómo iban las cosas en casa. También les escribió a los gemelos, a su madre y a Óscar.

Victoria comenzó a desesperarse cuando Xavier tenía más de cuarenta minutos en el baño. Sacó de su maleta la poca ropa que llevaba y la acomodó en el clóset. Decidió abrir también la maleta de Xavier para acomodar su ropa y se encontró con los estudios médicos que le había mostrado en París. Se sentó en la cama y los leyó con detenimiento. Victoria recordó que le llamó la atención el lugar donde se habían hecho, pero sus nervios la hicieron pasar por alto ese detalle. Al fijarse en el nombre del laboratorio miró la fecha y se quedó helada.

Xavier salió del baño con otra actitud. Estaba radiante y despedía una fragancia muy fresca de macho. Parecía que pretendía eliminar el olor del botones. Victoria sonrió sencillamente, pues la lectura de los estudios médicos había despertado su suspicacia, y ahora desconfiaba de todo.

—Me toca bañarme. Tú te ves muy guapo.

—No, ya vámonos. Muero de hambre y tú te ves bien como sea —replicó Xavier.

—Me quiero bañar.

—¿Para gustarle más al de la recepción?

Victoria no contestó a la agresión. Se dirigió al clóset, tomó una gorra y dijo:

—Vámonos. No quiero discutir ahora.

Al salir al *lobby* Xavier la tomó de la mano. Ella se resistió, temerosa de que alguien pudiera reconocer a Xavier. Pero para serenar sus celos, lo tomó de la mano.

Cuando los vio, Branislav se acercó a ellos.

—¿Hay algo en lo que pueda ayudarlos?

Victoria sintió un fuerte apretón de mano y bajó su mirada al suelo como niña regañada.

—Sí, que nos lleven al castillo de Praga — respondió Xavier con voz autoritaria.

—Maravillosa decisión —respondió Branislav con su mejor acento británico—. Es considerado el castillo más antiguo del mundo. Además, podrán observar una estatua de Tomás Mazaryk, la misma que está en Ciudad de México. Creo que la calle se llama…

Xavier se adelantó a la salida, jaló a Victoria y dejó con la palabra en la boca a Branislav.

—Ya parece que este pendejo ha visitado México.

Cuando salieron, un lujoso Mercedes-Maybach los esperaba. Su chofer les abrió la puerta y al subirse, Victoria no terminaba de maravillarse.

—Qué bello coche, Xavier.

—Te apuesto que es la primera vez que te subes a un coche así. Y si dejas de salir conmigo, te apuesto a que ésta será la última —sonrió.

—Qué comentario tan despectivo. ¿Vas a seguir con esa actitud?

Cuando el chofer encendió el auto y les dio la bienvenida, Victoria no dijo ni una sola palabra. Se dedicó a admirar la ciudad a través de su ventana. A mitad del camino Xavier le pidió al chofer que subiera la temperatura del aire acondicionado. Victoria lo miró sorprendida.

—¿Tienes frío?

—No, sólo que se te marcan los pezones a través de la blusa. ¿Qué no te importa?

Victoria miró su pecho y notó que efectivamente su blusa marcaba ligeramente sus pezones, abultándose discretamente. El chofer siguió la orden y cambió la temperatura. Cuando Victoria comenzó a sudar Xavier dijo:

—Mejor ponte mi suéter porque se siguen notando.

Un escalofrío permanente recorrió a Victoria. No entendía la actitud de Xavier, pero menos comprendía la sumisión que le ofrecía. Cada vez que ella accedía a sus deseos, él cobraba más fuerza. Al llegar al castillo se puso el suéter.

—Ya me lo puse, tranquilo.

Cuando bajaron del coche, su ansiedad seguía a tope. Se dio cuenta de que su recorrido por el castillo más grande de Europa junto con uno de los hombres más famosos de su país sólo creaba la necesidad de quitarse el suéter y salir corriendo a casa en busca de los brazos de Óscar.

Victoria no paró de preguntarse en qué consistía el deseo de la mujer. ¿Qué es lo que una mujer necesita para sentirse conquistada, amada, deseada? ¿Cómo era posible que comenzara a sentir repudio en brazos de su amante? Ausente de Xavier, del castillo y de Praga, supo que a la mujer se le conquista si se respetan sus deseos.

Después de esa visita, regresaron al hotel para cambiarse e ir al restaurante favorito de Xavier en esa ciudad. Al pasar por el *lobby*, Victoria miró hacia el lado contrario de la recepción. No deseaba ninguna discusión más. En el elevador Xavier premió el hecho y la besó profundamente. Victoria aceptó esa acción como si se hubiera portado bien. Había sido la buena niña que no mira donde no debe hacerlo.

Al entrar a la suite, los esperaban un arreglo con rosas rojas y orquídeas blancas. Había además fresas cubiertas de chocolate y una botella de champaña. Las flores estaban acompañadas de una nota firmada por el hotel.

Felicidades por el camino que comienzan juntos.

Xavier miró directamente a Victoria, tomó una fresa con chocolate y la colocó sobre la mano de su amante.

—Ante ellos eres mi esposa, pero es necesario que lo seas ante los ojos de todos los demás.

Victoria regresó la fresa al plato.

—¿Qué haces, mi amor? Si te encantan. —preguntó Xavier desconcertado.

Victoria respondió que no era el momento y que no le apetecía nada dulce. Ella misma se sorprendió de no quererla probar.

Fresas con chocolate, una botella de champaña, una ventana hermosa que mostraba Praga y su amante, Xavier, imponente, fresco, guapo, con aroma a cedro, menta pimentada, nuez moscada y una nota de fondo de sándalo. Pero ella no sentía ninguna atracción hacia a él. Le pidió unos minutos para bañarse, pero justo cuando entraba en la tina, él se introdujo con una copa llena de champaña, con la idea de observarla.

—Eres la mujer que más me gusta en el mundo. Tu belleza cautiva todos mis deseos y está presente en todas mis fantasías.

Cuando terminó de bañarse, Xavier la cubrió con una toalla, la besó y la llevó a la cama. Sobre la cama, la abrió de piernas y la comenzó a lamer. Victoria luchó contra esa sensación, pero la ola de placer regresaba. Xavier se bajó el pantalón y su ropa interior y la penetró. No esperó a que ella llegara al orgasmo y la llenó con su líquido.

—Al regreso te voy a llenar más de mí. Te quiero ver chorreando por todos lados.

Se subió el pantalón y entró al baño. Victoria se levantó de la cama y se vistió. Se decidió por tacones negros, un chongo de bailarina y un vestido negro con la espalda descubierta. Cuando salió del baño, Xavier se sorprendió por su belleza.

—Sin duda tu lugar es a mi lado. Así lo ha querido Dios.

Victoria sonrió mientras se ponía los aretes. Xavier se acercó a la ventana para admirar el puente iluminado. Meditabundo, dijo:

—Victoria, hoy te prometo ser para siempre tuyo en el bien y en el mal. ¿Tú no me prometes nada?

—No me gustan ese tipo de promesas, Xavier.

—Te juro entonces que te amaré hasta el final de mis días.

Xavier la acercó a la ventana y la besó en la frente. Luego la abrazó por la espalda y miraron Praga de noche.

Xavier reservó dos lugares en el restaurante Kampa Park. Su mesa estaba en una terraza estilo veneciana que tenía vistas del Moldava. Antes de sentarse, Xavier pidió un whisky. Victoria estaba sorprendida: su amante ya había terminado la botella de champaña que el hotel les regaló.

— ¿Cómo es posible que bebas de esa manera?

—No vayas a empezar a ser como Amelia, que me cuenta las bebidas.

—No, claro que no…

—Mejor hablemos de algo más profundo.

—Xavier, no me has contado nada sobre tu secuestro. Creo que es algo importante que necesito saber. ¿Qué fue lo que sucedió?

Xavier se negó con diplomacia.

—Te lo cuento en México. Estamos en el restaurante más romántico que hayamos visitado. ¿Quieres realmente que recuerde esos momentos tan tormentosos?

—No, Xavier pero…

La mesera interrumpió su conversación. Xavier la miró y le sonrió amablemente. Parecía una modelo. Cuando se fue, Xavier no dejó de seguirla con su vista mientras caminaba a lo largo del pasillo. Victoria se acarició el cuello, incomoda.

—Te conozco perfectamente. ¿Qué es lo que te pasa? —preguntó Xavier intrigado.

—Te voy a decir lo que me inquieta. Cuando estabas en el baño vi tus resultados médicos.

Xavier ignoró lo que decía para pedir otro whisky. Victoria hizo una pausa y prosiguió.

—Lo que me inquieta es...

Xavier no la dejó terminar.

—¿Qué te inquieta, Victoria? Si estoy completamente sano.

—No, no es nada de eso. Lo que me llama la atención es que te los hiciste en San Diego.

Cuando llegó el siguiente whisky, Xavier miró a la mesera y le guiñó el ojo. Victoria se quedó helada al notar el descaro con el que se manejaba frente a ella. Tomó valor.

—Los estudios están fechados con los días de tu secuestro. Eso es lo que no entiendo. ¿Cómo es posible que te hayas hecho unos estudios en San Diego la fecha de tu supuesto secuestro?

—Ay, Victoria. No cabe duda que salir con mujeres inteligentes requiere mayor habilidad.

—¡Explícamelo, por favor!

—Está bien. Eso pasa por meterte hasta la cocina.

—No hubo secuestro, ¿verdad, Xavier? ¡Responde a mi pregunta! —Victoria alzó la voz.

—No, Victoria, nunca hubo un secuestro. Estaba desesperado porque no había manera de comunicarme contigo. Fui a San Diego sin decirle a nadie. Le pedí a Karen que llamara a todos, pero de pronto las cosas se salieron de control a una velocidad inimaginable. Eso fue lo que sucedió. Al final, todo salió bien, pues te comunicaste conmigo. Era lo único que me interesaba.

—¿Cómo me pudiste hacer eso? ¿Cómo les pudiste hacer eso a tus hijas, a Amelia? ¿Por qué juegas con algo tan delicado?

—Te equivocas. Era delicado. Para mí era más delicado no saber nada de ti. Y eso te trajo a mí. Salud —dijo mientras levantaba su vaso.

Victoria no podía creer lo que escuchaba. Había sido parte de un engaño. Estaba fuera de control.

—¿Qué más, Xavier? —exigió con una fuerza desconocida hasta entonces—. Dímelo de una vez. ¿Qué otra cosa hay que necesite saber?

—Mi amor, cálmate —pidió Xavier con tono conciliador—. ¿No te da pena estar tan linda y ponerte así?

—Lo que me da pena es que haya sido tan tonta por haber caído en tu juego.

—Ay, por favor, Victoria, no hagas dramas. ¿Por qué a todas las pinches viejas les gusta hacer dramas? Fue una mentirilla piadosa para verte de nuevo. Es más, lo tendrías que ver como una mentira romántica. Tu novio inventó un secuestro para volver a verte. Es súper romántico.

—No, claro que no. Es súper enfermo. ¿Qué otra cosa es una mentira piadosa?

—Dale con el drama. Estamos chupando tranquilos —soltó una carcajada.

Xavier llamó a la mesera y pidió unos puros. Con un perfil de seductor borracho, la miró con la ceja levantada.

—¿Quieres un puro?

—No, huelen espantoso.

—Pues serán los que fuma tu marido, porque los que yo fumo son una delicia.

—No es posible que seas tan cínico y grosero.

—Una cosa más, pero conste que tú insististe. Yo quería cenar románticamente, no a mitad de dramas.

—Dime ya —gritó Victoria.

—Oye, oye. Bájale tres rayas a tu tono de voz. Y tampoco me mires con esos ojos de bruja —Xavier hizo una pausa—. Ah, ya sé qué te tiene así. ¿Estás de malas porque no tuviste un orgasmo?

—No, Xavier —respondió sin armas y resignada ante su nivel de machismo.

—Ahora que regresemos al hotel te voy a poner la cogida más fuerte de tu vida. A ver si así se te quita ese mal humor.

—Por favor, dime ya.

—Ser un inversionista de Óscar me deja en una posición, digamos, privilegiada.

—¿De qué hablas?

—Sin mi ayuda tu marido no habría sido capaz de comprar esas máquinas a los alemanes y luego vendérselas a los árabes. Jamás hubiera encontrado el inversionista que asumiera el riego. Yo lo asumí. Por Dios, yo pude haber invertido en otras cosas y ver mi capital de regreso, íntegro y sin ningún tipo de riesgo.

—Si pudiste haber invertido sin riesgos en otro lado, ¿por qué invertiste en el proyecto de Óscar?

—Por una razón muy simple. Si yo invertía en Óscar, él tendría que viajar constantemente a Dubái y yo tendría el espacio suficiente para ganarme a su esposa.

Victoria estaba hecha trizas y avergonzada. Se sentó hasta ocupar toda su silla, cruzó sus brazos y se encorvó.

—¿Y todo lo que le dijiste? ¿No crees en todo en lo que Óscar está trabajando día y noche?

—Tranquila, yo no dije que no creía en su proyecto. Sólo estoy diciendo que tuvo la suerte de tener una esposa como tú para poder recibir tremenda inversión.

—No puedo creer lo que estoy escuchando.

Comenzó a sudar y tenía la garganta seca. Se le dificultó tragar saliva.

—Después de que tuve la fortuna de meterte los dedos en el restaurante, surgió la buena suerte de tu marido. Pensé: "Esto me lo tengo que comer algún día". Y pues lo logré, pero salió caro.

—Óscar cree totalmente en ese negocio. Yo lo he visto trabajar como loco todas las noches y madrugadas. Hasta les ha quitado tiempo a mis hijos por ese proyecto.

—Oye, pero le ha funcionado. No es una víctima. Al parecer las cosas van muy bien —Xavier cambió de tono—. Victoria, la inversión que hice fue para tenerte cerca de mí. Yo sabía que los alemanes necesitarían que estuviera constantemente en Dubái. Amor, además, si gana Óscar, ganas tú, ganan tus hijos y ganamos todos. Gracias a eso tuvimos la oportunidad de poder hacer todo esto. El cabrón le debería de dar las gracias a tus nalgas por esa inversión.

Cínicamente, Xavier siguió con su cuerpo el ritmo de la música. Levantó el vaso de whisky.

—Brindemos por la mejor inversión que hecho en mi vida —dijo con una voz de borracho.

Victoria se levantó al baño a llorar. Sabía que había defraudado a Óscar y eso la hacía odiar a Xavier. Sabía que su amor por Óscar era infinito. Lo sentía parte de ella y tomó como una traición su infidelidad. Recordó el insomnio constante de su marido para devolverle íntegra esa inversión a Xavier. Óscar era un ser de una sola pieza, y lo único que Xavier estaba logrando era que Victoria valorara más a su marido. Salió del baño y decidió salir del restaurante. Observó a Xavier a través de una ventana. Escribía sobre una tarjeta que luego entregó a la mesera. Ella la dobló con una sonrisa cómplice y la guardó en su pantalón.

Victoria regresó a la mesa y Xavier se levantó para acercarle la silla.

—¿Qué le escribiste a la mesera? —preguntó directamente.

—¿De qué hablas? Estás loca —Xavier se hizo el desentendido.

—Xavier, vi que le entregaste un papel escrito por ti que ella dobló y guardó.

—El cambio de horario te está afectando. No paras de inventar cosas —Xavier se excusó.

—Pide la cuenta, ya me quiero ir.

—Un digestivo y nos vamos. ¿Quieres un coñac?

—No, lo que quiero es irme —respondió con un tono sofocado y desesperado.

La mesera llegó sonriente y solícita. Xavier pidió un coñac para él y un becherovka para Victoria.

—Mi amor, deja de inventar historias. ¡Menos mal que el celoso era yo! Mira, prueba esta bebida, te va a encantar. Además, la botella es verde para proteger el licor de la luz. Dicen que pone de buen humor a las dramáticas —rio.

Victoria tomó el vaso y brindó sin ganas. Se lo terminó de un trago para irse. Xavier pidió una más y ella se lo volvió a tomar. Se sentía mareada, exhausta y estaba adormilada.

—Ahora sí, vámonos. Ha sido un día muy largo. Son las dos de la mañana. No entiendo cómo puedes aguantar tanto.

Desviaron su ruta por el puente Karlov tomados de la mano. Justo a la mitad del puente, Xavier la detuvo. La comenzó a besar. El alcohol, el cansancio y el viento hicieron que Victoria perdiera fuerza. Xavier introdujo su mano debajo de su vestido y deslizó rápidamente la tanga hacia abajo. Con fuerza, rompió el encaje y se la quitó. Aventó sin pensarlo la prenda al río Moldava. Victoria intentó soltarse y lanzó un grito apenas audible. Sin vergüenza, Xavier bajó a la entrepierna de su amante y se metió bajo su vestido. La lamió desde sus rodillas y Victoria se estremeció. Se negaba, pero sus fuerzas eran mínimas.

—No hay nadie aquí. Déjame cogerte —insistió Xavier.

Victoria resbaló y cayó al suelo. Xavier tuvo que cargarla trescientos metros para llegar al hotel. Al llegar al *lobby* Xavier la dejó caminar. Parecía que las cosas habían regresado a la normalidad. Caminó tambaleándose hasta el elevador. No pudo esperar y, al entrar a la habitación, la llevó hasta la ventana y la comenzó a besar. Victoria se arrodilló y con la mano tomó el sexo rígido de Xavier. Lo llevó con suavidad a su boca. Él la animó para que siguiera, dándole órdenes.

—Abre más la boca. Aprieta más la mano. Enciérralo más entre tus labios. Sube y baja.

Victoria saboreó unas gotas saladas y lechosas. Para su sorpresa, Xavier se detuvo antes del final. Lucía atormentado por el deseo. Le ordenó que se pusiera los tacones y la subió sobre una mesa negra frente a un espejo. La dejó de espaldas a él. Con lujuria, le subió el vestido y observó sus nalgas. Con sus manos firmes y llenas de venas delineadas las separó para meter la lengua. Victoria gimió y se miró sobre el espejo. Notó su cara de placer.

Xavier actuó como poseído, como si la champaña, los whiskies y el coñac le hubieran dado fuerza extra. Siguió jugando con su lengua, internándose en ella. Sus movimientos expresaban ansiedad y hambre. Victoria se quitó el vestido y lo tiró al suelo. Mientras la besaba, Xavier juraba memorizar y conocer cada rincón de su cuerpo: el color de su piel; el contorno de sus muslos; y, sobre todo, su sexo, al que llamaba amapola rosa, suave, pulida y tentadora. Lo volvía loco la opulencia de sus caderas.

Estaba excitado por mirarla con la boca entreabierta. Con sus manos, recorrió su cuerpo perfectamente proporcionado. Sobre la mesa negra, Victoria estaba vestida únicamente con tacones negros. Dos noches eran pocas para ofrecerle sus dotes de amante. Continuó lamiendo con la punta de la lengua para inflamar todos los rincones de su vulva.

Minutos después la bajó de la mesa y le pidió que fuera a la cama. Le deshizo el chongo y su cabello rizado y rojo cayó sobre sus hombros. Era sorprendente el aura de misterio y sensualidad que Victoria desprendía al entregarse al placer. Xavier la deseaba tanto que la tocaba con el extremo de su miembro. Victoria le pidió a gritos que la poseyera de la manera más completa, más salvaje y más agresiva.

Sin contemplación, Xavier la penetró y sintió cómo la pared carnosa de su sexo apretaba toda su masculinidad. Parecía como si en cada movimiento lo quisiera devorar. Con movimientos rítmicos de cadera la hacía suya. Después de algunos minutos, la bajó al suelo y la recargó sobre su vientre. Sin aviso, la penetró por atrás y terminó dentro de ella. Xavier alcanzó un orgasmo mayúsculo.

Por el cansancio de la pasión, se quedaron dormidos sobre la alfombra. Sus perfiles se reflejaban sobre el vidrio de la ventana como dos cuerpos que hubieran sido dibujados para estar uno junto al otro. Sus pieles brillaban por el sudor, los fluidos y la saliva, que les daban un tono plateado a la luz de la luna.

Recuperaron tiempos que no les pertenecían al unir energías y almas prohibidas ante los ojos de la sociedad. Cubiertos por el pecado y bendecidos por sus oraciones, encontraron soledades que podían ser compañía. A la mañana siguiente, los despertó el frío de sus cuerpos y los rayos de una luna brillante. Xavier llevó a la cama a Victoria y la cubrió con la colcha blanca que compartió sus encuentros. Sus cuerpos hambrientos habían saciado los deseos muchas veces inalcanzables de la carne.

—Dios nos proteja de un mal final —dijo Xavier en voz baja mientras sus musculosos brazos la rodeaban.

La ventana de Praga

Xavier despertó sobresaltado. Miró la habitación y se encontró empapado en sudor. Su corazón estaba agitado y volteó hacia Victoria. La despertó a besos: Victoria le evocaba ternura, furia y deseo. Recorrió su cuerpo con la punta de los dedos y le dijo:

—Acabo de tener la peor pesadilla de mi vida.

Victoria estiró su mano y la posó sobre el pecho de Xavier.

—Es sólo un mal sueño, duerme —dijo entre murmullos.

Xavier la ignoró y abrazó con fuerza. Victoria intentó dormir más.

—Mi vida no tendría sentido sin ti. Me has quitado todo.

Victoria sonrió con los ojos cerrados. A los ojos de Xavier, su amante era una fuerza natural expansiva, exuberante. Su sonrisa inundaba su corazón. Se le encimó y la besó con desesperación.

—Por favor, no pidamos el desayuno aquí. En la calle no hay nadie que nos conozca. Dame el placer infinito de bajar a desayunar contigo.

Victoria continuó con los ojos cerrados llena de cansancio.

—Media hora más y bajamos.

El corazón de Xavier palpitó de alegría. Se levantó de la cama con un salto. Victoria despertó completamente y se asustó. Él alzó sus manos con dirección al techo.

—Lo logré. ¡Desayunarás conmigo en la calle!

—Sí, pero tú bajas primero para ver si no hay peligro.

—Levántate, floja, ya dormiste mucho. Yo no puedo dormir después de despertar. Muero de hambre.

Victoria se levantó con esfuerzo y lo primero que hizo fue correr las cortinas para ver la mañana soleada de Praga.

—Qué ciudad más hermosa. Es imponente.

—Te dije que Praga te iba a gustar. Te conozco mejor que nadie en el universo.

—Me ha encantado. Es una de las ciudades más hermosas que he visto en mi vida.

—¿Te gustaría vivir aquí cuando nos casemos?

—Xavier, ¿ya vas a empezar? ¿Tanta solterona que hay y le pides a una casada que se case contigo?

—¡Claro! Las solteronas traen el vestido de novia en la cajuela —rio—. Pero yo no decidí enamorarme de una casada. Victoria, ¿tú crees que uno decide de quién enamorarse? Yo era un hombre que vivía y gozaba de las mujeres como si no hubiera un mañana, pero tú me has hecho desearte todas mis mañanas. Al principio, yo sólo quería cogerte —le dio una nalgada.

Victoria gritó.

—¡Ay! Me dolió… Por favor, no me lastimes.

—Sólo pórtate bien y nunca lo haré —hizo una pausa—. Ese maldito sueño casi me mata de un infarto.

—Xavier, yo creo que cuando te casas con tus amantes, todo está destinado al fracaso. ¿Romper una familia y pretender después hacer otra sin las secuelas del divorcio? ¿Lastimar a los niños?

—¡Habla la experta en amantes!

—No, pero es sentido común.

—El sentido común en el amor no existe.

—Pero hay amores que no se pueden destruir en nombre del "amor".

—No te entiendo, Victoria. ¿Para ti sólo soy tu amante?

—No eres sólo mi amante. Te has convertido en un hombre súper importante en mi vida.

—¿Me estás diciendo que no vas a dejar a Óscar? Ese cabrón nunca te va a dar lo que yo puedo.

—Óscar es el papá de mis hijos. Jamás me podrás dar eso.

—Ni con la inversión que le di le alcanzaría para ofrecerte la mitad de la vida que yo te puedo dar a ti y a tus hijos.

—Tú estás hablando sólo de dinero. No es eso a lo que me refiero.

—Victoria, cuando uno se divorcia, los hijos se quedan sin padre. Sus hijos van a estar para él. Vamos a dejar que los vea o los visite cuando él lo desee.

—¿De qué hablas, Xavier?

—Sí, amor. Como ejemplo, yo puedo ver a mis hijas los fines de semana que desee. Es más, si quiero verlas entre semana, no hay problema. Además tu divorcio será amistoso.

—¿Un divorcio amistoso?

—Claro, la mayoría de los divorcios son terribles porque las viejas quieren agandallarse absolutamente todo. Dejan al pobre cabrón con una mano adelante y la otra atrás. Sienten que tienen el derecho de dejarlo en la calle.

—No te entiendo.

—¿Qué es lo que no entiendes? Si Óscar quiere dar dinero para sus hijos (que yo creo que lo hará), adelante. Si no lo quiere hacer, no pasa nada, le firmas lo que requiera. Que se quede con el departamento, que no dé pensión.

Victoria no daba crédito a lo que escuchaba. ¿Los términos de su divorcio? Xavier se dirigió al baño con la idea de entrar a la regadera.

—Cualquier marido estaría feliz de no tener que negociar. Nadie tiene una demanda de divorcio con términos y condiciones tan sencilla como él.

Victoria estaba muda al verlo hablar con tanta seguridad.

—Mira, a ti nunca te va a faltar nada. Siempre te va a sobrar. Es más, si todo sale bien con el negocio de Dubái, es posible que Óscar viva muy holgado. Y eso te lo tiene que agradecer a ti, chiquita, que no se te olvide. Bueno, gracias a tus nalguitas... —se carcajeó.

—No me gusta que digas eso. Óscar es un hombre muy inteligente.

—Pues ni tanto. Lo que yo no puedo creer es que tú, tan brillante, no te hayas percatado que yo hice esa inversión para estar cerca de ti.

Xavier entendió el silencio que provocó en Victoria su comentario.

—Es verdad, Victoria. Yo sé que a veces te incomoda, pero tenemos que aceptarlo.

—Nunca le haremos daño a Óscar, eso tenlo por seguro. Jamás lo lastimaremos, le vaya bien o no en Dubái. Mi esposo es un hombre íntegro, trabajador y ...

—Mira cómo te alteras. "No le vamos hacer daño" —imitó la voz de Victoria—.Ya quisiera conocer a un marido que se vuelve millonario gracias al amante. Esta situación era para que el cabrón me diera las gracias. ¿Cuántos amantes regalan inversiones de millones y están dispuestos a mantener hijos postizos, todo a nombre del esposo?

—No, Xavier, no habrá tal divorcio. No me divorciaré, nunca.

—Vaya, vaya. La puta egoísta —dijo con voz irónica—. Quieres al marido y al amante perfecto. ¡No se puede todo!

Victoria se exaltó con esa frase y subió su tono de voz.

—¿Cómo me llamaste? ¿Y está mal? Dime, ¿está mal que quiera proteger el hogar de mis hijos? —repitió—. Mi marido es un buen hombre, un gran papá y un hombre que admiro y amo.

—Exactamente. Porque eres una puta hermosa pero egoísta. Sólo las putas pueden darse esos espacios de libertad.

—¿Edificar mi propia vida me hace una puta egoísta? ¿Situarme en el lugar del hombre me convierte en eso? Tú, casado, lo hiciste durante años y eso te convirtió en un dandi. Pero, ¿que lo haga una mujer? Nunca, porque entonces surge toda clase de prejuicios.

—Ya vas a empezar con ese feminismo de mierda. Por supuesto, no es lo mismo. No puedes luchar en contra de los prejuicios de la época.

—Xavier, creo que quien no acepta la realidad sólo puede caer en la desesperación.

—No, escúchame. Eres una mujer y tienes que comportarte como tal. ¿Estás consciente del escándalo que explotaría si te vieran aquí conmigo? ¿Cómo interrumpirías el escándalo? ¿Con tu feminismo?

—Parece que el privilegio de la pasión es exclusivo para los hombres. ¿Acaso la mujer no puede ejercer su libertad sin ser criticada? Me parece falso e hipócrita tener que justificar un deseo.

—Bienvenida a la realidad, chiquita. La mujer no puede disfrutarlo. Ésa es la belleza de este mundo, que todavía y por muchos siglos más nos pertenecerá a los hombres.

—Ay, Xavier...

Victoria estaba abatida. Frente a ese tipo de argumentos, cualquier cosa que dijera sería rechazada. Cuando Xavier terminó su baño y salió desnudo al lavabo, Victoria entró oportunamente a la regadera. Mientras tanto, su amante tomó la espuma rasuradora que el hotel proporcionaba y limpió su navaja. Frente al espejo, terminó su discurso:

—Para fines prácticos, las viejas están jodidas. Mira, sólo hay dos clases de mujeres: las decentes y las putas.

Victoria pretendió ignorar el comentario, pero una fuerza que nacía del vientre la impulsó a responder con un tono más agresivo:

—¿Sí? ¿Y yo cuál de esas soy?

—De ti depende. Si te casas conmigo, serás una mujer decente que encontró el amor y fue leal a él. Si no, serás una puta que sólo necesitaba saciar su hambre. En ese caso, pude ser yo u otro.

Victoria ignoró el comentario e incrementó la temperatura del agua para contrarrestar el frío que las palabras de Xavier le causaban. Cuando salió de la regadera, Xavier no tuvo la amabilidad de prestarle una toalla y salió congelada para tomarla. Era orgullosa y creía en el poder de la mujer. Un espíritu rebelde le impidió guardar silencio.

—Te voy a pedir que no me vuelvas a llamar puta. No me vuelvas a faltar al respeto.

—No, mi amor, el respeto tú lo perdiste al pensar que la mujer podía seguir sus instintos como si fueran hembras. Ellas no conocen los valores ni los principios.

—Xavier, te juro que últimamente me das terror.

—Miedo me das tú. Esta situación significa que tuve la suerte de ser yo el cabrón que te conquistó, pero podía ser intercambiable.

Victoria estaba angustiada.

—No entiendes nada —gritó Victoria con los brazos abiertos.

Xavier se abrochó los últimos botones de su camisa azul con notoria indiferencia a sus palabras.

—Creo que ya entendí. Quieres todo, pero eso no se puede, mi reina. Vas a tener que tomar una decisión y hacerte responsable por enamorar al diablo.

Victoria tomó esas palabras con seriedad mientras se vestía. Frunció el ceño y eligió un suéter que evitara que se le marcaran los pezones. Se terminó de maquillar modestamente. Sólo se puso brillo en los labios. Tuvo la idea de salir de la suite, pero Xavier se adelantó.

—De aquí no sales más que conmigo. Te esperas —le ordenó.

Xavier recogió la cartera de Victoria y sus pasaportes para guardarlos en la caja fuerte.

—Ahora sí, princesa, pasa —dijo abriendo la puerta y con un tono irónico.

Victoria no tenía ganas de bajar a desayunar, pero tampoco de permanecer en la habitación con él. En el *lobby*, miraba a su alrededor, nerviosa por la posibilidad de ser reconocida. Xavier quería desayunar en la terraza, pero ella se adelantó para tomar una mesa en el interior frente a un ventanal que miraba hacia los puentes.

Como era su costumbre, durante el desayuno, Branislav pasó a saludar a todos los huéspedes. Victoria sentía que su nerviosismo la delataba, pues era la primera vez que ambos desayunaban en público. Pero en realidad era una belleza. Su pelo rojo caía sobre los hombros y una tímida sonrisa brillaba por el producto que se había puesto en los labios. Daba la apariencia de ser una esposa santa.

Branislav la miró directamente a los ojos y le sonrió con sus dientes finos y regulares. Sus ojos cobraron más vida de lo habitual. Su piel era tan dorada que resplandeció con la luz que penetraba por el gran ventanal. Sin desearlo, Victoria pensó que sería un placer acariciar a aquel joven. Violentas imágenes pasaron por su mente. La virgen que habitaba en su interior le daba la oportunidad de fantasear con otro hombre que no fuera su marido, pero jamás con dos. Eso sería un exceso. Sin embargo, era imposible dejarlo de mirar. Se sentía poseída por su belleza y sintió un frenético deseo por él. Inmediatamente recordó el comportamiento de una buena mujer y detuvo esos pensamientos.

Las palabras de Xavier retumbaban en el interior de su mente. Recordó vagamente la sensación que sintió cuando Óscar la llamó vulgar. Incluso, Xavier se excedió al llamarla puta. Quizá ésa fue la actitud que la llevó a pensar atropelladamente en su autoestima y se perdió extasiada en la belleza del joven, misma que sobrepasó el control de su mirada. Hasta en tres ocasiones tuvo que detener su mirada tan directa. Victoria pensó que era mejor guardar su admiración y ser discreta, pero dejó que su piel continuara exaltada. Cuando sirvieron el café y los *croissants* recién hechos, recordó el olor de París. Pero en la atmósfera del lugar ya no reinaba aquella euforia. Su escape lo encontró fantaseando lejos de Xavier.

Xavier notó el esfuerzo que su pareja hacía para resistirse a la mirada de los ojos negros como el carbón del botones.

—Ya te vi, putita —mencionó en voz baja sobre su oído presionando su brazo con fuerza.

Victoria retiró su brazo bruscamente y derramó su café sobre la mesa. Lo miró con coraje y con su dedo índice le apuntó directamente.

—Jamás me vuelvas a tocar de esa manera.

Los americanos que se encontraban en la mesa de al lado observaron la escena. Victoria se dio cuenta. Aun con el ardor del momento y avergonzada, quiso sonreír, pero fue imposible. Las lágrimas fueron más veloces y cayeron en su rosto sin previo aviso.

Branislav volteó a la mesa cuando la tasa derramada golpeó un plato. Se adelantó al mesero con rapidez y, al estar él presente, Victoria se levantó de la silla y abandonó el restaurante.

Si pensaba ser discreta, causó todo lo contrario, pues Xavier siguió tras ella con todos los aspavientos posibles. Victoria se dirigió hacia el elevador. Xavier logró entrar al elevador antes de que éste se cerrara. Dentro, una señorita rubia de ojos azules los vio llegar. Los saludó y les deseó buenos días. Les preguntó a qué piso deseaban ir. Dijo que trabajaba en el hotel y que era un placer conocerlos. Cuando observó que Victoria lloraba no dijo más.

—Buenos días —respondió Xavier con jovialidad y con una caricia para Victoria.

Victoria se dirigió de inmediato a la suite. Xavier abrió la puerta sin decir ni una sola palabra. La recamara no tenía un solo cambio. Victoria fue directo al baño, cerró la puerta con llave, se miró al espejo y encontró el rostro de una mujer que no dudaba en renunciar a aquello que le quemaba el espíritu. Pensó que había constructos sociales y culturales que podían ser modificados con el esfuerzo y la solidaridad de la unión de las mujeres. Aquel insulto no era personal; aquel insulto estaba dirigido hacia su género. Ni por el amor ni por la pasión que sentía hacía él estaba dispuesta a dejarse arrancar aquello que verdaderamente la convertía en mujer.

Se lavó la cara, los dientes, se maquilló y se hizo una trenza. Salió del baño directo al clóset, sacó su ropa y la colocó sobre la mesa que utilizaron en sus encuentros. Abrió su maleta y comenzó a empacar. Xavier silbaba.

—¿Me puedes decir qué pretendes hacer? —preguntó burlándose.

Victoria empacó mal y no logró cerrar la maleta. Cuando quiso abrir la caja fuerte para sacar su cartera y pasaporte, descubrió que Xavier había cambiado la combinación.

—¿Cuál es la clave, Xavier? —preguntó después de varios intentos.

—¿De verdad crees que te la voy a dar?

—Xavier, esto ya tiene matices que no me parecen correctos. Te pido por favor que me digas cuál es la clave para sacar mi pasaporte y mi cartera.

—¿Te piensas ir como las sirvientas?

—No, Xavier, me pienso despedir y darte las gracias por todo. Este viaje nos sirvió para darnos cuenta de que no tiene caso seguir viéndonos.

—¿Así de fácil?

—No, de hecho está siendo muy difícil. Por eso tomé la decisión de no vernos más. No considero correctas las faltas de respeto. Además, en el comedor me agrediste físicamente.

—Victoria, por favor, no seas ridícula —cambió su tono—. ¿Ya te quieres ir a ver a tu mayordomo? No creo que te pueda dar lo que a ti te gusta. De todas las putas con las que he estado eres la más cara. Y mira que he estado con las mejores —se carcajeó.

Xavier se dirigió al bar y se sirvió un whisky.

—¿Quieres beber algo?

—Quiero que me des mi cartera y mi pasaporte. Quiero irme ya.

—A ver, mi reina, no estás entendido nada. No creo que estés en la posición correcta para dirigirte a mí.

—No me siento bien, de verdad. Vámonos hoy a México. No quiero esperar hasta mañana para marcharnos.

—Victoria, Victoria, Victoria —respondió Xavier, condescendiente—. Parece que la ceguera de tu madre la heredaste por completo.

—No te metas con nada de mi mamá.

—Uy, ¿se enoja la señorita si le dicen algo sobre su madre?

—Xavier, dame mis cosas.

Xavier bebió su whisky, se sirvió otro y puso música. Victoria marcó a recepción y pidió que alguien subiera para abrir la caja fuerte. Xavier desconectó el teléfono y la empujó a la cama.

—Cállate y ven a mamarme la verga, que ha eso viniste, puta. Te lo advertí, pero se nota que siempre has hecho lo que te da la gana.

—¡Poco hombre! ¿No te da vergüenza hacer esto? —dijo Victoria asustada y temblando.

—¿Y a ti no te da vergüenza ser tan puta? ¿Crees que no noté cómo mirabas al pendejo de la recepción?

—Xavier, basta, déjame salir —mencionó desesperada.

—Tú das un paso fuera de aquí y en ese momento publico tus fotos encuerada y cogiéndome. ¿Imaginas la cara de tus adorados hermanos al ver a la puta de su hermana entregada a los brazos de su amante? O peor aún, ¿los rostros de tus hijos al ver a su santa madre cogiendo?

—¡Púdrete!

—Ten más cuidado cuando te dirijas a mí. ¿Cómo me dijiste, amor? ¿Me dijiste "púdrete"? ¿Me lo vuelves a repetir?

Victoria temblaba y entre más lo hacía, más poderoso se volvía Xavier.

—Zorra, si hubieras hecho las cosas bien, no estaríamos así. Eres más puta que lo que pensé. Quizá con las fotos que publique podrás escoger a alguien como tú entre toda la bola de cabrones que deseen sólo un momento de pasión —hizo una pausa—. No, Victoria, las cosas en la vida no funcionan así. Uno toma decisiones y cada decisión tiene una consecuencia. ¿Qué tu madre, en su mundo oscuro, no te enseñó eso?

—Te pido por favor que te calmes —dijo Victoria como último recurso.

—Ah, ¿verdad? Las cosas cambian. Mira qué tono tan diferente. Ya estás aprendiendo a hablarme como se debe. Ven, mi amor.

Se acercó a ella, la abrazó y comenzó a lamerle el cuello. Victoria se movió lentamente en sentido contrato, huyendo de él con sutileza.

—¿Por qué estás tan fría, princesa? —preguntó Xavier cuando tomó sus manos. La acostó sobre la cama y cerró las cortinas de la suite. Victoria sentía que su ritmo cardiaco se podía escuchar desde lejos. Su sonrisa era fingida y su párpado izquierdo comenzó a vibrar de ansiedad. Xavier le quitó los jeans y la dejó en ropa interior. Tomó su vaso con whisky y lo bebió a fondo.

—Por tu culpa tuve que desayunar dos whiskies. Ni siquiera me diste el placer de desayunar contigo en público. Y luego tuve que soportar tus berrinches. Esas faltas merecen un castigo. ¿Estás de acuerdo?

Victoria lo tomó de la cara y dijo:

—Mírame a los ojos, Xavier. ¿Qué está pasando?

—¿Qué está pasando de qué, mi amor? Tú dímelo.

—Xavier, por favor, eres otra persona. ¿Qué te sucede? Tienes otra mirada, no me encuentro en tus ojos.

—Victoria, no me gusta compartir mis cosas. Parece que no lo entiendes.

—¿Tus cosas?

—Sí, mi amor. Tú ya eres mía. Primero mato antes de que otro cabrón te ponga un dedo encima.

—¿Otro quién?

—Ni Óscar. Nadie más, ¿me escuchas? Nadie en este puto mundo te puede volver a tocar, Victoria. Ni en mis malditos sueños. Seguro te soñé como realmente eres: toda una zorra. Enamoraste al diablo, Victoria, y eso tiene un precio.

—Xavier, fue sólo un sueño.

—Tú ya no podrás portarte mal ni en mis sueños. De hoy en adelante serás inmaculada y virginal.

—Xavier, te suplico que recapacites. ¿Qué fue lo que soñaste que te tiene de esta manera?

—Sólo yo puedo disponer de tu sexualidad. ¿Me escuchas? Sólo yo.

—¿Qué fue lo que soñaste?

—Soñé que estabas acostada en el *lobby* y estabas cubierta con seda color marfil. Sostenías una foto de un poeta. Leías su poesía, reías y gemías. La gente entraba y se detenían para verte revolcar de placer. Los hombres salivaban y tú los llamabas. Te quitabas la tela y los invitabas a probarte.

"Primero te abriste al guapo de la recepción, tu Branislav. Te lamía hambriento y la saliva le escurría sin detenerse. Le pediste que se moviera e invitaste a alguien más del público a que te metiera la lengua. Cuando te diste cuenta de que yo te miraba, abriste más las piernas. Invitaste a la chica del elevador y le pediste que lo hiciera con su lengua en forma de *ese*. Hasta las mujeres salivaban, deseosas de probarte. La chica de la recepción se retiró y otros dos hombres la sustituyeron. Pusiste tu mano sobe sus cabezas y ellos te lamieron con alegría. Luego le pediste al mayordomo que te penetrara. Te carcajeabas poseída por el placer que les provocabas a todos. ¡Ay, Victoria! Hasta en mis sueños eres una puta golfa, zorra, hambrienta por el deseo del otro.

—Xavier, por favor, basta, fue sólo un sueño. Eso no sucedió. Es producto de tu imaginación y de tus celos. No puedes mirarme de esa manera. No puedes insultarme por algo que soñaste y que yo no tuve nada que ver.

—Claro que sí tuviste que ver, zorra. ¿Qué crees que no te vi mirando al botones cada vez que pasaba por la mesa? ¡Le sonreías! Hasta recuerdo la manera en que les dijiste *good morning* a los de seguridad con tu sonrisa de puta encantadora. Soy hombre, Victoria, sé cómo sentimos y pensamos. Seguramente llega la noche y todos se jalan la verga pensando en la puta huésped que sonríe como el sol.

—Xavier, por el amor de Dios, mírame bien, mírame a los ojos. Tienes que calmarte por lo que más quieras en la vida. Necesitas controlarte. Te debes detener. Fue un sueño. Nadie me hizo nada y no invité a nadie. Cuando dije "buenos días" fue por educación. No estaba coqueteando con absolutamente nadie.

—¿Entonces por qué tiemblas, putita?

—Esto no está bien, Xavier. No es correcto. No la estoy pasando bien.

—Ah, ¿no es correcto? Vaya, vaya… La puta tiene moral. ¿Cuándo es correcto, Victoria? ¿Cuando ya no te la estás pasas bien ya no es correcto?

Violentamente la tomó del rostro y se encimó en ella, sobre la pared. Comenzó a mover las caderas contra su pubis. Cuando intentó besarla, ella no respondió y se quitó. Él se movió enfadado y se sirvió otro whisky. Ella encontró su pantalón y antes de que se vistiera, Xavier le ordenó que se acostara. Victoria desobedeció.

—Paremos este juego.

—¿Quieres jugar?

—No, quiero parar. Bajemos a desayunar y pasemos bien el día. Tengo muchísima hambre.

—A mí ya se me quitó.

—Pidamos algo al cuarto.

Él la ignoró y bebió un sorbo de whisky.

—Desnúdate.

Abrió la maleta de Victoria, tiró su contenido al suelo y sacó su bolsa de baño. Vacío todo de la bolsa pero al parecer no encontró lo que buscaba. Entonces de su propia maleta sacó una navaja roja. Victoria cada vez estaba más asustada y sufría de temblores en su párpado.

Xavier cortó el cordón de la cortina y repitió:

—Desnúdate.

—Rompiste la cortina. ¿Qué haces? —preguntó alarmada.

—Te cojo y luego bajamos a desayunar, ¿te parece?

A Victoria se le ocurrió un plan.

—Tengo que ir antes al baño.

Él se le adelantó a cualquier idea. La tomó de la mano y la llevó al baño.

—Por favor, salte —pidió.

—Te quiero ver orinar—exclamó Xavier.

—No voy a poder. Te suplico que te salgas.

—Dije que no. Al parecer no tienes muchas ganas.

La sacó del baño de la misma forma en que entraron. La llevo junto a la mesa negra. Aventó con el pie los jeans que seguían en el suelo. Le quitó los calcetines y le abrió la blusa con violencia. Con la cuerda que quitó de la cortina, ató los brazos de Victoria en cada pata de la mesa y los pies, juntos.

—¿Sabías que las putas no se desnudan del todo?

—No, no sabía —respondió Victoria resignada y con un hilo de voz mínimo.

—Qué raro que tú no lo supieras.

Victoria desconocía el momento en que pararía.

—No me ates los pies, no podré abrir las piernas.

Cuando Xavier le ató los tobillos, Victoria comenzó a quejarse: la circulación se le cortaba y el cordón la lastimaba. Por último, cortó el hilo del calzón y ella inhaló con angustia. La recorrió con la navaja y Victoria sudaba.

La comenzó a lamer y Victoria se retorcía de un lado a otro. Su cuerpo, como sus manos, estaba frío y sudoroso. Desde su pubis subió a besarle el ombligo mientras la lamía. Victoria se sorprendió al sentirse mojada. No entendía que su cuerpo tuviera una respuesta diferente a su voluntad. Su sexo deseaba ser penetrado por Xavier y ella quería salir huyendo. Xavier se levantó y se desnudó. Se hincó sobre ella con las piernas a los costados y le puso su sexo rígido en la boca.

Victoria lo lamió con la punta de la lengua y luego lo metió a la boca por completo. Hizo círculos con la lengua y Xavier, entregado al placer, no notó que la muñeca derecha trataba de desatarse. Cuando él se quiso retirar, ella le pidió que aguantara un poco más. Como niño obediente, Xavier se acercó. Le sujetó la cara con las manos y ella succionó más y más.

—Lo haces como ninguna —dijo entre jadeos.

Cuando Victoria sintió que él iba terminar le pidió que la penetrara. Perdido en el éxtasis, Xavier buscó la navaja y cortó la cuerda de los tobillos; notó que había sangre alrededor de ellos. Los sostuvo con suavidad y los lamió. Victoria se quejó del dolor, pero sus quejas se confundían con placer. Él siguió lamiendo alrededor de los tobillos y besó por completo sus piernas. Victoria logró soltar por completo su mano. La mantuvo arriba para que él no lo notara. Le abrió las piernas y la encontró completamente empapada.

—¿Ves cómo sí me amas? Tu cuerpo me pertenece. Tus miedos son los que no quieren que estés conmigo.

—Te amo —susurró Victoria.

Xavier se quedó inmóvil ante las palabras de Victoria. Subió hasta su rostro y le pidió perdón mientras la besaba. Le recordó que era lo más sagrado de su vida, incluso más que una virgen.

Se disculpó por haberla ofendido. La volvió a besar y Victoria respondió con ternura ese beso mientras trataba de desatar su otra mano.

Victoria abrió sus piernas a pesar de la molestia que sentía cuando sus tobillos rozaban la alfombra. Xavier se inclinó nuevamente y hacía ochos con su lengua. Por fortuna, mientras masajeaba su clítoris, su fogosidad hizo que Victoria se arqueara y zafara su otra mano. Victoria sostuvo sus manos sobre las patas de la mesa por precaución. Parecía que Xavier se había olvidado de que estaba amarrada. Él la acomodó y la penetró. Victoria movió su cadera de arriba hacia abajo y lo ayudó a terminar. Él se quedó dentro mientras repetía una y otra vez que era lo mejor que le había sucedido.

Victoria se quedó inmóvil, temerosa de que Xavier la descubriera. Miró hacia la ventana y pensó en la historia que Branislav les había contado. Imaginó el sufrimiento y el terror que aquella persona vivió en esa misma habitación. Sintió escalofríos y el miedo la invadió nuevamente. Xavier se levantó e intentó reponerse.

—¿Realmente me amas? —preguntó con la voz cortada.

—Sí —contestó ella inmediatamente.

Xavier tomó el celular de Victoria y se lo ofreció.

—Llama a Óscar y dile que estás conmigo.

Ella lo miró aterrada. No tomó el teléfono.

—Ahora deben ser las cuatro de la mañana en México.

Xavier miró su reloj.

—No, ya son las siete de la mañana.

"¿Llevamos tres horas en la recamara?", pensó Victoria.

—Podemos esperar a estar en México… —sugirió.

—¿Tú te crees que soy pendejo, o qué?

—Xavier, ya estamos bien. No te exasperes.

—No. Llamas ahora mismo a tu marido y me demuestras que me amas.

Xavier trató de retirar uno de los cordones y se dio cuenta de que Victoria ya estaba desatada. Ella tomó una actitud de sorpresa.

—No lo noté. No lo hice apropósito. Estaba completamente entregada a ti y seguro se desató cuando me movía.

Como venganza por haberle mentido, Xavier intentó marcar el teléfono de Óscar. Victoria gritó llorando que por favor esperara, que lo haría en su mejor oportunidad. Cuando Xavier buscó su siguiente whisky, descubrió que la botella estaba vacía y azotó la puerta del minibar. Tenía su semblante un perfil de desconcierto y cansancio, pero sus acciones eran violentas y enérgicas.

Con sus manos desatadas, Victoria logró mover todos sus dedos y la sangre recorrió otra vez sus cavidades. De la ropa que tiró Xavier al suelo, encontró el pantalón de la pijama.

—Márcale —ordenó Xavier, entercado con su idea.

Victoria tomó el teléfono de la mano de Xavier, pero sus manos aún no recuperaban la fuerza y notó que la cuerda había cortado su piel. Al ver que no marcaba, Xavier la tomó de la trenza y la arrastró por la habitación.

Victoria sólo pensaba cómo huir de la suite. En un arranque de desesperación, tomó la navaja mientras Xavier la arrastraba e intentó encajársela en el brazo, pero él la detuvo con habilidad. Sin embargo, la rapidez de la acción provocó que Xavier perdiera el control y cayera al suelo. En ese momento, Victoria se levantó rápidamente, abrió la puerta y salió corriendo en busca de las escaleras.

Desesperada, bajó un piso tras otro con ansias infinitas. Al llegar a la planta baja, salió por la puerta de las escaleras y pasó junto a una mesa de cristal llena de flores. Del otro lado de esa habitación, encontró la recepción. La rubia de ojos azules del elevador, Anna, escribía en la computadora cuando miró a Victoria. Al mismo tiempo, el personal de seguridad la vio bajar corriendo en el circuito cerrado y salieron al *lobby*. Otros huéspedes observaron la escena y Anna le pidió a Victoria que la acompañara a una oficina más discreta. Victoria no podía articular palabra.

La gente de seguridad se comunicó en checo con sus aparatos. Victoria estaba acompañada por gente desconocida, así que agradeció a su suerte que Branislav se hiciera presente. Éste, al entrar al cuarto se disculpó, la tomó del brazo con tranquilidad y le pidió con gentileza que se sentara en el sillón que estaba disponible. Victoria hiperventilaba, pero con el tiempo recuperó el sentido. Branislav se arrodilló frente a ella y le pidió que se calmara, recordándole que estaba a salvo y que no tenía nada que temer.

Seguridad informó que desde su habitación, la persona que estaba dentro aventaba artículos personales a la calle. Victoria se imaginó que Xavier aventaba todas sus pertenencias: su celular, su bolsa, la ropa que se encontraba tirada. Le ofrecieron té y lo agradeció profundamente. Con delicadeza Anna le limpió y curó sus tobillos heridos, con alcohol y una gasa de algodón. Victoria no podía dejar de temblar. Tomó el algodón con la mano y lo acercó a su rostro para tranquilizarse. Recuperó el habla a los pocos minutos.

En la oficina de la planta baja, le informaron que seguridad había subido a detener a Xavier, pero que él, furioso, había trabado la puerta de la habitación. Una joven de nombre Mirka intentó que abriera, sin obtener respuesta.

Branislav le compartió que sentía profundamente el dolor que su luna de miel había causado, y que estaba apenado de que las cosas terminaran así. Gracias al altavoz de los aparatos de vigilancia, Victoria escuchó la voz de Xavier pidiendo que la sacaran del hotel. Mencionó incontables veces la palabra puta. Mirka le pedía que se calmara, pues ya bastante alterada se encontraba Victoria. Xavier respondió con violencia y a gritos que Victoria no era su esposa sino una puta con la que había viajado. Dio la orden que se la comunicaran de inmediato. Cuando Victoria escuchó lo que Mirka respondió a sus exigencias, tomó fuerza y se levantó del sillón, dejó la taza de té sobre la mesa y se dirigió a Branislav:

—Xavier es un hombre muy poderoso en mi país...

Branislav no entendía lo que sucedía.

—Es cierto, no somos esposos, no vengo de luna de miel. Es verdad todo lo que dice.

Branislav y Anna se miraron confundidos.

Victoria empezó a confesarse. Dijo que Xavier era su amante y que ella estaba casada con otro hombre. Que era madre de tres niños hermosos y que su familia pensaba que se encontraba en Dallas haciendo compras para su sobrina y para sus hijos. Les contó que Xavier había organizado el viaje a Praga como sorpresa. Ésa era la verdad y lo único que pedía era que la ayudaran a recuperar su cartera y su pasaporte.

—Yo sabía que algo estaba mal en el elevador —interrumpió Anna.

—Y yo asumí que su primera discusión matrimonial sucedió durante el desayuno.

Mirka agregó por los aparatos que en Praga ser esposa y tener un amante era algo bastante común. Que ningún hombre tenía derecho a insultar de esa manera y mucho menos a la agresión física. Se comprometió a regresarle sus pertenencias.

Minutos después, seguridad entró a la oficina cargando una bolsa negra. Se la ofrecieron a Victoria, y dentro encontró su celular partido por la mitad, varias piezas de maquillaje dañadas y un cepillo de dientes intacto. Algunas mudas de ropa cayeron también; Victoria tomó lo necesario y desechó el resto.

Mientras tanto, Branislav recargó sus codos sobre la mesa y sus manos sobre su boca, pensativo. Reiteró que lamentaba enormemente el hecho. No podía creer que alguien hubiera caído en la misma situación que años antes había sucedido frente a esa ventana. Al escuchar esas palabras, Victoria pensó en él como una persona noble y en quien podía confiar, al lado de la "señorita" Lee o el joven Nasim. A través de la bocina, escuchó que Mirka le pedía permiso a Branislav para entrar a la habitación a recoger las cosas de Victoria, acompañada de seguridad. Los diálogos entre todos fueron en inglés como una cortesía hacia Victoria, para que estuviera al tanto de lo que sucedía.

A la pregunta de Mirka, Branislav contestó que no era buena idea, pues desde un principio notó que Xavier era un hombre agresivo y fuerte y necesitarían más ayuda. Victoria agregó que estaba alcoholizado y opondría fuerte resistencia. Por la bocina escuchó que Mirka le pedía a Xavier que guardara la compostura, de lo contrario la policía lo arrestaría con más cargos.

—Branko, la policía está aquí —le dijo Anna a Branislav.

Como si tuviera una asignatura pendiente o quisiera ayudar a sanar el corazón partido de una amante, Mirka insistió en su idea de entrar. Victoria se sintió acompañada por la fuerza que desprendían todos esos sentimientos. La mirada de todos era penetrante, pero cada uno de los presentes la incitaba a buscar su libertad. Pensó que quizá recuperando sus pertenencias, recuperaría también su pasado y se libraría de aquellas mordidas que estaban frescas.

Cuando la policía apareció en la oficina, pidieron hablar con la víctima, pues era el protocolo que tenían que seguir. Como no había intérprete con ellos, le pidieron a Branislav que les relatara lo que había sucedido y que actuara como intérprete en inglés. Victoria miró con preocupación a Bransilav.

—Las leyes de Praga son muy estrictas y tenemos que seguir las reglas. Si tú no lo deseas, a Xavier no le sucederá nada y en su expediente sólo se mostrará su nombre de pila.

Victoria se soltó a llorar y se presentó frente a la policía.

—Soy una mujer casada con tres hijos. La persona con la que vengo es mi amante y quien me invitó a venir. Nadie en mi país sabe que estoy aquí. Todos piensan que estoy en Estados Unidos. Cuando comenzamos a pelear decidí marcharme, pero me detuvo a la fuerza y amenazó con llamar a mi marido. Lo único que quiero son mis pertenencias para irme de aquí.

—¿La agredió físicamente? —preguntó un policía amigablemente.

—No quiero hacer esto más grande. Xavier es un hombre muy poderoso en mi país...

El policía dejó de sonreír y, muy serio, le dijo:

—Aunque ustedes sean turistas, tienen la obligación de respetar las leyes checas. No importa qué tan poderoso sea en su país.

Resignada, Victoria dio sus nombres y Bransilav entregó copia de ambos pasaportes. Asimismo, le pidieron que esperara unos momentos para despejar el área y que subiera después con Mirka para recuperar sus pertenencias.

Cuando salieron los policías y se encontraron a solas, Branislav le dijo a Victoria:

—Por favor, déjame ayudarte. Te llevaremos a un hotel que está a dos cuadras de aquí y nos haremos cargo de los gastos. Podrás tranquilizarte ahí y salir mañana con calma al aeropuerto.

Victoria respondió con una negativa y pidió que la ayudaran a conseguir un vuelo a primera hora hacia Dallas. De ahí tomaría otro hacia la Ciudad de México. Anna propuso que le dieran una habitación en el primer piso para que ahí arreglara sus cosas y pudiera organizarse, pero Victoria se negó. Entonces, Anna sugirió que tomara el primer tren hacia Frankfurt y de ahí volara directo a Dallas. El tren tardaría tres horas y algunos minutos. Con esa idea, Victoria comenzó a disfrutar el vértigo que otorga la libertad. Mencionó que ésa era la mejor idea y de esa forma no se encontraría a Xavier. Branislav reservó el tren hacia Frankfurt y el vuelo de Frankfurt a Dallas. Ella ya tenía preparada la ruta hacia México.

Los tiempos eran limitados pero no imposibles. Victoria le agradeció profundamente. El único problema que encontró fue su incapacidad de usar sus tarjetas bancarias, pues el sistema las cancelaría al saber que eran utilizadas fuera de Estados Unidos, sumado a que su esposo conocería su paradero. Victoria le prometió a Branislav que a su llegada a México le depositaría todo el dinero gastado. Recordó que lo único valioso que tenía era su reloj y se lo ofreció. Ni Anna ni Branislav lo aceptaron.

—Con semejante propina, todo ya está pagado... —dijo él haciendo un guiño.

Ambos rieron por la complicidad que tenían.

—Definitivamente nadie sabe para quién trabaja —dijo Victoria y él volvió a reír—. Branislav, te prometo que te voy a pagar. Sé que la propina no está cerca del precio del boleto de avión...

Inmediatamente, Mirka se apareció con la maleta de Victoria y una cara de sofocación. Entre abrazos, le entregó su pasaporte, la cartera y toda su ropa.

Anna la acompañó con dos guardias a otra habitación para que pudiera cambiarse de ropa. Ya en el cuarto, Anna se despidió, pero Victoria le suplicó que se quedara más tiempo.

—Te suplico que no me dejes sola. Me cambio rápido y nos vamos.

Anna le puso la mano en el hombro.

—No te preocupes. Los dos guardias te escoltarán mientras estás aquí. Ya no va a pasar nada.

Victoria se tranquilizó y se metió a bañar. Sin mojarse el pelo deshizo su trenza despeinada, se hizo un chongo y se lavó el cuerpo, deseando que desapareciera cualquier rastro de Xavier. Lloró su miedo, sus heridas y sus culpas. Se vistió, acomodó su maleta, cerró su bolsa y, a pesar de su cara limpia, no pudo cubrir las huellas del llanto cuando salió de la habitación. Un guardia cargó su maleta y el otro le pidió que la acompañara por las escaleras de servicio.

La acompañaron de regreso al *lobby* y al entrar a la oficina se sorprendió al ver a Branislav sin su traje negro. Vestía camisa blanca y jeans. Ella no pudo disimular su asombro.

—La pesadilla pronto terminará —sentenció Mirka—. Regresa con bien a casa.

Victoria se esforzó para no abrazarla, pero le ganó su corazón y con besos y abrazos le agradeció sus atenciones.

—Gracias por ayudarme, por no juzgarme.

Mirka le regresó el abrazo con fuerza.

—En Praga decimos que si una mujer se asoma por la ventana después de las once de la noche es que está pendiente de ver pasar a su amante —se mordió el labio y le guiñó un ojo.

Victoria sonrió como agradecimiento por sus palabras. Anna le dio su mano y muy formalmente dijo:

—Esperemos que podamos contar de nuevo con tu presencia.

Branislav la invitó a salir por la puerta de servicio, pero Victoria sintió otro vuelco de corazón al salir cuando notó que el auto que los esperaba era el mismo coche lujoso que la había llevado al castillo con Xavier. Se tranquilizó un poco cuando el chofer abrió la puerta y Branislav la invitó a subirse con él. Branislav se comunicó en checo con el chofer mientras Victoria admiraba la ciudad en silencio, pensando en su libertad. Estaba contenta de viajar en el mismo coche lujoso y estar acompañada del joven hermoso de la recepción.

La ansiedad la inundó junto con sus pensamientos, y no se atrevía a romper el silencio. Cuando llegaron a la estación de tren el chofer se bajó del auto y abrió la cajuela para entregarle la maleta de Victoria a Branislav. Victoria le agradeció al chofer el viaje y entró con Branislav a la estación.

Branislav se detuvo a leer el horario de los trenes y le pidió a Victoria que lo siguiera. Su actitud era cordial, pero no hubo más palabras y ella lo siguió en silencio. Mientras se formaban para recoger el boleto, Branislav le entregó su tarjeta y le puso en las manos un sobre con el sello del hotel.

—Dentro se encuentra tu pase de abordar. Llegas con el tiempo suficiente para tomar tu vuelo.

—No tengo palabras. La vergüenza me sobrepasa. No sé qué sería de mí sin ustedes. Se han portado de una forma que no me merezco.

—Por favor, no digas eso. Al menos llévate un buen recuerdo de Praga.

—Te suplico que me des tu cuenta bancaria. Déjame pagar esto.

Él le dio una tarjeta con todos sus datos. Como último favor, Victoria le pidió su celular para llamar a casa. Platicó con Isabel y pudo hablar con sus hijos. Óscar estaba en la oficina. Se dio cuenta de que en casa las cosas marchaban tranquilamente y que Xavier no se había comunicado. Le contó a su madre que su celular se había mojado, por lo que ella misma se comunicaría después. Isabel notó que su hija tenía la voz quebrada y que algo no estaba bien.

—Mamá, estoy bien, tú sabes que estoy bien. Llegando a México platicamos. Sólo te pido que le digas a Óscar que sí nos hemos comunicado, pues en las próximas quince horas que no estaré disponible.

Isabel cayó en la cuenta de que tendría que cubrir una mentira de su hija.

—Ay, Victoria, deja que regreses y te juro por Dios que me vas a escuchar.

Isabel nunca juraba en vano y Victoria supo que ésas eran las palabras más fuertes que su mamá podía mencionar.

—Lo sé, mamá, pero necesito que me ayudes. Créeme que lo sé. Los amo —declaró y colgó. Branislav la miraba con curiosidad.

—Cuando hablas en tu idioma parece que cantas —dijo sonriendo.

Victoria le sonrió y declaró:

—En casa todo está bien, pero mi mamá sabe que algo anda mal. Me conoce mejor que nadie y tiene un don para reconocer problemas por el tono de la voz.

—No entiendo, ¿a qué te refieres?

—Es ciega y es como si pudiera reconocer el color de las voces. Sabe que mi voz no es precisamente de canto.

Él no supo qué decir y sostuvo su mirada con admiración, como si la ceguera de su madre la transformara en celestial. La mirada de ambos quedó congelada, pero segundos después terminó el momento de claridad.

—Me marcho —dijo Victoria.

Branislav cargó la maleta y la acompañó hasta la puerta del tren. Victoria tomó su boleto y leyó su número de asiento. Lo abrazó y percibió la misma fragancia que había recibido cuando abrió la ventana en el hotel, pero en esta ocasión no parpadeó ni cerró los ojos, pues quería llevarse su recuerdo por completo. Branislav correspondió el abrazo de Victoria como aquel héroe que salva a su víctima de una catástrofe.

—Esa ventana queda clausurada —dijo Victoria.

Los dos mostraron su alegría con una sonrisa. Victoria se subió al tren y, cuando se sentó, vio que Branislav seguía esperando en el andén. Como un gesto más de agradecimiento, Victoria puso su mano sobre el vidrio, pero su cómplice tenía un semblante de confusión, así que se acercó más. Él no entendió de qué se trataba hasta que Victoria acercó su otra mano al pecho. Branislav relajó sus bondadosas cejas, dejó sus ojos completamente abiertos e hizo el mismo gesto con las manos. Victoria sonrió con honestidad y alegría. Él dio un paso hacia atrás, le guiñó el ojo y mostró una sonrisa en la que compartía toda su felicidad. Después de algunos segundos, el tren se marchó.

Xavier despertó desesperado a mediodía del día siguiente a la pelea. Apenas recordaba que se había terminado una botella de whisky. Miró el reloj del buró y se sorprendió al notar que Victoria no había regresado arrepentida. Tenía su boleto de avión y sabía que no podía usar sus tarjetas. Le marcó a Karen para preguntar si Victoria se había comunicado. Karen le respondió que no tenía mensajes ni llamadas de ella. Le ordenó guardar las compras de su amante y le prohibió hacérselas llegar bajo cualquier circunstancia. Le dijo que en el momento en que Victoria se comunicara tendría que llamarle a él para que pudiera entregarle las compras.

Intentó marcar a su celular, pero recordó que lo había aventado por la ventana. Caminó por la suite y no entendía cómo podía estar vacía. El olor de Victoria permanecía en la habitación. Cuando comenzó a recoger la habitación, encontró el vestido negro que Victoria había usado la noche que salieron. Los calzones de Victoria estaban debajo de la mesa negra. Los tomó con ambas manos y se quedó viéndolos fijamente. Los olió y un impulso de venganza hizo que agarrara la botella de whisky vacía y la aventara hacia la ventana, destrozándola. Se comunicó ansioso a recepción y preguntó por ella. Anna tomó la llamada y le informó que Victoria se había marchado del hotel desde el momento en que le entregó sus pertenencias. Colgó.

Trató de reconstruir lo que había sucedido, pero su ebriedad lo impidió. Sabía que había sido duro, pero pensaba que Victoria lo merecía. Se metió a bañar con los calzones de Victoria en la mano. Los olió con furia y se excitó. Cerró su mano herida con los calzones, recargó el antebrazo en la puerta de cristal de la regadera y comenzó a masturbarse. Imágenes de Victoria jadeando de placer llegaban a su mente. No lograba sacarla de sus pensamientos. De un momento a otro, la mirada de Bransilav se mezcló junto a la de ella. Su imaginación los juntó y su excitación aumentó cuando las imágenes los mostraban en pleno acto sexual. Muy pronto, las imágenes de ella se desvanecieron y el botones cobró mayor protagonismo. Imaginó su altura y porte, y el perfecto cuerpo masculino de piel dorada. Terminó.

Xavier estaba exhausto. Recordó asustado a su madre diciéndole que gracias a Dios él no tenía la misma enfermedad de su padre.

En segundos cambió la dirección de sus pensamientos. Culpó a Victoria y su putería por haber tenido un orgasmo pensando en él. Salió de la regadera molesto y se vistió para salir en búsqueda de Branislav. El botones conocería el paradero de Victoria.

Seguridad estaba al pendiente de cada movimiento de Xavier y lo observaron con atención bajar al *lobby*. Anna le preguntó si podía hacer algo por él. El seductor se comportó amablemente y ofreció disculpas por lo que había sucedido. Le pidió que cargaran cualquier gasto provocado por su comportamiento a su tarjeta. Pidió disculpas y solicitó ver a Branislav para darle una explicación. Anna lo llamó; Bransilav salió a atender con cortesía y le preguntó en que podría ayudarle.

—Te quiero invitar a cenar. Explicarte qué fue lo que me llevó a tener ese comportamiento que me avergüenza terriblemente.

El joven de la recepción replicó que lamentaba lo sucedido, pero que no era necesaria la invitación. Xavier insistió y Branislav replicó que por políticas del hotel no podían tener cenas con los huéspedes. Xavier estaba avergonzado por el deseo frustrado, pero preguntó directamente por Victoria.

—¿Dónde está? ¿Adónde y cómo se ha ido?

Xavier le explicó la urgencia que tenía para poder entregarle su boleto de avión. Le comentó qué Victoria no podía usar sus tarjetas y necesitaba conocer su ubicación para ayudarla y, sobre todo, disculparse. Bransilav contestó con tono honesto que desconocía la situación de Victoria. Le dijo que había partido del hotel sin hacer ninguna llamada ni decir una sola palabra y había tomado un taxi de la calle.

Sin esperar otra respuesta, Xavier salió a caminar por la ciudad en busca de Victoria. Cada mujer que pasaba junto a él lo hacía sentir escalofríos y ansiedad. Pensó que tal vez la situación era sólo un berrinche y que la mañana siguiente Victoria estaría esperándolo en el hotel para irse al aeropuerto con él. Pero no le daría el gusto.

Victoria se llevaría una sorpresa al verlo con la mesera del Kampa Park, y no tendría nada que reclamar. Finalmente, eso era lo que ella quería: tendría su merecido. Se daría cuenta de que para coger sobraban mujeres dispuestas y ningún otro le ofrecería lo que él. Después de caminar por horas, cenó en el mismo restaurante, se sentó en la misma mesa, ordenó lo mismo y esperó a que cerrara para invitar a la mesera a que lo acompañara.

Al regresar al hotel encontró a Mirka junto con otra joven de nombre Vanya. Xavier tomó de la mano a Danka, la mesera. Mirka mostró que reprobaba ese comportamiento con una mirada despectiva. Se acercó a la recepción y preguntó por las noticias de Victoria. Vanya, sonriente, respondió que nadie se había comunicado. Con arrogancia, Xavier dijo que tomarían algo en el bar y que esperaría por la llamada. Vanya sonrió y Mirka mostró un frío semblante.

Xavier llevó a Danka al bar y pidió martinis. Le pidió que esperara y en el *lobby* preguntó una vez más por Branislav, pero le informaron que se había retirado. Comenzó a enfurecerse y se imaginó que Victoria pasaría la noche con él. La llamó puta. Vanya dijo que no sabía nada de lo que estaba diciendo. Mirka intervino y le pidió que moderara su lenguaje o se vería en la necesidad de llamar a seguridad. Xavier la miró con odio y Mirka le sostuvo la mirada, retándolo.

Xavier llevó a la habitación a Danka, la desnudó y le pidió que se pusiera el vestido negro. Danka se negó dos veces y accedió a la tercera. Xavier le pido que se recogiera el pelo, la recargó sobre la ventana y la penetró con violencia. Le habló en español y la llamó Victoria. Pensaba en su amante, pero no podía apartar las imágenes que el recuerdo de Branislav le inspiraba. Se dio cuenta de cómo el rechazo inicial puede convertirse en atracción.

Cuando terminó con la mesera, bajó al *lobby* repitiendo un rezo, tratando de eliminar esos pensamientos endemoniados. Si en algún momento ese rezo le había ayudado a olvidar esa escena, quizá esta vez serviría para borrar la imagen de Branislav. Si algo detestaba era parecerse a su padre. Rezó tres Aves Marías más. Despidió a Danka y le ofreció dinero. Ella lo tomó, molesta, y se fue. Como Xavier estaba cerca de la puerta, vio llegar al chofer y se acercó para preguntarle sobre Victoria mientras le mostraba una modesta propina. El chofer se negó; Xavier sacó su cartera, tomó un fajo de billetes y se lo mostró.

—Quiero saber todo de ella.

El chofer pidió discreción. Xavier le prometió que no diría nada. El chofer dijo que Branislav era su jefe, que si él comentaba algo perdería el empleo y que tenía una familia que mantener. Xavier le pidió que le dijera dónde la podía encontrar. El chofer observó la cantidad de dinero.

—La llevé a la estación de tren junto con Branislav.

Xavier dijo que no entendía.

—Al parecer va a Alemania.

—¿La llevaste acompañada de Branislav?

—Sí, la llevamos juntos y después regresamos.

Con esa noticia, Xavier entró enfurecido al *lobby*. Le pidió a gritos a Mirka que le llamara de inmediato a su gerente. Mirka comentó que su gerente era Branislav y que por el momento no estaba disponible, así que ella estaba a cargo. Xavier descargó su frustración aventando los floreros que estaban sobre el *lobby* y pateando todo lo que encontró a su paso. Seguridad reaccionó rápidamente y Mirka llamó a la policía. Los agentes escoltaron a Xavier. Los huéspedes estaban asustados y todos se llevaron una gran impresión por las palabras que gritaba Xavier, una amenaza de asesinato hacia Branislav. Xavier no lo sabía, pero en ese momento Victoria volaba a salvo a su verdadero destino.

En Dallas, Victoria no perdió el tiempo y se dirigió al hotel que había reservado días antes. Karen se asustó al verla tan temprano por la madrugada e intentó comunicarse con Xavier, pero ni el hotel ni su celular estaban disponibles. Victoria le comentó que ya habían arreglado sus problemas y que no se preocupara, podía hacer uso del hotel hasta su partida. Tomó las compras y Karen no se resistió al notar la energía y contundencia de Victoria. Fue amable, pero percibió en Victoria una fuerza endemoniada. Pensó que era necesario darle la libertad, de lo contrario podría meterse en problemas con Xavier.

Victoria se marchó al aeropuerto cansada, mareada y con las náuseas que causa la incertidumbre; pero su perfil también parecía el de una mujer valiente a la que el miedo no paralizaba, sino todo lo contrario, la empujaba a ser más poderosa y escapar de las garras de Xavier. Con ese antecedente sería capaz de escapar de cualquier situación que se le presentara.

El amor y la fe

Llegó a casa con el corazón desolado e inmersa en sus pensamientos, en su culpa. Corrió a buscar a Emiliano, lo cargó entre sus brazos y lo cubrió de besos. Al encontrarse a Isabel, cayó desolada en su regazo y buscó refugio en aquel abrazo que sólo una madre puede ofrecer. Los ojos le ardían de tanto llanto. El alma le dolía de tantos suspiros desperdiciados. Su corazón fracturado por fin había encontrado su hogar. Su corazón fue agredido, lastimado y juzgado por tener un ritmo similar a su piel. El frío de sus palabras, la agresión de los insultos de Xavier la llevaron a tener una mañana desolada. Se había convertido en una niña aterrada. De pronto se encontró rota. Quien la había amado y elevado con pasión también la quiso asfixiar con las manos que utilizó para darle placer. Isabel la consoló sin conocer lo que había sucedido, pero la sabiduría que se adquiere con el tiempo le hizo decirle:

—Lo que haya sucedido, pasó. Ya estás en casa.

Victoria no podía contener el llanto. No sabía cómo empezar. No sabía cómo confesar, así que decidió callarlo.

Isabel la besó en la frente y la pegó a su pecho.

—Ya habrá tiempo para hablar. Ahora, métete a bañar y prepárate para que estés presentable cuando lleguen los niños.

Victoria obedeció con la mirada puesta en el suelo. Existía una comprensión directa entre madre e hija. Existe un lenguaje que no requiere de explicación para anunciar los estados del corazón. Isabel sabía que su hija estaba aterrada y se encontraba en los laberintos de la pasión. Ahora el rumbo era alejarla de esa pasión y enfocarla a la rutina, a la realidad; alejarla del abismo que le causaba vértigo.

Victoria se bañó y sintió el calor del agua. Los besos de su hijo y las palabras de su mamá la ayudaron a contener su miedo. Se sentía como un animal amenazado en una esquina por lobos hambrientos que mostraban blancos colmillos. Cuando abrió los ojos entendió que ahora estaba dentro de cuatro paredes, muy alejada de los animales. Sin embargo, aún sentía el escalofrió de la posibilidad de ser devorada.

Por momentos, sintió que había perdido todo. Pensó que Praga le arrancaría el calor de hogar por haber encendido otra fuente de fuego interna.

Con el agua resbalando por su rostro, se preguntó qué se hace con el fuego interno. ¿Qué se hace cuando se es halagada y castigada por la misma boca que besa? ¿Qué hace la mujer cuando encuentra esa fuente que desborda el deseo? ¿Cómo vive aquella que ha bebido los jugos de la pasión? ¿Cómo se reza cuando se le ha rezado al amor?

¿De dónde se toma la fuerza para seguir soportado la rutina?

Cuando terminó de vestirse, Oscarito y Edgar llegaron. Al entrar corrieron hacia su madre para contarle sobre la cantidad de goles que Edgar había metido en el torneo de futbol. Oscarito compartió su emoción porque su papá había conseguido un lugar donde le daban clases de ajedrez. Victoria escuchó atenta cada historia sobre lo que sucedía una y otra vez en los recreos.

Cuando abrió las maletas, se llevó la sorpresa de que Karen había hecho un trabajo excepcional. Eso la llenó de culpa por haberla tratado con groserías. Pero se excusó por el miedo con el que llegó. Se rio por la ropa que entregó y que nunca antes había visto.

Con el paso del tiempo su rutina volvió a tomar el color de antes. Cuando Óscar llegó de su viaje estaba feliz por ver a su esposa. La besó en la boca y Victoria suspiró al terminar el beso. Suspiró porque se dio cuenta de que Xavier no había hecho nada por recuperarla desde entonces.

La misma noche que llegó, Victoria hizo el amor con su marido. Contuvo el llanto para que Óscar no notara nada. Limpió sus miedos al sentir a Óscar tan cerca. Lo besó y acompañó sus besos con disculpas por haberse expuesto tanto, por el daño que le pudo haber causado. Quedó profundamente dormida junto a su marido.

A la mañana siguiente, Victoria se levantó antes de salir el sol. Fue al cuarto de Isabel y la despertó con un beso. Le dijo al oído que ya estaba mejor y que todo parecía estar en orden. Isabel le dio un abrazo y Victoria le replicó con besos.

Comenzó su día agradeciendo las múltiples tareas que debía finalizar en su hogar. Consideró como un lujo poder hablar del plomero y las cuentas pendientes por pagar. Una luz interna se iluminaba cada que podía participar en las tareas de su hogar.

Sin embargo, en su interior había inquietud. Sabía que Xavier regresaría enfurecido y no dejaba de pensar en lo que podría suceder. Los días transcurrieron y ni una sola noticia se reveló. Se sorprendió y se enfureció consigo misma por extrañarlo. Cuando salía a la calle lo buscaba. Cuando recibía un mensaje al teléfono pedía que fuera él. Cuando encendía la televisión rogaba por que estuviera en las noticias. Llegó a cuestionarse si no había exagerado en su actitud y comenzó a pensar que quizá ella lo había provocado. Aun con la ansiedad que le causaba su estado, deseaba que todo hubiera sido un sueño. La realidad era hermosa, pero le dolía su separación con Xavier. Le dolía no tenerlo, le dolía haber conocido los momentos de pasión desbordada y verse sola en sus pensamientos. La verdad era que Xavier había dejado un hueco en ella.

Se dio cuenta de que es difícil que la fuerza femenina que ha participado en el fuego de la pasión regrese a su estado primigenio y encuentre en la rutina la calma que otorga la pasión. Victoria sentía que le faltaba ese afecto y sentirse protagonista de una pasión.

Le dolía que el final de esa historia no hubiera tenido un adiós. Aquel hombre que la había protegido, deseado y jurado un gran amor había sido quien la atacó violentamente. Su corazón se llenaba de tristeza al recordar el daño que había vivido.

Días después, Victoria y Óscar comieron en casa de Antonio y Valeria para entregarles la ropa que les habían traído. Cuando llegaron se sorprendieron al ver tantos vehículos estacionados. No eran la única visita.

En cuanto entraron a la casa, los recibió Valeria, quien les contó sobre las visitas tan especiales que la acompañaban. Eran sus mejores amigas. Las presentó con orgullo, pero distinguió que una de ellas hizo le diera vuelta el corazón a Victoria.

—Óscar, te presento a Adriana. Es novia de tu socio.

Victoria sintió un golpe en el estómago. Fingiendo una sonrisa, preguntó con un tono encantador:

—¿En serio? ¿De qué socio?

Adriana se adelantó a las palabras de su amiga, quien masticaba un bocado de botana.

—¡De Xavier Sanguinetti!

Victoria tuvo escalofríos y pasó de la sorpresa al enojo con rapidez.

—Encantado de conocerte. Creo que ya nos habían hablado de ti en la boda de Antonio —replicó Óscar con la educación que lo caracterizaba.

Adriana sonrió y con franqueza dijo:

—El mundo es muy pequeño. Yo también había escuchado mucho de ustedes. Valeria siempre nos platica cosas maravillosas sobre ustedes. Sobre todo de ti, Victoria. Me contaron que te fuiste de viaje a comprarle cosas a la bebé, ¿es cierto?

Victoria no respondió. Una ola de celos la cubrió por completo. Óscar la volteó a ver en espera de que respondiera a Adriana. Victoria sólo se agachó sobre la maleta para mostrar a todos la ropa que había traído. Comenzó a sacar las prendas con nerviosismo y movimientos torpes.

Antonio notó que su hermana estaba muy molesta. Cuando terminaron de dirigirse a la pareja que los acompañaba, la llamó a la cocina.

—¿Te pasa algo? —preguntó con tono de alarma.

—No me pasa nada. ¿Qué me va a pasar?

—Hermanita, te conozco perfectamente. Estás pálida. Parece que viste un fantasma.

Sin esperar un solo segundo, Victoria soltó la pregunta que llevaba en su boca desde que supo quién era Adriana.

—¿Qué hace la amante de Xavier aquí?

Antonio abrió los ojos y levantó las cejas sorprendido al ver la rabia de su hermana.

—Es la mejor amiga de Valeria. Ambas compartieron un departamento algunos años atrás.

Victoria se dio cuenta de su desplante y quiso guardar la compostura.

—¿Sabes que a Xavier lo divorciaron por su culpa?

Antonio se rio.

—No mames, Victoria. A ese cabrón lo divorciaron por mujeriego. Adriana es una de tantas viejas y cuando se embarazó lo cacharon. Pero no te des aires de moralista. Yo sé que la exesposa de Xavier es tu amiga, pero no mames. Adriana es encantadora.

—La ex de Xavier no es mi amiga. Pero no me parece nada correcto que ella esté... —tomó aire para pensar lo que quería decir, pero sólo se lo ocurrió una cosa—: ¿ella fue a tu boda?

—No fue porque el cabrón de Xavier se lo prohibió y dijo que le debía dar tiempo para presentarla en sociedad. Y ella, para no meterlo en más problemas, le dijo que iban hacer las cosas como él quisiera. Para Valeria fue muy doloroso que su mejor amiga no haya estado en nuestra boda, pero lo entendió. Además, Adriana muy linda. Al final, se quedó en casa con su hijo. No quería causar ningún mal momento en la boda.

Victoria sintió estar a punto del desmayo. Tenía ganas de salir corriendo en busca de Xavier y golpearlo por falso y mentiroso, por haberle hecho creer que era ella con quien quería estar. Por haber sido un hipócrita y por haberla juzgado tan severamente cunado él seguía con ella. Por haberle pedido matrimonio. Porque todo había sido una mentira. Por un engaño había estado a punto de perder a su familia.

—Viven juntos desde que regresaron de San Diego. Le compró un departamento impresionante en Polanco. Ya sabes que Xavier viaja constantemente, pero Adriana es una mujer muy inteligente que no se mete en los negocios de Xavier. Lo deja ser. Se ve contenta y parece que les está funcionando hasta ahora. Ahora que Xavier perdió una familia es momento de que se enfoque en su nuevo hogar.

Victoria entendió la razón de que Xavier hubiera guardado la distancia al llegar a México. Victoria asumió que Xavier había entendido que de ahora en adelante se tenía que ocupar de Adriana y de Daniel, su hijo. El temor que antes le despertaba Xavier se convirtió en rabia.

Salió de la cocina donde la había retenido Antonio y, disimulando su enojo, se puso a platicar con Valeria. No dejaba de observar a Adriana y, entre más lo hacía, más se enojaba. Todo tenía sentido: por eso habían ido aquella ocasión al rancho de

Valle de Bravo de Santiago. Eran amigas de Xavier y Antonio cayó enamorado de una de ellas. Bien le había advertido la mejor amiga de Amelia que Xavier era el diablo.

Esa fuerza masculina, poderosa y encantadora que Xavier tenía la había envuelto y ella, a pesar de las advertencias, quiso mirar al diablo de frente. Entendió que había actuado por vanidad. Había pensado que podría hacer amar a un ser incapaz. La situación de enojo y rabia era el precio que pagaba. Se dio cuenta de que tratar de gobernar al diablo tiene un costo muy alto. Se asustó de los alcances de su deseo, pero supo que tenía que agradecerle algo. Fue Xavier quien le presentó las formas en que la pasión podía despertar en ella, y que le enseñó que cuando una mujer encuentra fuerza en su deseo no hay quien la detenga. Sin embargo, Victoria tenía sed de venganza y coraje hacia sí misma. El miedo se había esfumado y la libertad de culpa le devolvió la pasión perdida.

Era tiempo de olvidar a quien la había llevado del cielo al infierno. Era el momento de sacar esa fuerza femenina que impide darse por vencida. De ahora en adelante debía levantarse y reconocer que el fuego que él había iniciado ahora vivía sólo en ella. Si lo pensaba con mayor atención, Adriana la había liberado de un temor. Le dio pena verla atada y como esclava de un hombre que jugaba al amor y que se alimentaba de ego. Un hombre que curaba sus heridas al vender falsas promesas de amor.

Victoria entró a un mundo de recuerdos mezclados, pudor y sinvergüenza, donde todo se funde y se confunde. Sus recuerdos con Xavier tenían una atmósfera húmeda y de enojo. Pero esos recuerdos la pusieron a prueba, porque su espíritu femenino trajo a la memoria el amor inocente de infancia, sus fantasmas y los sueños que la llevaron a un mundo imaginario en el que el amor no se quiebra, sino que promete y cumple. La llevó a un mundo que parecía olvidado y perdido, pero al que puede volver gracias a la sensación del amor. Pensó que cada inmersión en el beso del amado se convierte en una inmersión en nuestra infancia rescatadora. La mujer con el ego roto hace evocaciones al pasado con aspiraciones y deseos. Xavier la había llevado a un mundo nostálgico y tortuoso con una inocencia secuestrada, llevada por los vientos de la amargura de aquel amante que promete y no cumple.

Cuando despertó al día siguiente decidió sacarlo por completo de su vida. Se dirigió al final del pasillo y, sin pensarlo, descolgó el cuadro que por mucho tiempo fue su cómplice. Quitar la imagen de la Virgen era eliminar a Xavier de su vida. No más rezos era similar a no más deseos frustrados. Con el lienzo pegado a sus brazos repitió una y otra vez: "Soy una tarada. Soy una tarada. Soy una tarada de mierda por haberme enamorado de alguien como él".

Guardó el cuadro en un clóset perdido y al cerrar la puerta sintió que daba por terminado todo lo mágico que la unía a él. Así son el amor y la fe: emergen de dos polos de la existencia humana.

El regreso de la Virgen

Era una mañana cualquiera de martes: agitada y llena de gritos. Había también llantos causados por desayunos con raciones desiguales o por comida sin delicia, llantos por prisas y por olvidos. Mientras tanto, Óscar se bañaba escuchando las noticias como era su costumbre. Victoria se encontraba en la cocina preparando el lunch de los niños cuando vio a Óscar mojando el suelo y con una toalla mal amarrada en la cintura. Se sorprendió al verlo así. Óscar estaba pálido.

—Prende las noticias. Acabó de escuchar que Xavier Sanguinetti está prófugo —dijo con alarma.

Victoria soltó el pan que tenía en sus manos.

—¿Cómo que está prófugo? ¿De qué hablas?

Prendieron la televisión. En segundos, el celular de Óscar comenzó a sonar. Era Santiago y llamaba para informarle sobre el golpe de noticias que llegaba. Victoria tuvo taquicardia desde el primer momento en que escuchó el nombre de Xavier.

Incluso su celular le anunció la noticia. Un breve artículo de un periódico de circulación nacional decía:

Xavier Sanguinetti se encuentra en un proceso penal y es prófugo de la justicia. Se le acusa de trata de personas en un hotel de la colonia Del Valle. El juez Héctor Betancur dispuso el procesamiento con prisión preventiva del licenciado Sanguinetti, acusado de delitos de trata de personas, promoción y facilitación de la prostitución y sospechoso, junto con dos personas más, de integrar una banda que explota mujeres sexualmente en departamentos de la colonia Del Valle, Ciudad de México.

Victoria sintió una punzada en el pecho y una intensa falta de aire. Tenía náuseas. No podía creer la noticia, no podía creer que un padre de cuatro mujeres se atreviera a cometer ese acto tan cobarde y deplorable. Sintió asco y unas ganas inmensas de llorar. Con la toalla a punto de caérsele, Óscar continuó su conversación con Santiago. Victoria terminó de preparar a los niños y salió del departamento sin despedirse de Óscar. En la cocina, Isabel se quedó en silencio, apenas dando órdenes para que Emiliano terminara su cereal.

Cuando Victoria regresó del colegio, encontró a Óscar aún en el departamento. Él le contó que había pasado toda la mañana haciendo llamadas a Dubái; le angustiaba que lo vincularan con Xavier y por la inversión que había recibido. Para paliar cualquier problema, Óscar citó a varios abogados para que lo aconsejaran y Santiago llegó para ayudar en la crisis.

Victoria estaba aterrada y se sentía responsable de su marido: por ella había recibido esa inversión. Les pidió a los gemelos que los acompañaran durante ese día. Antonio le comentó que Adriana estaba en un interrogatorio y que había sido detenida para dar información sobre el paradero de Xavier.

Con el tiempo se enteró de que el amigo apodado *el Negro* completaba la banda y que el negocio estaba a su nombre. La trama se destapó cuando una mujer de nombre Marcela tuvo problemas de entendimiento con Xavier y declaró en su contra a las autoridades.

Cuando Victoria terminó de conocer todos los detalles, se encerró en el baño y vomitó. Descargó su estómago como si con ello limpiara toda huella y todo vínculo con Xavier. Le agradeció a la Virgen que lo hubiera eliminado de su camino. Impulsivamente se dirigió al clóset donde había guardado el cuadro y lo sacó pidiendo perdón. Lo colgó de nuevo, pero en un lugar menos privilegiado, y le agradeció la vida que tenía. Nunca más querría tener a un psicópata cerca de su familia.

Victoria le pidió a su madre que la acompañara a la habitación y le contó todos los detalles de su supuesto viaje a Dallas. Isabel se quedó fría cuando escuchó la historia y feliz de que Victoria hubiera dejado de estar involucrada con un hombre como Xavier. Un par de horas después de la plática con los abogados, Óscar les comunicó que su negocio no estaba en riesgo, pues el dinero invertido no estaba relacionado con el delito cometido por su socio. Les pidió que lo acompañaran a la sala, donde su amigo Santiago los esperaba para despedirse.

Al verlo, Victoria tuvo una corazonada y pensó algo siniestro. Quizá Santiago tenía más información de lo que imaginaba. Percibió algo en sus ojos, una clase de dureza y dominio. Era posible que Xavier le contara su historia. Al menos, una esperanza de alivio salía de la situación, pues Xavier estaría ocupando su tiempo tratando de escapar de la justicia o limpiar su reputación. Victoria tenía la libertad en el futuro, lejos de cualquier tipo de amenazas. Victoria recuperó el coraje, le devolvió la mirada a Santiago y directamente le preguntó:

—¿Y tú no tienes nada que ver con el negocio?

Óscar se alarmó inmediatamente al ver que su mujer se dirigía a su amigo de una manera tan directa y ofensiva. Pero Santiago entendió la indirecta.

—Que me gusten los toros no quiere decir que me guste prostituir mujeres.

Santiago comprendió que Victoria era brava como los toros que utilizan sus armas para atacar o defenderse. Como la frase decía, les gusta "ceñirse, ganar terreno, rematar en el bulto". Con esa pregunta tan determinada, Victoria dejó claro que era mejor que no se metiera con ella o su familia.

Se despidieron y el amigo de Óscar los invitó el fin de semana a su rancho en Valle de Bravo. Óscar agradeció la invitación, pero dijo que en ese momento prefería ocupar su tiempo al lado de su familia y que los llevaría a Acapulco. Victoria no comentó nada y se despidió amablemente.

—Aquí tienes tu casa cuando quieras —remató Victoria.

Cuando su amigo partió, Óscar abrazó a Victoria detrás de la puerta.

—No sabes el miedo que sentí. Pensé que por pura ambición puse en riesgo a mi familia.

Victoria le regresó el abrazo con honestidad.

—Las pasiones y las ambiciones nos obligan a hacer cosas que están fuera de nuestro control. ¿Sabes, Óscar? Lo único que cuenta es saber que dentro de nuestras ambiciones nunca se encuentra lastimar a nuestra familia.

—Te amo —contentó Óscar y le dio un beso en la frente.

Victoria cerró los ojos y sonrió.

A los tres días los tomó por sorpresa otra noticia. Cancelaron el viaje de Acapulco porque Valeria comenzó a tener contracciones. Al parecer, la noticia de Xavier había afectado a todos, pero había dejado rastros positivos. Incluso acercó a los amigos. Por ese motivo, Victoria recibió un sobresalto más que jamás se imaginó que sucedería. Adriana se acercó a ellos y les pidió que la llevaran con su hijo al aeropuerto, pues partirían hacia Colombia. Victoria aceptó de buena manera y pasó por ellos a su casa. El niño era una copia idéntica de su padre y Victoria no pudo evitar mirarlo con amor maternal. Les deseó más que un buen viaje.

Cuando Victoria se comunicó con su familia al hospital, Óscar le informó que las contracciones de Valeria habían sido falsas alarmas. Sin embargo, los doctores le pidieron que permaneciera en observación en el hospital. El alivió regresó a la vida de todos después de días de tensión.

Un miércoles Pedro se comunicó con ella para invitarla a una presentación de libro. Victoria estaba cansada y sin ganas de salir. Isabel escuchó la conversación y le sugirió a Victoria no desairarlo, pues hacía tiempo que no convivían. Le recordó que desde que su hermano estaba casado, Pedro estaba muy solo. Además, esa mañana Óscar había partido a Dubái. Victoria aceptó con el corazón adolorido por la soledad de su hermano.

Por la tarde, Victoria se arregló y se pintó los labios de un rojo intenso. Al verse al espejo sonrió. El título del libro era *Historia de una devoción*. La tesis del libro era que nada funciona por casualidad. Entendió que una vez más la Virgen se manifestaba en su vida. Escuchó atenta al autor. Mencionó que el pueblo de México era profundamente religioso y un porcentaje casi total era devoto a la Virgen. Se podían encontrar altares e imágenes dedicados a su figura en prácticamente todas partes, desde mercados, colgada en los autos, camiones, en pequeños altares dentro de las casas y sitios de taxis; en las cárceles, hospitales y como tarjetas dentro de muchas billeteras. La santa patrona de México era compañía de todos sus "hijos" en las labores diarias. Hemos hecho que la Virgen vele por nuestros sueños, nuestros deseos. Incluso el deportista, antes de salir a la cancha, se persigna para darse suerte. México se distingue en el mundo por haber sido el país elegido por la Virgen para revelarse; es por eso que los mexicanos asumen que es la madre de todos ellos. Gracias a ella nuestro pueblo carga un emblema nacional. En ella converge el nacionalismo de un pueblo humilde y generoso. La Virgen es la unión perfecta entre lo místico, lo espiritual y la vida terrenal.

Victoria sabía que su Virgen estaba de regreso, no era casualidad. La Virgen estaba de vuelta en su vida, acompañándola, guiándola en sus errores, en sus aciertos y en sus temores. Su presencia era voz viva. Victoria sonrió y notó que el escritor la observaba. Lo hacía con esa mirada que la conectaba con su fuego interno. Utilizaba esa mirada de deseo de vida y magia.

Al terminar la presentación, Victoria se acercó al autor, Andrés Labarthe, para que firmara su libro. Le entregó el libro con nerviosismo y notó que su mirada contenía algo.

—Déjame conocerte —dijo él.

Ella sonrió.

—Para Victoria —fue lo único que atinó a decir.

El autor le regresó el libro y Victoria leyó:

> Para Victoria:
> Un poco de magia por lo que
> no se puede decir.
>
> ANDRÉS LABARTHE

En efecto, regresó la Virgen con su compañía de escalofríos, rubor en los labios, mejillas y mucha ilusión. Gracias al escritor, Victoria comprendió que la pasión no descansa ni muere, sino que está latente, regresa.

Victoria supo que haberse expuesto a sus pasiones la hizo crecer. Con cada experiencia se encontraba más viva que nunca. Supo que vivir es aprender y no hay nada que temer cuando la intención es amar. Aprendió que había batallas internas que ganar, pero que al desnudarse a sus deseos sus temores la convertían en un ser humano con una historia que ofrecer. Sólo Dios conocía el poder infinito que le otorgó a la mujer gracias al placer y al poder de la intuición. Supo que podía encontrarlo en lugares fuera de lo cotidiano. Victoria encontró la redención en el epílogo de la carne y en el prólogo de la fe. En el rezo de aquella noche, agregó una línea: "Que todo quede entre nosotros".

Que quede entre nosotros de Mónica Salmón
se terminó de imprimir en febrero de 2016
en los talleres de
Litográfica Ingramex, S.A. de C.V.
Centeno 162-1, Col. Granjas Esmeralda, C.P. 09810 México, D.F.